सेतुबंध

सेतुबंध

जगराम सिंह

सेतुबंध

ISBN: 978-93-5324-189-6

भारत सन् 2019 में प्रकाशित
जेन्नेकस्ट पब्लिकेशन
5, अंसारी रोड, दरियागंज,
नई दिल्ली-110002
Phone : 9811692060
ई-मेल: gennextpublication@hotmail.com

मुद्रित: जी. प्रिंट प्रोसेस, दिल्ली

आभार

पूर्वजों की साधना का प्रतिफल पथ का मार्गदर्शक बन जाता है। मूक पाषाणवत संकेतक धूप, वर्षा, शीत सहकर भी अविच्छिन्न मुस्कुराता हुआ चुपचाप अपने कर्त्तव्य का निर्वहन करता है और हर आने वाले बटोही को दिशादर्शन, मार्गदर्शन, प्रेरणा, संदेश देकर अपने उत्तरदायित्व के प्रति सदैव सचेष्ट करता रहता है। उसके निरा मूक प्रवोधन, संबोधन, प्राणिमात्र के लिए मूल्यों का सुदीर्घ, सुदृढ़ सेतु बनकर खड़ा हो जाता हैं। जिस पर निरा पशु तुल्य जीवन भी क्रमशः पग बढ़ाता नारायणत्व के अति समीप पहुचंकर अपने उद्दिष्ट की पूर्ति में फूला नहीं समाता है।

शिखर के हर पायदान से जीवन को सार्थक करने वाले महामंत्र के प्रभाव से परिष्कृत होकर आगे बढ़ता और सर्वोच्च परमपद पाकर गौरवान्वित होता है। मानो जीवन रूपी सर्वस्व आनन्द को पाकर मोक्षाधिकारी हो जाता है। इन्ही अनुभूत, सत्यापित, तथ्यपरक मूल्यों के अजर-अमर अविनाशी पायदान रूपी मोतियों को चुनकर मणिमय हार में पिरोने के महत्कार्य में जिन बंधुओं, भगिनियों, स्वजनों, इष्ट मित्रों साथ ही प्रकाशन के बंधुओ-भगिनियों, आदि ने अपना अमूल्य तन-मन-धन-समय, के समर्पण से सहयोग, सहभाग, प्रदान किया है। उन सभी का हृदय की अनंत गहराई से आभारी और कृतज्ञ हूँ। जिन्होंने मुझ अकिंचन को पुण्य लाभ का सुअवसर दिया।

अंत में सेतुबंध रूपी सुमन सुधी पाठकों, विद्वानों, ज्ञानियों, मनीषियों, चिंतकों, विचारकों के श्रीचरणों में भेंट कर और यथेष्ट सुझावों, मार्गदर्शन आदि की अपेक्षा के साथ वाणी एवं लेखनी के प्रवाह के विराम की अनुमति की प्रार्थना के साथ।

जगराम सिंह

प्रस्तावना

हमारा पवित्र भारतवर्ष ज्ञान, धर्म और दर्शन की पुण्य भूमि है संस्कार इस राष्ट्र की धमनियों का रक्त रहा है, कुछ सामाजिक कुरीतियों के अतिरिक्त मनुष्य के जन्म से मृत्यु तक ऐसा कोई संस्कार नहीं है जिसका ठोस वैज्ञानिक आधार न हो या जो प्रकृति के संरक्षण और सामाजिक चेतना को दिशा न देता हो। समय के साथ मनुष्य ने कथित विकास के नाम पर हमारे स्थापित संस्कारों एवं मान्यताओं को तिलांजलि दी और मानवजाति के समूल विनाश की दिशा में कदम बढ़ाया-आज इसका पूर्वाभ्यास संम्पूर्ण विश्व में जारी है और अब हम सम्पूर्ण विनाश की काल गणना में व्यस्त हैं। इस कालखण्ड में यदि विश्व को कोई दिशा दे सकता है तो वह सिर्फ भारत वर्ष ही है।

प्रस्तुत पुस्तक "सेतुबंध" के ग्यारह विभिन्न अध्यायों में "तीर का चीर" व्यक्ति के अपेक्षित व्यवहार पर दृष्टिपात करता है, जहाँ लेखक माता-पिता के अतिरिक्त बुद्ध की तरह गरीब, निरक्षर एवं दुखी व्यक्तियों की सेवा को परम धर्म समझने की प्रेरणा देता है। "क्षितिज के पार" अध्याय में प्राचीन गुरुकुल शिक्षा की पद्धति वर्तमान शिक्षा पद्धति शिक्षक के दायित्वों तथा तत्संबंधी विसंगतियों का सुन्दर विश्लेषण प्रस्तुत किया गया है।

"पूरब के लाल" इस अध्याय में आर्यावर्त या ब्रह्मावर्त की तत्कालीन शैक्षिक एवं अन्य स्थितियों की सार्थक चर्चा करते हुये नये भारत के पुनर्निर्माण में अपेक्षित अध्यात्मिक सदगुणों को रेखांकित किया गया है।

सनातन आर्यावर्त, सनातन धर्म, एवं सनातन संस्कृति अध्यायों में आर्यावर्त की "सर्वे भवन्तु सुखिन:" की गौरवशाली परम्पराओं और

संस्कृति का चित्रण तथा विश्व कल्याण की सनातन कामना का विभिन्न प्राचीन ग्रन्थों के संन्दर्भों के माध्यम से सटीक व्याख्या पाठकों के चिन्तन मनन हेतु प्रस्तुत की है।

हिन्दुत्व, सदाचार, चरित्र तथा मानवता आदि अध्यायों में हिन्दुत्व को पहचानने की दृष्टि दी गई, भारतीय संस्कृति के शाश्वत गुणों सदाचार, चरित्र, नैतिक मूल्यों और मानवता का विभिन्न ग्रन्थों के माध्यम से विस्तृत व्याख्या प्रस्तुत की है ताकि सामान्य पाठक भी इसे आत्मसात कर सकें।

पुस्तक पाठक से न केवल प्रत्यक्ष संवाद करती हुई प्रतीत होती है अपितु पाठक की जिज्ञासाओं को पौराणिक ग्रन्थों एवं वर्तमान व्यवस्थाओं के संदर्भों के माध्यम से शान्त करने का प्रयास भी करती है।

श्री जगराम जी की प्रस्तुत पुस्तक "सेतुबंध" पौराणिक श्रद्धा के भाव का अनुभव तो कराती ही है यह पुस्तक पौराणिक, प्राचीन और अर्वाचीन भारतीयता को वर्तमान से जोड़कर अपने शीर्षक को और भी सार्थक करती है और जड़ों से जुड़े रहने का भी प्रयास करती है।

पुस्तक भारतीय संस्कृति एवं समृद्धशाली गौरवशाली परम्पराओं और गौरवशाली अतीत का दर्शन भी कराती है और भारत की चिरन्तन ज्ञान परम्परा का सटीक एवं सारगर्भित विश्लेषण भी प्रस्तुत करती है।

यह पुस्तक सभी वर्गों के पाठकों की जिज्ञासाओं को शान्त करने में सहायक होगी और एक कालजयी रचना सिद्ध होगी ऐसा मेरा विश्वास है।

डॉ. अनिल शुक्ला
कुलसचिव
इंदिरा गांधी राष्ट्रीय मुक्त विश्वविद्यालय
नई दिल्ली

अनुक्रमणिका

१

भोर का द्वार

हमारा पवित्र भारतवर्ष धर्म और दर्शन की पुण्यभूमि है। यहीं बड़े बड़े महात्माओं तथा ऋषियों का जन्म हुआ है। यही सन्यास और त्याग की भूमि है। काल से लेकर आज तक मनुष्य के लिए जीवन के सर्वोच्च आदर्श एवं मुक्ति का द्वार खुला है।

प्राचीन भारत ने जिन दो श्रेष्ठ पुरुषों को जन्म दिया था। वे दोनों ही क्षत्रिय हैं। वे थे कृष्ण और बुद्ध और यह उससे भी अधिक ध्यान देने योग्य बात है कि इन दोनों ही देवमानवों ने लिंग और जातिभेद को न मान कर ज्ञान का द्वार उन्मुक्त कर दिया था।

संसार के इतिहास का अनुशीलन करने से प्राप्त होता है कि प्राकृतिक नियमों के वश ब्राह्मण आदि चारों वर्ण क्रम से पृथ्वी का भोग करेंगे। समाज का नेतृत्व विद्या बल से प्राप्त हुआ हो चाहे वह बाहुबल से पर उस शक्ति का आधार प्रजा ही है।

जिनके रुधिर स्राव से मनुष्य जाति की यह जो कुछ उन्नति हुई है उनके गुणों का गान कौन करता है। लोकजयी, धर्मवीर, रणवीर, काव्यवीर, सबकी आखों पर सबके पूज्य हैं। परन्तु जहां कोई नहीं देखता जहां कोई एक वाह-वाह भी नहीं करता, जहां सब लोग घृणा

करते हैं। वहां वास करती है अपार सहिष्णुता, अनन्य प्रीति और निर्भीक कार्यकारिता, हमारे गरीब घर द्वार पर दिन रात मुंह बंद करके कर्त्तव्य करते जा रहे है। उसमें क्या वीरत्व नहीं है।

अपने देश के लोगों की ओर ध्यान से देखो, तो मुंह पर मलिनता की छाया, कलेजे में न साहस, न उल्लास, पेट बड़ा हाथ पैरों में शक्ति नहीं डरपोक और कायर, यथार्थ, राष्ट्र जो झोपड़ियों में निवास करता है। अपना पौरुष विस्मृत कर बैठा है। इस भारत भूमि में जनसमुदाय को कभी भी अपनी आत्म स्वत्व बुद्धि को उद्दीप्त करने का मौका नहीं दिया गया। अपने और परायों के पैरों से रौंदे लोग यह समझ बैठे हैं कि जिस किसी के पास पैसा नहीं हो वे उसी के पैरों से कुचले जाने के लिए पैदा हुए हैं।

ये जो किसान मजदूर, मेहतर, मोची, जुलाहे आदि हैं। जो भारत के नगण्य मनुष्य अर्थात विजाति विजित, स्वजाति निंदित जातियाँ है, मनुष्य इनकी कर्म शीलता और आत्मनिष्ठा तुममें से कइयों से कहीं अधिक है। ये लोग चिरकाल से चुपचाप काम करते जा रहे हैं। देश का धन धान्य उत्पन्न कर रहे हैं। पर अपने मुंह से शिकायत नहीं करते वास्तव में वे ही राष्ट्र की रीढ़ हैं। यदि ये निम्न श्रेणियों के लोग अपना-अपना काम करना बंद कर दें, तो बड़े लोगों को अन्न-वस्त्र मिलना कठिन हो जायेगा। और इन्हें ही वे लोग नीच समझ रहे हैं और अपने को शिक्षित मानकर अभिमान कर रहे हैं।

इन लोगों ने हजार-हजार वर्षों तक नीरव अत्याचार सहन किया है। उससे पायी है अपूर्व सहिष्णुता, सनातन दुख उठाया है। जिससे पायी है अटल जीवनी शक्ति ये लोग मुट्ठी भर सत्तू खाकर संसार उलट दे सकेंगे। आधी रोटी मिली तो तीनों लोक में इतना तेज न अटेगा। ये रक्तबीज के प्राणों से युक्त हैं। और पाया है सदाचार बल, जो तीनों लोक में नहीं है। इतनी शांति इतनी प्रीति, इतना प्यार, बेजुबान रहकर दिन रात इतना खटना और काम के समय सिंह का विक्रम।

बड़ा काम आने पर बहुतेरे वीर हो जाते है। दस हजार आदमियों के सामने कापुरुष भी सहज ही में प्राण दे देता है। घोर स्वार्थ पर भी निष्काम हो जाता है। परन्तु अत्यंत छोटे से कर्म में भी सबके अज्ञात भाव से जो वैसी ही निस्वार्थता, कर्त्तव्य परायणता दिखाते हैं। वे धन्य हैं। वे तुम लोग हो यह सदा स्मरण रहे।

फिर जिनके शारीरिक परिश्रम पर ही पुरोहितों का आधिपत्य, क्षत्रियों का ऐश्वर्य, और वैश्यों का धनधान्य निर्भर है। वे कहां है। समाज का मुख्य अंग होकर भी जो लोग सदा देश में जघन्य प्रमवेहि सः कहकर पुकारे जाते हैं। उनका क्या हाल है। हे! भारत के श्रम जीवियो, तुम्हारे नीरव सदा ही निंदित हुए परिश्रम के फलस्वरूप दूसरों का क्रमवय से आधिपत्य हुआ, और उनको ऐश्वर्य मिला है। और तुम? कौन सोचता है इस बात को?

अर्थात पुरोहितों ने ही धर्म शास्त्रों पर एकाधिकार जमाकर विधि-निषेधों को अपने ही हाथ में रखा था। और भारत की दूसरी जातियों को नीच कहकर उनके मन में विश्वास जमा दिया था कि वे वास्तव में नींच हैं। यदि किसी व्यक्ति को खाते सोते, उठते-बैठते हर समय कोई कहता रहे कि तू नीच है। तू नीच है। तो कुछ समय के बाद उसकी यह धारणा हो जाती है कि मैं वास्तव में नीच हूँ। इसे ही सम्मोहित करना कहते हैं।

पुरोहित प्रपंच ही भारत की अधोगति का मूल कारण है। मनुष्य अपने भाई को पतित बनाकर क्या स्वयं पतित होने से बच सकता है। क्या कोई व्यक्ति स्वयं का किसी प्रकार अनिष्ट किए बिना दूसरों को हानि पहुंचा सकता है। उच्च श्रेणियों के ये ही अत्याचार चक्रवृद्धि ब्याज के सहित अब स्वयं के लिए पतित हुए हैं एवं यह हजारों वर्ष की पराधीनता और अवनति निश्चय ही उन्हीं के कर्मों के अनिवार्य फल का भोग है।

जिन्होंने गरीबों का रक्त चूसा जिनकी शिक्षा उनके धन से हुई, जिनकी शक्ति उनकी दरिद्रता पर बनी वे अपनी वारी में सैंकड़ों और हजारों की गिनती में दास बनाकर बेचे गए। उनकी सम्पत्ति हजार वर्ष तक लुटती रही और उनकी स्त्रियाँ और कन्यायें अपमानित की गयीं।

जिनका ऐशो आराम में लालन-पालन और शिक्षा, लाखों पद दलित, परिश्रमी गरीबों के हृदय के रक्त से हो रही है। और फिर भी जो उनकी ओर ध्यान नहीं देते, वे विश्वासघातक है। इतिहास में कहां और किस काल में धनवान पुरुषों ने कुलीन पुरुषों ने, पुरोहितों ने, राजाओं ने, गरीबों की ओर ध्यान दिया था। वे गरीब जिन्हें कोल्हू के बैल की तरह पेलने से ही उनकी शक्ति संचित हुई थी।

जीवन संग्राम में सदा लगे रहने के कारण निम्न श्रेणियों के लोगों में अभी तक ज्ञान का विकास नहीं हुआ, ये लोग अभी तक मानव बुद्धि द्वारा परिचालित यंत्र की तरह एक ही भाव से काम करते आये हैं और बुद्धिमान चतुर व्यक्ति इनके परिश्रम तथा कार्य का सार तथा निचोड़ लेते रहे हैं। सभी देशों में इसी प्रकार हुआ है। परन्तु अब वे दिन नहीं रहे, निम्न श्रेणी के ये लोग धीरे-धीरे यह बात अब समझ रहे हैं और इसके विरुद्ध सब सम्मिलित रूप से खड़े होकर अपने समुचित अधिकार प्राप्त करने के लिए दृढ़ प्रतिज्ञ हो गये हैं। अब हजार प्रयत्न करके भी उच्च जाति के ये लोग निम्न श्रेणियों को अधिक दबाकर नहीं रख सकेंगे। अब निम्न श्रेणियों के न्यायसंगत अधिकार की प्रप्ति में सहायता करने में ही उच्च श्रेणियों का भला है।

नीच जाति के लोगों से हमारी जनता बनी है। युग-युग से ऊँची जाति वालों के अत्याचार से उठते-बैठते, ठोकरें खाकर एकदम वे मनुष्यत्व खो बैठे हैं। वे पेशेवर भिखमंगों जैसे हो गये हैं। वे हमारी शिक्षा के लिए धन देते हैं। हमारे मंदिर बनाते हैं। और बदले में ठोकरें खाते हैं।

अगर हमारे देश में कोई नीच जाति में जन्म लेता है। तो वह हमेशा के लिए गया-बीता समझा जाता है। उसके लिए कोई आशा-भरोसा नहीं।

यह जाति डूब रही है लाखों प्राणियों का शाप हमारे सिर पर है। सदा ही अजस्र जलधार वाली नदी के समीप रहने पर भी तृष्णा के समय पीने के लिए हमनें उन्हें नाबदान का पानी दिया। उन अगणित लाखों मनुष्यों को जिनके सामने भोजन के भंडार रहते हुए भी जिन्हें हमने भूखों मार डाला, और जिनके विरोध में हमने तीव्र घृणा और लोकाचार का अविष्कार किया।

जांति-पांति एक सामाजिक नियम है और गुण और कर्म के भेद पर आधारित है। संस्कृत में जाति का अर्थ है। वर्ग या श्रेणी विशेष। जाति का मूल अर्थ था प्रत्येक व्यक्ति की अपनी प्रकृति को अपने विशेषत्व को प्रकाशित करने की स्वाधीनता और यही अर्थ हजारों वर्षो तक प्रचलित भी रहा है।

जैसे हर एक व्यक्ति में सत्व रज और तम, तीनों गुण न्युनाधिक अंश में विद्यमान रहते हैं। समय-समय पर उनमें से एक न एक गुण अधिक प्रबल होकर उनके कार्य कलापों में प्रकट होता रहता है। अर्थात जब वह अर्थ प्राप्ति के लिए किसी की सेवा करता है तो वह शूद्र होता है। जब वह स्वयं अपने लाभ के लिए कोई क्रय-विक्रय करता है। तो उसकी वैश्य संज्ञा हो जाती है। जब वह अन्याय के विरुद्ध अस्त्र-शस्त्र उठाता है। तो उसमें क्षात्र भाव सर्वोपरि होता है और जब वह ईश्वर चिंतन में लगता है, भगवान का कीर्तन करता है तो ब्राह्मणत्व को प्राप्त कर लेता है। अतः यह स्पष्ट है कि मनुष्य के लिए एक जाति से दूसरी जाति में चला जाना संभव है।

भारत वर्ष के सभी अनर्थो की जड़ है जनसाधारण की गरीबी, पुरोहिती शक्ति और विदेशी, विदेशी गण सदियों से उन्हें कुचलते रहे हैं। जिसके फलस्वरूप भारत के गरीब बेचारे यह तक भूल गये हैं कि वे भी मनुष्य हैं। हमारे अभिजात पूर्वज साधारण जन समुदाय को जमाने से पैरों तले कुचलते रहे।

भारत के गरीबों में इतने मुसलमान और ईसाई क्यों हैं? यह सब मिथ्या बकवास है कि तलवार की धार पर या लालच में उन्होंने धर्म बदला, परन्तु जमीदारों और पुरोहितों से अपना पिण्ड छुड़ाने के लिए ही उन्होंने ऐसा किया, और फलतः आप देखेंगे, कि जहां जमीदार अधिक थे वहां मुसलमान और ईसाई अधिक बने।

जमादारों और चाण्डालों को उनकी वर्तमान हीन दशा में किसने पहुंचाया, इसके लिए उत्तरदायी कौन है। अर्थात अपनी इस दुरावास्था के लिए अपनी इस अवनति और इन सारे दुख कष्टों के लिए एक मात्र हम ही उत्तरदायी हैं। हमारे सिवाय इन बातों के लिए और कोई जिम्मेदार नहीं हो सकता है। दोष उनका है जो ढोंगी और दम्भी हैं जो पारमार्थिक और व्यवहारिक सिद्धातों के रूप में अनेक प्रकार के अत्याचार के अस्त्रों का निर्माण करते हैं।

पृथ्वी पर ऐसा कोई धर्म नहीं है जो हमारे धर्म के समान इतने उच्च स्वर से मानवता के गौरव का उपदेश करता हो और पृथ्वी पर ऐसा कोई धर्म नहीं जो हमारे धर्म के समान जो गरीबों और नीच जाति वालों का गला ऐसी क्रूरता से घोंटता हो, अब हमारा धर्म किसमें रह गया है। केवल छुआछूत में, क्या हम मनुष्य हैं? कब एक मनुष्य दूसरे से भाईचारे का बर्ताव करना सीखेगा, धर्म में जाति भेद नहीं है। जाति तो एक सामाजिक संस्था मात्र है। अतः धर्म का कोई दोष नहीं, दोष तो मनुष्यों का है।

इसके फलस्वरूप वे बेचारे एकदम असहाय हो गये। यहां तक कि वे अपने आप को मनुष्य मानना भी भूल गए। भारत के सत्यानाश का मुख्य कारण यही है कि देश की सम्पूर्ण विद्या और बुद्धि राजशासन और दम्भ के बल से मुट्ठीभर लोगों के हाथ में रखी गयी है। भारत के दरिद्रों, पतितों और पापियों का कोई साथी नहीं, कोई सहायता देने वाला नहीं, वे कितनी ही कोशिश क्यों न करें, उनकी उन्नति का कोई उपाय नहीं, वे दिन पर दिन डूबते जा रहे हैं। क्रूर समाज उन पर जो

लगातार चोटें कर रहा है उनका अनुभव तो वे खूब कर रहे हैं पर वे जानते नहीं कि वे चोटें कहां से आ रही हैं सदियों तक वे धनी मानियों की आज्ञा सिर आंखों पर रखकर केवल लकड़ी काटते और पानी भरते रहे हैं। उनकी यह धारणा बन गई कि मानो उन्होंने गुलाम के रूप में ही जन्म लिया है। हमारे देश में इस वेदान्त की जन्मभूमि में हमारे जनसाधारण को शत्-शत् वर्षों से सम्मोहित बनाकर इस तरह की हीन अवस्था में डाल दिया गया है। उनके स्पर्श में अपवित्रता समायी है। उनके साथ बैठने से छूत समा जाती है। उनसे कहा जा रहा है कि निराशा के अंधकार में तुम्हारा जन्म हुआ है। सदा तुम इस अंधेरे में पड़े रहो। अतः वे सभी गहरे अंधेरे से और गहरे अंधेरे में लगातार डूबते चले जा रहे हैं।

कर्मकाण्डों से ऊबकर एवं दार्शनिकों की जटिल व्याख्या से विभ्रांति होकर लोग अधिकाधिक संख्या में जड़वादियों से जा मिले, यही जाति समस्या का सूत्रपात था एवं भारत में कर्मकाण्ड, दर्शन, जड़वाद के मध्य उस त्रिभुजात्मक संग्राम का मूल भी यही था।

क्या कारण है कि संसार के सब देशों मे हमारा देश ही सबसे अधिक बलहीन और पिछड़ा हुआ है। इसका कारण यही है कि वहां शक्ति का निरादर होता है स्त्रियों को घृणित कीड़ा, नर्क का द्वार आदि कहकर अपमानित किया जाता है। इस कारण हम अधः पतित हुए हैं।

अपने राष्ट्र में संगठित होकर कार्य संपादन करने की शक्ति का एकदम अभाव है। वही अभाव सब अनर्थों का मूल है। मिलजुल कर कार्य करने के लिए कोई भी तैयार नहीं। संगठन के लिए सबसे पहले आज्ञा पालन की आवश्यकता है।

अंततः हमारे दोष तो बड़े ही प्रबल हैं। पहला दोष हमारी दुर्बलता है। दूसरा है घृणा करना (हृदयहीनता) लाखों मतमतांतरों की बात कह सकते हो, करोड़ों सम्प्रदाय संगठित कर सकते हो परन्तु जब तक उनके

दुःख को अपने हृदय में अनुभव नहीं करते, अर्थात जब तक स्वयं नहीं समझते अर्थात जब तक अपना "भोर का द्वार" नहीं खोलते कि वे तुम्हारे ही शरीर के अंग हैं, जब तक तुम और वे धनी और दरिद्र साधु और असाधु सभी उसी एक अनंत पूर्ण के जिसे तुम ब्रहम कहते हो, अंश नहीं हो जाते तब तक अपना एवं सम्पूर्ण राष्ट्र का उद्धार न होगा।

२

तीर का चीर

बड़े काम करने के लिए श्रेष्ठ बातों की आवश्यकता होती है। पहला है हृदय की अनुभव शक्ति। क्या तुम अनुभव करते हो कि देव और ऋषियों की करोड़ों संतानें आज पशुतुल्य हो गयी हैं। क्या तुम हृदय से अनुभव करते हो कि लाखों मनुष्य आज भूखों मर रहे हैं और लाखों लोग शताब्दियों से भूखों मरते आये हैं। क्या तुम यह सब सोचकर बैचेन हो जाते हो? क्या तुम्हें इस भावना ने निद्राहीन कर दिया है। क्या यह भावना तुम्हारे रक्त के साथ मिलकर तुम्हारी धमनियों से बहती है। क्या वह तुम्हारे हृदय के स्पंदन से मिल गई है। क्या उसने तुम्हें पागल सा बना दिया है। क्या देश की दुर्दशा की चिंता ही तुम्हारे ध्यान का एकमात्र विषय बन बैठी है और क्या इस चिंता में विभोर हो जाने से तुम अपने नाम, यश-पुत्र-कलत्र, धन सम्पत्ति यहां तक कि अपने शरीर की सुधि तक बिसार गये हो। क्या तुमने ऐसा किया है? यदि हां तो जानो, कि तुमने देशभक्त होने की पहली सीढ़ी पर पैर रखा है। क्या इस दुर्दशा का निवारण करने के लिए तुमने कोई यथार्थ कर्त्तव्य पथ निश्चित किया है। क्या लोगों की भर्त्सना न कर उनकी सहायता का कोई उपाय सोचा है। क्या स्वदेशवासियों को उनकी इस जीवन्मृत अवस्था से बाहर निकालने के लिए कोई मार्ग ठीक किया है। क्या उनके दुखों को दूर करने के लिए दो सांत्वनादायक शब्दों को खोजा है किन्तु इतने ही से पूरा न

होगा। क्या तुम पर्वताकार विघ्न बाधाओं को लांघकर कार्य करने के लिए तैयार हो। यदि सारी दुनिया हाथ में नंगी तलवार लेकर खड़ी हो जाये तो भी क्या तुम जिसे सत्य समझते हो, उसे पूरा करने का साहस करोगे, फिर भी तुम उसके पीछे लगे रहकर अपने लक्ष्य की ओर सतत् बढ़ते रहोगे। क्या तुममें ऐसी दृढ़ता है। यदि तुममें ये तीन बातें हैं तो तुममें से प्रत्येक अद्‌भुत कार्य कर सकता है।

जिससे उद्‌देश्य एवं लक्ष्य कार्य में परिणित हो जाये, उसी के लिए प्रयत्न करो, मेरे साहसी महान सदाशय लोगों। काम में जी जान से लग जाओ, नाम यश अथवा अन्य तुच्छ विषयों के लिए पीछे मत देखो, स्वार्थ को बिलकुल त्याग दो।

आज्ञा पालन के गुण का अनुशीलन करो, लेकिन अपने धर्म विश्वास को न खोओ। गुरुजनों के अधीन हुए बिना कभी भी शक्ति केंद्रीभूत नहीं हो सकती और बिखरी हुई शक्तियों को केंद्रीभूत किए बिना कोई महान कार्य नहीं हो सकता।

महामोह से ग्रस्त लोगों की ओर दृष्टिपात करो, हाय! उनके हृदयभेदक, करुणापूर्ण आर्तनाद को सुनो। हे वीरो! वृद्धों को पाशमुक्त करने के लिए, दरिद्रों के कष्टों को कम करने के लिए तथा अज्ञजनों के अंतर का असीम अंधकार दूर करने के लिए आगे बढ़ो। हृदयहीन कोरे बुद्धिवादी लेखकों और समाचार पत्रों में प्रकाशित उनके निस्तेज लेखों की भी परवाह मत करो। मेरे भाइयों हम लोग गरीब हैं नगण्य हैं, किन्तु हम जैसे गरीब लोग ही हमेशा उस परम पुरुष के यंत्र संसार में जितने भी बड़े-बड़े और महान कार्य हुए हैं उन्हें हम जैसे गरीबों ने ही किया है। आशा तुम लोगों से है जो विनीत, निरभिमानी और विश्वास परायण हैं।

तुम तो ईश्वर की संतान हो, अमर आनंद के भागी हो, वीर्यवान होओ सब उत्तरदायित्व अपने कंधों पर लो, क्योंकि तुम पूर्ण और पवित्र

आत्मा हो, अतएव तुम कैसे अपने को जबरदस्ती दुर्बल कहते हो। उठो, साहसी बनो, पर यह याद रखो कि तुम स्वयं अपने भाग्य के निर्माता हो, तुम जो कुछ बल या सहायता चाहो सब तुम्हारे ही भीतर विद्यमान है।

अपने तन मन वाणी को "जगद्धिताय" अर्पित करो। तुमने पढ़ा है मातृदेवो भवः, पितृदेवो भवः, अपनी माता को ईश्वर समझो, परन्तु दरिद्रदेवो भवः, मूर्खदेवो भवः गरीब, निरक्षर, मूर्ख और दुखी इन्हें भी अपना ईश्वर समझो, इनकी सेवा करना ही परम धर्म समझो।

नीति परायण तथा साहसी बनो, अंतःकरण पूर्णतः शुद्ध रहना चाहिए। प्राणों के लिए भी कभी न डरो, धार्मिक मत मतांतरों को लेकर व्यर्थ में माथा-पच्ची मत करो। कायर लोग ही पापाचरण करते हैं। वीर पुरुष कभी पापानुष्ठान नहीं करते, यहां तक कि कभी वे मन में भी पाप का विचार नहीं लाते।

केवल वही व्यक्ति सबकी अपेक्षा उत्तम रूप से कार्य करता है जो पूर्णतया निस्वार्थी है। जिसे न तो धन की लालसा है, न ही कीर्ति की और न अन्य वस्तु की ही और जब मनुष्य ऐसा करने में समर्थ हो जायेगा तो वह भी एक बुद्ध बन जायेगा और उसके भीतर से ऐसी शक्ति प्रकट होगी जो संसार की अवस्था को सम्पूर्ण रूप से परिवर्तित कर सकती है।

भारत माता अपनी उन्नति के लिए अपने श्रेष्ठ संतानों की बलि चाहती है। संसार के वीरों को और सर्वश्रेष्ठों को, बहुजन हिताय और बहुजन सुखाय, अपना बलिदान करना होगा। असीम दया और प्रेम से परिपूर्ण सैकड़ों बुद्धों की आवश्यकता है।

गांव-गांव तथा घर-घर में जाकर लोकहित एवं ऐसे कार्यों में आत्मनियोग करो जिससे कि जगत का कल्याण हो सके। चाहे अपने को नरक में क्यों न जाना पड़े परन्तु दूसरों की मुक्ति हो और मृत्यु जब

अवश्यंभावी है तो ईंट-पत्थरों की तरह मरने की बजाय वीर की तरह मरना क्या अच्छा नहीं.... जराजीर्ण होकर, थोड़ा-थोड़ा करके क्षीण होते हुए मरने के बजाय वीर की तरह दूसरों के अल्प कल्याण के लिए लड़कर उसी समय मर जाना अच्छा है।

हमेशा बढ़ते चलो, मरते दम तक गरीबों और पददलितों के लिए सहानुभूति, यही हमारा आदर्श वाक्य है। वीर युवको बढ़े चलो। ईश्वर के प्रति आस्था रखो, दुखियों का दर्द समझो और ईश्वर से सहायता की प्रार्थना करो। वह अवश्य मिलेगी, वीरों, मैं गरीबों, मूर्खों और उत्पीड़ितों के लिए इस सहानुभूति और प्राणपण प्रयत्न को थाती के तौर पर तुम्हें अर्पण करता हूँ और तब प्रतिज्ञा करो कि अपना सारा जीवन इन करोड़ों करोड़ों लोगों के उद्धार कार्य में लगा दोगे। जो दिनों-दिन अवनति के गर्त में गिरते जा रहे हैं। यदि तुम सचमुच मेरी संतान हो तो तुम किसी वस्तु से नहीं डरोगे। न किसी बात पर रुकोगे। तुम सिंह तुल्य होगे। हमें भारत को और पूरे संसार को जगाना है।

जो सच्चे हृदय से भारतीय कल्याण का व्रत ले सकें, तथा उसे ही अपना एकमात्र कर्त्तव्य समझें, ऐसे युवकों के साथ कार्य करते रहो, उन्हें जागृत करो, संगठित करो तथा उनमें त्याग का मंत्र फूंक दो? ऐसे समर्पित लोगों के कंधों पर ही यह कार्य सम्पूर्ण रूप से निर्भर है।

मनुष्य केवल मनुष्य भर चाहिए। बाकी सब कुछ अपने आप हो जायेगा। आवश्यकता है वीर्यवान, तेजस्वी, श्रद्धासम्पन्न और दृढ़विश्वासी, निष्कपट नवयुवकों की। ऐसे सौ मिल जायें तो संसार का कायाकल्प हो जाये। पहले उनका जीवन निर्माण करना होगा तब कहीं काम होगा।

हम धन्य हैं जो हमें यह सौभाग्य प्राप्त है कि हम उनके लिए कर्म करें, उनको सहायता देने के लिए नहीं, इस सहायता शब्द को मन से सदा के लिए निकाल दो तुम किसी की सहायता नहीं कर सकते, यह

सोचना कि तुम सहायता कर सकते हो, महाअधर्म है, घोर ईशनिंदा है। केवल ईश्वर पूजा के भाव से सेवा करो।

तुम काम में लग जाओ। फिर देखोगे इतनी शक्ति आयेगी कि तुम उसे संभाल न सकोगे। दूसरों के लिए रत्तीभर काम करने से भीतर की शक्ति जाग उठती है। दूसरों के लिए रत्तीभर सोचने से धीरे-धीरे हृदय में सिंह का सा बल आ जाता है।

जो कुछ असत्य है, उसे पास न फटकने दो, सत्य पर डटे रहो, बस तभी हम सफल होंगे। इस तरह काम करो, कि मानो तुममें से हर एक के ऊपर सारा काम आ पड़ा है।

आगे बढ़ो! हमें अनंत शक्ति, अनंत उत्साह, अनंत साहस तथा अनंत धैर्य चाहिए तभी महान कार्य सम्पन्न होगा।

उठो और अपना पौरुष प्रकट करो, अपना ब्रह्मणत्व दीप्त करो, प्रभुभाव से नहीं, अंधविश्वासों और पूर्व पश्चिम के प्रपंचों के सहारे पनपने वाले विकृत घातक अहंभाव से नहीं, बल्कि सेवक की भावना के साथ दूसरों को ऊपर उठाकर।

उठो! उठो! संसार दुख से जल रहा है। क्या तुम सो सकते हो? हम बार बार पुकारें, जब तक सोते हुए देवता न जाग उठें। जब तक अंतर्यामी देव उस प्रकार का उत्तर न दें। जीवन में और क्या है?

जब तुम सुख की कामना समाज के लिए त्याग सकोगे, तब तुम भगवान बुद्ध बन जाओगे, तब तुम मुक्त हो जाओगे।

बस इन दो चीजों से बचे रहना क्षमता प्रियता और ईर्ष्या। सदा ही आत्मविश्वास का अभ्यास करना।

अपने सच्चे रूप को स्वयं समझो और प्रत्येक को सिखाओ, सुप्त आत्मा को जगाओ, एक बार यह सुप्त आत्मा सच्चे स्वरूप को

पहचानकर कार्यक्षेत्र में उतरी कि तुम्हारे पास प्रभुता, कीर्ति, ऋजुता और अन्य जो कुछ भी श्रेष्ठ गुण हैं, सब अपने आप चले आयेंगे।

अतः उठो, जागो, स्वयं जगकर औरों को जगाओ और अपने नर जन्म को सफल करो। और "तीर का चीर" बनकर सबको गले लगाओ, साथ ही सुख-समृद्धि-शांति की सुरसरिता बहाकर जगत के कल्याण का मार्ग सुगम हो सके, ऐसा भगीरथ प्रयास करो। ईश्वर सदा साथ है।

३

क्षितिज के पार

सागर में एक ओर जहां उत्तुंग तरंगों का नर्तन होता है तो वहीं दूसरी ओर एक अथाह खाई भी होती है। उच्च तरंग उठती है और विलीन होती है। फिर एक प्रबलतर तरंग उठती है। मुहूर्त मात्र में उसका पतन होता है और पुनः उत्थान भी, इसी प्रकार तरंग पर तरंग सागर के वक्ष पर अग्रसर होती रहती हैं। विश्व के घटना प्रवाह में भी निरंतर इसी प्रकार का उत्थान और पतन होता रहता है किन्तु हमारा ध्यान केवल उत्थान की ओर जाता है, हमें पतन का विस्मरण हो जाता है पर विश्व की गति के लिए दोनों ही आवश्यक हैं। दोनों ही महत्वपूर्ण हैं। यही विश्व प्रवाह की रीति है।

हमारे मानसिक, पारिवारिक, सामाजिक और आध्यात्मिक जगत में सर्वत्र यही क्रम गति, यही उत्थान-पतन, चल रहा है। उसी प्रकार विश्व प्रवाह में उच्चतम कार्य उदार आदर्श समय-समय पर जन्म लेते हैं। और जनसमूह की दृष्टि आकर्षित कर विलीन हो जाते हैं। मानो वे अतीत के भावों का परिपाक कर रहे हों, मानो प्राचीन आदर्शों का रोमन्थन करने को वे अदृश्य हो गये हों जिससे ये भाव समूह, ये आदर्श समाज में अपना योग्य स्थान पा लें। समाज के एक-एक अंग के रुधिर बिन्दु में उनका प्रवेश हो जाये और पुनः एक प्रबल एवं उच्चतर उत्थान के लिए

वे शक्ति संचय कर लें, संसार के राष्ट्रों के इतिहास में भी यही गति दृष्टिगोचर होती है।

प्राचीन काल में अध्ययन के बाद गुरुकुल छोड़कर घर वापस आने वाले विद्यार्थियों के लिए दीक्षांत भाषण के समान होता था और यह प्रदर्शित करते थे कि घर लौटने से पूर्व विद्यार्थियों के समक्ष आचार्य कितने उच्च स्तर के नैतिक और धार्मिक आदर्श थे। विद्यार्थियों से अपेक्षा की जाती थी कि वे धर्म का मार्ग नहीं छोड़ेंगे। सत्य का त्याग नहीं करेंगे तथा स्वाध्याय, गुरुजनों के प्रति श्रद्धा, माता - पिता के प्रति पूज्य बुद्धि तथा आचार्यों के प्रति महान श्रद्धा के भाव का त्याग नहीं करेंगे। उस समय शिक्षा प्रणाली ऐसी थी कि विद्यार्थी लौकिक विद्या के साथ-साथ उस प्रकार के उच्च आदर्श भी आत्मसात करते थे। परन्तु आज कल इस प्रकार का कुछ भी दिखाई नहीं देता। विद्यार्थियों के समक्ष ये आदर्श कभी नहीं रखे जाते, न ही उनको इनके अभ्यास के लिए उत्साहित किया जाता है। शिक्षा विभाग की ओर से भी ऐसा कोई प्रयास नहीं है। जिससे विद्यार्थी इस महान राष्ट्र के सांस्कृतिक आदर्शों को आत्मसात कर सकें। जब तक इन विचारों को शिक्षा प्रणाली में बैठाया नहीं जायेगा। तब तक शिक्षा अनुपयोगी ही रहेगी। शिक्षा प्रणाली का मूलभूत ध्येय विद्यार्थियों को इस प्रकार शिक्षित करने में निहित है। जिससे वे अपने देश की संस्कृति के सच्चे प्रतिनिधि बन सकें। पर इस विशिष्ट पहलू के अभाव से हमारी शिक्षा पद्धति एकदम असफल है वह मात्र कुछ बुद्धिवादियों को या यह कहूँ? कुछ वैदिक पशुओं को पैदा करती है जो समाज में एक दूसरे के साथ लड़ने-भिड़ने में ही अपनी सारी शक्ति खर्च कर देते हैं। समूचे देश में ऐसा ही गुल गपाड़ा चला हुआ है और यह हमारी शिक्षा पद्धति का ही फल है।

शिष्य के घर लौटने के पूर्व आचार्य उसे उपदेश देते हुए कहते थे कि सत्यंवद्, धर्मंचर, सत्य बात कहो, धर्म का आचरण करो, सत्य से विमुख न होओ, धर्म से विच्युत न होओ, निन्दनीय कर्म मत करो, मातृदेवो

भवः, पितृदेवो भवः आचार्य देवो भवः दरिद्रदेवो भवः, मूर्खदेवो भव यह सब उपदेश आचार्य अपने शिष्यों को देते थे। अर्थात पूर्व काल की शिक्षा में कहा गया है कि तुम मनुष्य बनो विद्यालय छोड़कर जा रहे हो ऐसा समझ शिक्षा कहीं छोड़ मत देना, अर्थात अध्ययन न छोड़ देना तुम्हें अध्ययन सतत् करते रहना होगा। पर मनुष्य बनने के लिए जिस शिक्षा की आवश्यकता है उसकी ओर आज कल कोई दृष्टि नहीं है।

शिक्षा समाप्ति के बाद संसार में घुसने से पूर्व तुम एक वर्ष देश के काम के लिए दो। जो गरीब और दुखी हैं। जो पढ़ना-लिखना नहीं जानते, उन्हें आदमी बनाने के लिए तुम एक वर्ष उनका साथ करो। इनका आशीर्वाद लेकर काम शुरु करने से तुम्हें जीवन में सफलता मिलेगी।

इस प्रकार माता-पिता और अध्यापकों पर एक बहुत बड़ी जिम्मेदारी इस बात की आ जाती है कि वे वैसा जीवन बितायें जैसा वे चाहते हैं कि बच्चा बड़ा होने पर बिताये। प्राचीन गुरुकुलों में आचार्यगण उन्नत चरित्र व्यक्ति हुआ करते थे। विद्यार्थी उनके चरित्र और वर्तनी से प्रभावित और प्रेरित होते थे। यद्यपि आधुनिक शिक्षा प्रणाली दोषपूर्ण है तथापि शिक्षक पाठ्यक्रम के बाहर सांस्कृतिक और आध्यात्मिक प्रकार की गतिविधियां आयोजित करके तथा आधुनिक शिक्षा के साथ-साथ हमारे राष्ट्रीय आदर्शों का पाठ पढ़ा कर शिक्षा पद्धति में निहित दोष को कुछ कम कर सकते हैं। अध्यापक को चाहिए कि वह अपने निवास को एक आश्रम बना ले, और प्राचीन ऋषियों की भांति जीवन यापन करे जिससे गांव या शहर के लोग उसके पास मार्गदर्शन और सांत्वना पाने के लिए जा सकें। तथा विद्यार्थी भी उसे अपना मित्र, सलाहकार और कठिनाइयों में रक्षा करने वाले एक गुरुजन के रूप में देख सकें।

शिक्षकों और अध्यापकों पर बहुत बड़ा दायित्वन्यस्त है उन्हें प्राचीन काल के ऋषियों के समान विद्यार्थियों को नैतिक प्रेरणा देने में समर्थ

होना चाहिए। आज भी नैतिक मूल्यों की इस सब गिरावट के बावजूद, यदि कोई कुशल अध्यापक है जो अपने विषय में पारंगत है, बड़ा सद्‌गुणी है और पवित्र मन वाला है। तो विद्यार्थी उसका आदर करते हैं वे उसे नहीं सताते, भले ही वे हड़ताल पर जाते हों बाहर और दूसरी कक्षाओं में सब प्रकार के फसाद खड़े करते हों पर उस अध्यापक की कक्षा में कोई गड़बड़ी नहीं करता, यह प्रदर्शित करता है कि विद्यार्थी ऐसे अध्यापकों की आवश्यकता अनुभव करते हैं। खेद है कि बहुत से अध्यापक विद्यार्थियों की इस कसौटी पर खरे नहीं उतर पाते, इसीलिए देश की शैक्षणिक संस्थाओ में इतना विक्षोभ मचा हुआ है।

शताब्दियों से चरम सत्य का साक्षात्कार ही राष्ट्र की महत्वाकांक्षा रही है। समाज की संरचना को इस प्रकार परिवर्तित और नव नियोजित किया जाता रहा है। जिससे सभी लोग कुछ सीमा तक संसार का अनुभव भी लेंलें। और लक्ष्य की प्राप्ति भी कर लें। शिक्षा का भी समायोजन उसी के अनुरूप किया जाता रहा। पराविद्या पर तब बड़ा बल दिया जाता था। ऐसी बात नहीं थी कि अपराविद्या को तिरस्कृत या उपेक्षित किया गया था। क्योंकि भारत उस युग में अपराविद्या के क्षेत्र में भी आगे बढ़ा हुआ था। पर बल पराविद्या पर चरित्र निर्माण, नैतिकता और ऐसी सब बातों पर बल दिया जाता, इससे विद्यार्थियों के व्यक्तित्व का समुचित विकास होता जिससे वे राष्ट्र द्वारा अभिलाषित लक्ष्य को प्राप्त करने मे समर्थ होते, ये सब उपाय उनके मन के गठन में सहायक होते, आखिर मन ही तो ऐसा औजार है। जिसके द्वारा मनुष्य जानता है। और यदि वही दोषपूर्ण हो, उसे यदि ठीक ढंग से न रखा जाये, तो मन के लिए ज्ञान का संग्रह करना कठिन हो जायेगा।

अतएव जब मन को, स्मृति को एक विशेष पद्धति से विकसित किया जाता है। तब वह ज्ञान के स्पष्टत: आंकलन में हमारा सहायक होता है। हमारी आधुनिक शिक्षा प्रणाली में मन के ऐसे प्रशिक्षण का अभाव है। यही पराविद्या और लौकिक शिक्षा के बीच का अंतर है।

पराविद्या की उपेक्षा ही शिक्षा पद्धति की समस्त बुराइयों की जड़ है। उसी के कारण आज हम इतना दिग्भ्रम देखते हैं।

शिक्षा का तात्पर्य बच्चों को पढ़ने-लिखने और कुछ अंकगणित का ज्ञान देना मात्र नहीं है। न ही किसी विशेष विषय की जानकारी प्रदान करना है। अपितु उसका अर्थ है, बच्चों की सहायता करना। जिससे वे अज्ञान और अपूर्णता को लांघ सकें, तथा उस समाज के आदर्शों के अनुसार परिपक्व हो सकें जिसमें बच्चों ने जन्म लिया है। जब हम कहते हैं कि बच्चा परिपक्व हो गया है तो उसका अर्थ यह है कि वह भीतर निहित कुछ गुणों को प्रकट करता है या कि अपनी सुप्त पूर्णता को कुछ मात्रा में अभिव्यक्त करता है। हमारे व्यक्तित्व के दो पहलू हैं एक है यथार्थ और दूसरा आभास! आभास वाला पक्ष ही समस्त लौकिक क्रियाओं के अध्ययन का विषय है। उसका तो अध्ययन किया जा सकता है। पर जो यथार्थ वाला पक्ष है वह अध्ययन के दायरे में नहीं पड़ता क्योंकि वह इंद्रियों के अतीत का है। भीतर का यह यथार्थ मनुष्य में पूर्ण है और उसे आत्मा ईश्वर आदि नामों से पुकारा गया है। व्यक्ति इस आत्मा के साथ तादात्म्य का जितना अनुभव करेगा वह उतना ही परिपक्व या पूर्ण होगा? अर्थात् मनुष्य में पहले से विद्यमान पूर्णता की अभिव्यक्ति जब हम अपने जीवन में इस पूर्णता को जो हमारी आत्मा का ही स्वरूप है अभिव्यक्त करने में समर्थ होते हैं। तब हम शिक्षा के लक्ष्य को पा लेते हैं। और अपनी समस्त पूर्णताओं जिसके कारण संसार का यह सारा दुख, कष्ट हमें हो रहा है। उसके होते हुए भी कैसे कह सकते हैं कि हम शिक्षित हैं।

आज की शिक्षा प्रणाली का दोष यह है कि उसका कोई निश्चित लक्ष्य नहीं एक चित्रकार जब चित्र बनाता, तो उसे अपने द्वारा बनाये जाने वाले चित्र की स्पष्ट कल्पना रहती है। उसी प्रकार जो शिल्पी एक पाषाण खण्ड से मूर्ति बनाता है उसे इसका स्पष्ट ज्ञान रहता है कि वह पत्थर को छेनी से काटकर कौन सी मूर्ति पैदा करेगा किन्तु आज के

शिक्षक को लक्ष्य का कोई स्पष्ट बोध नहीं होता या यह कहें कि उसके सामने कोई लक्ष्य ही नहीं होता जिसको पाने के लिए वह बच्चे को शिक्षा देता है। वे केवल लौकिक या अपरा विद्या पर ही बल देते हैं। और पराविद्या का कोई उल्लेख नहीं करते, वे पराविद्या को आवश्यक ही नहीं समझते इसलिए लक्ष्य बच्चे को एक कैरियर अथवा जीविकोपार्जन हेतु शिक्षा देने में ही सिमट जाता है। पर वस्तुस्थिति यही है कि पराविद्या के बिना किसी को भी सही मायने में शिक्षित नहीं कहा जा सकता पर अपराविद्या में भी हम क्षेत्र विशेष में विशेष योग्यता अर्जित करने की चेष्टा करते हैं। हमारी वर्तमान शिक्षा प्रणाली बच्चे को एक विशिष्ट क्षेत्र में तो विशेषज्ञ बना देती है। पर उसे वह उदार शिक्षा प्रदान नहीं करती, जिसके बल पर वह सही अर्थों में मनुष्य बन सके। और अपनी अतीत की सांस्कृतिक विरासत का अधिकारी कहला सके।

हमारी आधुनिक शिक्षा पद्धति में दूसरा दोष यह है कि उसमें ज्ञान प्राप्ति के औजार स्वस्थ मनोयंत्र के प्रशिक्षण पर ध्यान नहीं दिया जाता। भारत की प्राचीन शिक्षा प्रणाली में, मन के संस्कार, उसके नियंत्रण और प्रशिक्षण पर विशेष ध्यान दिया जाता था। ध्यान एकाग्रता और नैतिक पवित्रता के अभ्यास द्वारा उसे ज्ञान प्राप्ति का उपयुक्त यंत्र बनाया जाता था, शिक्षा के केन्द्र जनपदों से बहुत दूर होते थे। और मन के संसार के लिए उपयोगी वातावरण प्रस्तुत करते थे। यह निर्विवाद है कि स्वस्थ बौद्धिक जीवन के लिए एकांत और गहन ध्यान नितांत आवश्यक तत्व है।

हमारे देश की यह दुरावस्था क्यों है? इसलिए कि मनुष्य नहीं है। मनुष्य क्यों नहीं है? पहले तो भारत वर्ष में कितने मनीषी लोग थे। बड़े बड़े त्यागी महापुरुष थे। बड़े-बड़े सम्राट थे। पर आज ऐसी अवस्था क्यों हो गयी। स्पष्ट है कि मूल में ही गड़बड़ी है। हम लोग जो शिक्षा पाते हैं। उससे किसी प्रकार मनुष्य तैयार नहीं हो सकता। चरित्रवान मनुष्य तैयार नहीं हो सकता।

चरित्र गठन ही शिक्षा का महत्वपूर्ण अंग है। विद्यार्थियों के चरित्र गठन की ओर ध्यान देना होगा। चरित्र गठन के लिए धर्म की आवश्यकता होती है। हमारी प्राचीन शिक्षा प्रणाली में दो विभाग थे। एक थी अपरा विद्या और दूसरी परा विद्या थी। परा विद्या के द्वारा भारत वर्ष के श्रेष्ठ आदर्श की शिक्षा दी जाती। जो सहस्त्रों वर्षों से चली आ रही है। और वह है मोक्ष या धर्म मोक्ष ही मानव जीवन का उद्‌देश्य है। शिक्षा क्षेत्र में उसकी ओर हमारी दृष्टि होनी चाहिए। राष्ट्र के उद्‌देश्य, राष्ट्र के आदर्श के साथ जिस शिक्षा का कोई संबंध न हो, वह शिक्षा वस्तुत: शिक्षा ही नहीं है। अर्थात आदर्श शिक्षा के अभाव में ही आज हमारी ऐसी दुरावस्था है।

जब तक पूरी प्रणाली को बदला नहीं जाता तब तक देश के लिए कोई आशा नहीं है। जो लोग शिक्षा कार्य में रत हैं, उन सबका कर्त्तव्य है कि वे देखें जिससे शिक्षा के ये आदर्श बदलें, विश्वविद्यालयों, महाविद्यालयों के पाठ्‌यक्रमों में आवश्यक परिवर्तन किये जायें, तथा यह भी कि कोई हड़ताल आदि न हो। और विद्यार्थी शांतिपूर्वक अध्ययन कार्य में लगे रह सकें।

आज के राजनैतिक दल विद्यार्थियों को उनके शिक्षा संस्थानों से बाहर निकालकर अपनी स्वार्थ सिद्धि के लिए लड़ने में लगाते हैं। जिससे राजनैतिक जगत में उनका वर्चस्व बना रहे। यदि हम इस देश को एक बार फिर से महान बनाना चाहते हैं। तो यह सब बन्द करना होगा। अन्यथा मुझे तो कोई आश्चर्य न होगा, कि यदि इस प्रकार की शिक्षा से हमारी स्वतंत्रता जोखिम में पड़ जाये। अतएव हमें शिक्षा के अपने प्राचीन आदर्शों और तत्कालीन शिक्षा प्रणाली की ओर लौटना होगा? और यह देखना होगा कि छात्र शिक्षालयों से निकलने से पहले धर्म के गुणों और नैतिक मूल्यों को आत्मसात कर लें जिससे वे सही मायने में मनुष्य बन सकें। तथा अपने परिवार, समाज, राष्ट्र की जिम्मेदारियां अपने कंधों पर उठा सकें। शिक्षा का यही ध्येय होना चाहिए।

अतएव यहां के अध्यापकों को यह चेष्टा करनी चाहिए जिससे छात्र इन श्रेष्ठ गुणों को अपना सकें। यद्यपि वर्तमान शिक्षा प्रणाली में इस प्रकार की शिक्षा पाठयक्रम के बाहर की गतिविधियों के रूप में ही दी जा सकती है। फिर भी शिक्षक मण्डल का इस दिशा में सचेष्ट योगदान होना चाहिए। हम अपनी समस्त शिक्षण संस्थाओं में बात की चेष्टा कर रहे हैं। जिससे विद्यार्थी शांति पूर्वक अपना अध्ययन कर सकें। और बाद के जीवन में धर्मनिष्ठ, ईमानदार और सच्चे रह सकें। तथा आयुन्धनसत्ता इसी प्रकार का कुछ प्राप्त करने के लिए विभिन्न हथकंडों के चक्कर में न पड़ें, आज ये हथकंडे ही देश के लिए बड़े कलंक हैं और जब तक इनको दूर नहीं किया जाता, तब तक देश के लिए कोई आशा नहीं है।

यदि हम अपने राष्ट्र और समाज का पुनर्निर्माण करना चाहते हैं या एक महान राष्ट्र के रूप में पुनः सामने आना चाहते हैं, तो "क्षितिज के पार" जाकर यह संदेश देना होगा, और दूसरे राष्ट्रों को भी अपने इस संदेश में सहभागी बनाना पड़ेगा क्योंकि वे भी इसकी बाट जोह रहे हैं। हमने बीते दिनों में ऐसा किया था, और अब इस युग में भी हमें एक बार पुनः ऐसा करना होगा, फलस्वरूप ईश्वर से प्रार्थना है कि वे हमें इस शिक्षा प्रणाली को बदलने की शक्ति दे, जिससे देश प्राचीन नैतिक मूल्यों की ओर जा सके, और अपना पुनःनिर्माण कर सके।

४

पूरब का लाल

यदि पृथ्वी पर ऐसा कोई देश है, जिसे हम पुण्यभूमि कह सकते हैं, यदि ऐसा कोई स्थान है, जहां पृथ्वी के सब जीवों को अपना कर्मफल भोगने के लिए आना पड़ता है। यदि ऐसा कोई स्थान है जहां भगवान की ओर उन्मुख होने के प्रयत्न में संलग्न रहने वाले जीवमात्र को अंततः आना होगा। यदि ऐसा कोई देश है जहां मानव जाति की क्षमा, घृति, दया, शुद्धता आदि सद्वृत्तियों का सर्वाधिक विकास हुआ है। और यदि ऐसा कोई देश है जहां आध्यात्मिकता तथा सर्वाधिक आत्मान्वेषण का विकास हुआ है। तो वह भूमि भारत ही है। अत्यंत प्राचीन काल से ही यहां पर भिन्न-भिन्न धर्मों के संस्थापकों ने अवतार लेकर सारे संसार को सत्य से, आध्यात्मिक सनातन और पवित्र धारा से बारम्बार प्लावित किया है। यहां से उत्तर, दक्षिण, पूरब और पश्चिम चारों ओर दार्शनिक ज्ञान की प्रबल धारा में प्रवाहित हुई है और यहीं से वह धारा बहेगी, जो आज कल की पार्थिक सभ्यता को आध्यात्मिक जीवन प्रवाहित करेगी, विदेशों के लाखों स्त्री पुरुषों के जड़वाद की जो अग्नि धधक रही है उसे बुझाने के लिए जिस जीवनदायी सलिल की आवश्यकता है वह यहीं विद्यमान है।

यह वही प्राचीन भूमि है, जहां दूसरे देशों को जाने से पहले तत्त्व ज्ञान ने आकर अपनी वास भूमि बनायी थी। यह वही भारत है, जहां के

आध्यात्मिक प्रवाह का स्थूल प्रतिरूप उसके बहने वाले समुद्राकार नद हैं। जहां चिरन्तन हिमालय श्रेणीबद्ध उठा हुआ, हमें हिमशिखरों द्वारा मानो स्वर्ग राज्य के रहस्यों की ओर निहार रहा है। यह वही भारत है जिसकी भूमि पर संसार के सर्वश्रेष्ठ ऋषियों की चरण रज पड़ चुकी है। यही सबसे पहले मनुष्य-प्रकृति तथा अन्तर्जगत के रहस्योद्घाटन की जिज्ञासाओं के अंकुर उठे थे। आत्मा का अमरत्व अन्तर्यामी ईश्वर एवं जगप्रपंच तथा मनुष्य के भीतर सर्वव्यापी परमात्मा विषयक मतवादों का पहले पहल यहीं उद्भव हुआ था और यहीं धर्म दर्शन के आदर्शों ने अपनी चरम उन्नति प्राप्त की थी। यह वही भूमि है जहां से पुनः ऐसी ही तरंगे उठकर निस्तेज जातियों में शक्ति और जीवन का संचार कर देंगी। यह वही भारत है, जो शताब्दियों के आघात, विदेशियों के शत-शत आक्रमण और सैकड़ों, आचार व्यवहारों के विपर्यय सहकर भी अक्षय बना हुआ है। यह वही भारत है जो अपने अविनाशी वीर्य और जीवन के साथ अब तक पर्वत से भी दृढ़तर भाव से खड़ा है। आत्मा जैसे अनादि - अनंत और अमृत स्वरूप है वैसे ही हमारी मातृभूमि का जीवन है। और हम इसी देश की संतान हैं।

यह वही भूमि है जो पवित्र आर्यावर्त में पवित्रतम मानी जाती है। यह वही ब्रह्मावर्त है जिसका उल्लेख महर्षि मनु ने किया है यह वही भूमि है जहां से आत्म-तत्व के उच्चाकांक्षी वह प्रबल स्रोत प्रवाहित हुए हैं। जो आने वाले युगों में जैसा कि इतिहास में प्रकट है संसार को अपनी बाढ़ से आप्लावित करने वाला है। यह वही भूमि है जहां से उसकी वेगवती नद-नदियों के समान आध्यात्मिक महत्वाकांक्षायें उत्पन्न हुई, और धीरे-धीरे एक धारा में सम्मिलित होकर शक्ति सम्पन्न हुई। और अंत में संसार की चारों दिशाओं में फैल गयीं, तथा वज्र गम्भीर ध्वनि से उन्होंने अपनी महान शक्ति की घोषणा समस्त जगत में कर दी। यह वही वीर भूमि है जिसे भारत पर चढ़ाई करने वाले शत्रुओं के सभी आक्रमणों तथा अति-आक्रमणों का आघात सबसे पहले सहना पड़ा था।

आर्यावर्त में घुसने वाली बाहरी बर्बर जातियों के प्रत्येक हमले का सामना इसी वीर भूमि को अपनी छाती खोलकर करना पड़ा था। यह वही भूमि है, जिसने इतनी आपत्तियां झेलने के बाद भी अब तक अपने गौरव और शक्ति को एक दम नहीं खोया। यही भूमि है जहां बाद में दयालु नानक ने अपने अद्‌भुत विश्वप्रेम का उपदेश दिया। जहां उन्होंने अपना विशाल हृदय खोलकर सारे संसार को गले लगाने के लिए अपने हाथ फैलाये। यहीं पर हमारी जाति के सबसे बाद के तथा महान तेजस्वी वीरों में से एक गुरु गोविन्द सिंह ने धर्म की रक्षा के लिए अपना एवं अपने प्राण-प्रिय कुटुम्बियों का रक्त बहा दिया और जिनके लिए यह खून की नदी बहाई गई उन लोगों ने भी जब उनका साथ छोड़ दिया। तब वे मर्माहत सिंह की भांति चुपचाप दक्षिण देश में निर्जन वास के लिए चले गए और अपने देश भाइयों के प्रति अधरों पर एक भी कटु वचन न लाते हुए, तनिक भी असंतोष न प्रकट करते हुए शांत भाव से इहलोक से प्रयाण कर गये।

सुदीर्घ रजनी अब समाप्त होती हुई जान पड़ती है। महादुख का प्रायः अंत ही प्रतीत होता है। महानिद्रा में निमग्न शव मानो जागृत हो रहा है। इतिहास की बात तो दूर रही, जिस सुदूर अतीत के घनांधकार का भेद करने में किंवदंतियां भी असमर्थ हैं। वहीं से एक आवाज हमारे पास आ रही है। ज्ञान-भक्ति-कर्म के अनंत हिमालय स्वरूप हमारी मातृभूमि भारत की हर एक चोटी पर प्रतिध्वनित होकर, यह आवाज मृदु, दृढ़, परन्तु अभ्रांत स्वर में हमारे पास तक आ रही है। जितना समय बीतता है। उतनी ही वह और भी स्पष्ट तथा गंभीर होती जाती है। और देखो! वह निद्रित भारत अब जागने लगा है। मानो हिमालय के प्राणप्रद वायु स्पर्श से मृतदेह के शिथिल प्रायः अस्थि मास तक में प्राण संचार हो रहा है। जड़ता धीर-धीरे दूर हो रही है। जो अंधे हैं वे ही देख नहीं सकते, और जो विकृत बुद्धि हैं वे ही समझ नहीं सकते कि हमारी मातृभूमि अपनी गंभीर निद्रा से अब जाग रही है। अब कोई उसे रोक

नहीं सकता। अब यह फिर सो भी नहीं सकती कोई, बाह्य शक्ति इस समय इसे दबा नहीं सकती, क्योंकि यह असाधारण शक्ति का देश अब जागकर खड़ा हो रहा है।

हमारी इस मातृभूमि में इस समय भी धर्म और आध्यात्म विद्या का जो स्रोत बहता है। उसकी बाढ़ समस्त जगत को आप्लावित कर राजनैतिक उच्चाभिलाषाओं एवं नवीन सामाजिक संगठनों की चेष्टाओं में प्रायः समाप्त प्राय अर्धमृत तथा पतनोन्मुखी पाश्चात्य और दूसरी जातियों में नव जीवन का संचार करेगी। नाना प्रकार के मत मतांतरों के विभिन्न सुरों से भारत गगन गूंज रहा है। जिसका प्रधान सुर है। त्याग "विषपान विषवतत्यज" भारतीय सभी शास्त्रों की यही एक बात है। यही सभी शास्त्रों का मूल मंत्र है।

प्राचीन महान आचार्यों का अनुसरण करना, क्योंकि वे सब महान समाज के संस्थापक थे। बल, पवित्रता और जीवन शक्ति के अद्भुत आधार थे। उन्होंने सबसे अद्भुत कार्य किया। समाज में बल पवित्रता और जीवन शक्ति संचारित की, अतः ऐसा ही हमें भी अद्भुत कार्य करना है। आज अवस्था कुछ बदल गयी है। इसलिए कार्य प्रणाली में कुछ परिवर्तन करना होगा क्योंकि प्रत्येक व्यक्ति की भांति प्रत्येक राष्ट्र का भी एक विशेष जीवनोद्देश्य है। वही उसके जीवन का केन्द्र है। उसके जीवन का प्रधान स्वर है। जिसके साथ अन्य सब स्वर मिलकर समरसता उत्पन्न करते हैं। भारत में धार्मिक जीवन ही राष्ट्रीय जीवन का केन्द्र है और वही राष्ट्रीय जीवन रूपी संगीत का प्रधान स्वर है। यदि कोई राष्ट्र अपनी स्वाभाविक जीवन शक्ति को दूर फेंक देने की चेष्टा करे, शताब्दियों से जिस दिशा की ओर उसकी विशेष गति हुई है। उससे मुड़ जाने का प्रयत्न करें और यदि वह अपने इस कार्य में सफल हो जाये तो वह राष्ट्र मृत हो जाता है। अतएव यदि तुम धर्म को फेंक कर, राजनीति, समाज नीति अथवा अन्य किसी दूसरी नीति को अपनी जीवन शक्ति का केन्द्र बनाने में सफल हो जाओ, तो उसका फल यह होगा

कि तुम्हारा अस्तित्व तक न रह जायेगा। यदि तुम इससे बचना चाहो तो अपनी जीवन शक्ति रूपी धर्म के भीतर से ही तुम्हें अपने सारे कार्य करने होंगे। अपनी प्रत्येक क्रिया का केन्द्र इस धर्म को ही बनाना होगा। तुम्हारे स्नायुओं का प्रत्येक स्पंदन, तुम्हारे इस धर्म रूपी मेरुदण्ड के भीतर से गुजरे तभी संभव हो सकेगा।

हर एक स्त्री को, हर एक पुरुष को और सभी को ईश्वर के ही समान देखो, तुम किसी की सहायता नहीं कर सकते, तुम्हें केवल सेवा करने का अधिकार है। प्रभु की संतान की, यदि भाग्यवान हो तो स्वयं प्रभु की ही सेवा करो। यदि ईश्वर के अनुग्रह से उसकी किसी संतान की सेवा कर सकोगे तो तुम धन्य हो जाओगे। अपने ही को बहुत बड़ा मत समझो। तुम धन्य हो क्योंकि सेवा करने का तुमको अधिकार मिला, और दूसरों को नहीं मिला। केवल ईश्वर पूजा के भाव से सेवा करो। दरिद्र व्यक्तियों में हमको भगवान को देखना चाहिए। अपनी ही मुक्ति के लिए उनके निकट जाकर हमें उनकी पूजा करनी चाहिए। अनेक दुखी और कंगाल प्राणी हमारी मुक्ति के माध्यम हैं। ताकि हम रोगी, पागल, कोढ़ी, पापी आदि स्वरूपों में विचरते हुए प्रभु की सेवा करके अपना उद्धार करें।

यदि आप राष्ट्रीय जीवन को दुरुस्त रखना चाहते हैं। तो आपको आध्यात्मिकता की रक्षा के लिए सचेष्ट होना होगा। एक हाथ से धर्म को मजबूती से पकड़कर दूसरे हाथ को बढ़ा अन्य जातियों से जो कुछ सीखना हो सीख लीजिए किन्तु स्मरण रहे कि जो कुछ आप सीखें, उसके मूल आदर्श को अनुगामी ही रखना होगा। तभी अपूर्व महिमा से मण्डित भावी भारत का निर्माण होगा। मेरा दृढ़ विश्वास है कि शीघ्र ही वह शुभ दिन आ रहा है और भारत वर्ष किसी भी काल में जिस श्रेष्ठता का अधिकारी नहीं था, शीघ्र ही उस श्रेष्ठता का अधिकारी होगा। प्राचीन ऋषियों की अपेक्षा श्रेष्ठत्तर ऋषियों का आविर्भाव होगा। आपके पूर्वज अपने वंश धरों की इस अभूतपूर्व उन्नति से बड़े संतुष्ट

होंगे। इतना ही नहीं अपितु अटल सत्य है कि वे परलोक में अपने-अपने स्थानों से अपने वंशजों को इस प्रकार महिमा मण्डित और महत्वशाली देखकर अपने को महान गौरवान्वित समझेंगे।

हम सभी लोगों को इस समय कठिन परिश्रम करना होगा। अब सोने का समय नहीं है। हमारे कार्यों पर भारत का भविष्य निर्भर है। भारत माता तत्परता से प्रतीक्षा कर रही है। वह केवल सो रही थी। उसे जगाइए, और पहले की अपेक्षा और भी गौरव मण्डित और शक्तिशाली बनाकर शक्तिभाव से उसे उसके चिरन्तन सिंहासन पर प्रतिष्ठित कर दीजिए। ईश्वरीय तत्व का ऐसा पूर्ण विकास हमारी मातृभूमि के अतिरिक्त किसी अन्य देश में नहीं हुआ था। क्योंकि ईश्वर विषयक इस भाव का अन्यत्र कभी अस्तित्व नही था किन्तु यह तत्व कि ईश्वर कल्याणकारी और परम कृपालू है। हमारे माता-पिता भिन्न प्राणों के प्राण, और आत्मा की अन्तरात्मा हैं। केवल भारत ही जानता रहा है। अंत में जो शैवों के लिए शिव, वैष्णवों के लिए विष्णु, कर्मियों के लिए कर्म, बौद्धों के लिए बुद्ध, जैनों के लिए जिन, ईसाईयों और यहूदियों के लिए जिहोवा, मुसलमानों के लिए अल्लाह, और वेदत्रियों के लिए ब्रह्म हैं। जो सब धर्मो सब सम्प्रदायों के प्रभु हैं। जिनकी सम्पूर्ण महिमा, केवल भारत ही जानता था। वे सर्वव्यापी, दयामय प्रभु हम लोगों को आशीर्वाद दें, हमारी सहायता करें, हमें शक्ति दें, जिससे हम अपने उद्देश्य को कार्यरूप में परिणित कर सकें।

अन्यान्य राष्ट्रों के लिए संसार के अनेक कृत्यों में एक धंधा मात्र है। वहां राजनीति है। सामाजिक जीवन की सुख सुविधाये हैं। धन तथा प्रभुत्व द्वारा जो कुछ प्राप्त हो सकता है और इंद्रियों को जिससे सुख मिलता है। उन सबके पाने की चेष्टा भी है। इन सब विभिन्न जीवन व्यापारों के भीतर तथा भोग से निस्तेज हुई इंद्रियों को पुनः उत्तेजित करने के लिए उपकरणों की समस्त खोज के साथ वहां संभवता थोड़ा

बहुत धर्म-कर्म भी है। परन्तु यहां भारत वर्ष में मनुष्य की सारी चेष्टायें धर्म के लिए हैं। धर्म ही जीवन का एक मात्र उपाय है।

अपने आप पर अगाध, अटूट, विश्वास रखो, कि प्रत्येक की आत्मा में अनंत शक्ति विद्यमान है। तभी तुम सारे भारत वर्ष को पुनरुज्जीवित कर सकोगे। वेदों में कहा है कि युवक बलशाली स्वस्थ तीव्र मेधा वाले, और उत्साह युक्त मनुष्य ही ईश्वर के पास पहुंचते हैं। अपने भविष्य को निश्चित करने का यही समय है। इसलिए आओ, हम अपने आगे एक महान आदर्श खड़ा करें और उसके लिए अपने जीवन का उत्सर्ग कर दें। यही हमारा निश्चय हो।

हमें दृढ़ विश्वास है कि सर्व-साधारण जनता के भीतर से हजारों मनुष्य आकर इस व्रत को ग्रहण करेंगे और इस कार्य की इतनी उन्नति तथा विस्तार करेंगे। जिसकी आशा हमने कभी कल्पना में भी न की होगी। हमें अपने देश पर विश्वास है। विशेषतः अपने देश के नव युवकों पर, और तुम्हारे सामने यही महान कर्त्तव्य है किसी बात से मत डरो। तुम अद्‌भुत कार्य करोगे। जिस क्षण तुम डर जाओगे, उसी क्षण तुम बिलकुल शक्तिहीन हो जाओगे। संसार में दुख का मुख्य कारण भय ही है। यही सबसे बड़ा कुसंस्कार है। यह भय हमारे दुखों का कारण है। जिससे क्षणभर में स्वर्ग प्राप्त होता है।

पहले अपने पैरों पर खड़े हो जाइए, फिर सब राष्ट्रों से जो कुछ अपना बनाकर ले सके, ले लीजिए। जो कुछ आपके काम का है। उसे प्रत्येक राष्ट्र से लीजिए किन्तु स्मरण रखियेगा, कि भारतीय होने के नाते हमको दूसरी सारी बातों को अपने जातीय जीवन की मूल भावनाओं के अधीन रखना होगा। प्रत्येक व्यक्ति ने किसी न किसी कार्य साधन के विशेष उद्‌देश्य से जन्म लिया है। उसके जीवन की वर्तमान गति अनेक पूर्व जन्मों के फलस्वरूप उसे प्राप्त हुई है। अर्थात प्रत्येक व्यक्ति महान उत्तराधिकार लेकर जन्मा है। जो आपके महिमामय राष्ट्र के अनंत अतीत

जीवन का सर्वस्व है। सावधान आपके लाखों पुरखे आपके प्रत्येक कार्य को बड़े ध्यान से देख रहे हैं।

उठो, जागो और जब तक अभीष्ट वस्तु को प्राप्त नहीं कर लेते तब तक बराबर उसकी ओर बढ़ते जाओ, स्वदेशवासियों उठो जागो! शुभ मुहूर्त आ गया है। सब चीजें अपने आप तुम्हारे सामने खुलती जा रही हैं। हिम्मत करो और डरो मत। हमें अभी निर्भय होना होगा। तभी हम अपने कार्य में सिद्धि प्राप्त करेंगे। उठो, जागो तुम्हारी मातृभूमि को इस महाबलि की आवश्यकता है। इस कार्य की सिद्धि युवकों से ही हो सकेगी। युवा, आशिष्ठ, दृढ़िष्ट, बलिष्ठ, मेधावी उन्हीं के लिए यह कार्य है। अतः उठो जागो! संसार तुम्हें पुकार रहा है। अपने रक्त में उत्साह भरकर जागो। मत सोचो कि तुम गरीब हो, मत सोचो कि तुम्हारे मित्र नही हैं। अरे! क्या तुमने कभी देखा है कि रुपया मनुष्य का निर्माण करता है। नहीं, मनुष्य ही सदा रुपये का निर्माण करता है। यह सम्पूर्ण संसार मनुष्य की शक्ति से विश्वास की शक्ति से निर्मित हुआ है।

मनुष्य, केवल मनुष्य भर चाहिए। बाकी सब-कुछ अपने आप से हो जायेगा। आवश्यकता है वीर्यवान्, तेजस्वी, श्रद्धा सम्पन्न, और दृढ़ विश्वासी, निष्कपट नवयुवकों की। ऐसे सौ मिल जायें तो संसार का कायाकल्प हो जाये। इच्छा शक्ति संसार में सबसे अधिक बलवती है। उसके आगे दुनिया की कोई चीज ठहर नहीं सकती, क्योंकि वह भावना भगवान से आती है। विशुद्ध और दृढ़-इच्छा शक्ति सर्व शक्ति-भाव है।

ऐ मेरे स्वदेशवासियो राष्ट्रीय जीवन रूपी यह जहाज लाखों लोगों को जीवन रूपी समुद्र के पार करता रहा है। कई शताब्दियों से इसका यह कार्य चल रहा है। और उसकी सहायता से लाखों आत्मायें इस सागर के उस पार अमृतधाम में पहुंची हैं। पर आज तुम्हारे ही दोष से इस पोत में कुछ खराबी हो गयी है। इसमें एक-दो छेद हो गये हैं। तो क्या तुम

इसे कोसोगे? संसार में जिसने तुम्हारा सबसे अधिक उपकार किया है। उसके विरुद्ध खड़े होकर उस पर गाली बरसाना क्या तुम्हारे लिए उचित है। यदि हमारे इस समाज में इस राष्ट्रीय जीवन रूपी जहाज में छेद है। तो हम तो उसकी संतान हैं। आओ चलें, उन छेदों को बंद करे। उसके लिए हंसते-हंसते अपने हृदय का रक्त बहा दें। और यदि हम ऐसा न कर सके, तो हमारा मर जाना ही उचित है। हम अपना भेजा निकालकर उसकी डॉट बनायेंगे और जहाज के उन छेदों में भर देंगे। पर उसकी कभी भर्त्सना न करें। इस समाज के विरुद्ध एक कड़ा शब्द तक न निकालो। उसकी अतीत की गौरव गरिमा के लिए मेरा उस पर प्रेम है। मैं तुम सबको प्यार करता हूँ। क्योंकि तुम देवों की संतान हो। महिमाशाली पूर्वजों के वंशज हो। तब भला मैं तुम्हें कैसे कोस सकता हूँ। यह असंभव है। तुम्हारा सब प्रकार से कल्याण हो। ऐ मेरे स्वदेशवासियो! मैं तुम्हारे पास आया हूँ। अपनी सारी योजनायें तुम्हारे सामने रखने के लिए। यदि तुम उन्हें सुनो तो मैं तुम्हारे साथ काम करने के लिए तैयार हूँ। पर यदि तुम उनको न सुनो और मुझे ठुकराकर अपने देश के बाहर भी निकाल दो, तो भी मैं तुम्हारे पास वापस आकर यही कहूंगा। भाई, हम सब डूब रहे हैं। मैं आज तुम्हारे बीच बैठने आया हूँ और यदि हमें डूबना है, तो आओ, हम सब साथ ही डूबें, पर एक भी कटु शब्द हमारे होठों पर न आने पाये।

जो हमारी समग्र जाति का सृष्टा पालक एवं रक्षक है। जो हमारे पूर्वजों का ईश्वर है। भले ही वह विष्णु, शिव शक्ति या गणेश, आदि नामों से पुकारा जाता हो, सगुण या निर्गुण, अथवा साकार या निराकार रूप से उसकी उपासना की जाती हो। जिसे जानकर हमारे पूर्वज "एकं सद्विप्रा बहुधा वदन्ति" कह गये हैं। वह अपनी अनंत प्रेम शक्ति के साथ हममें प्रवेश करे। अपने शुभाशीर्वादों की हम पर वर्षा करें हमें एक दूसरे को समझने की सामर्थ्य दें। जिससे हम यथार्थ प्रेम के साथ सत्य के प्रति तीव्र अनुराग, के साथ एक दूसरे के हित के लिए कार्य कर

सकें जिससे "पूरब के लाल" के आध्यात्मिक पुनर्निर्माण के इस महत्कार्य में हमारे अंदर व्यक्तिगत नाम, यश, व्यक्तिगत स्वार्थ, व्यक्तिगत बड़प्पन की वासना के अंकुर न फूटें।

५

सनातन् आर्यावर्त

ॐ भद्रमिच्छन्ति ऋषयः स्वर्विदः तपोदीक्षामुपसेदुरग्रे।
ततो राष्ट्रं बलमोजश्च जातं तदस्मै देवा उपसं नमन्तु।।
(अथर्व-का १६, सूक्त ४१ मंत्र-१)

"सर्वजन कल्याण के उददेश्य से जन समस्या को जानने वाले ऋषियों ने दीक्षा पूर्वक उग्रतप (परिश्रम) किया। एवं उस कारण से समाज में राष्ट्र भाव जाग्रत हुआ। वह राष्ट्र इतना तेजस्वी और बलवान था कि संसार के दिव्य पुरुष भी उसके सामने नतमस्तक होते थे। राष्ट्र निर्मित की यह प्रक्रिया हमें बताती है कि हजारों वर्षों के जनसंस्कारों का एकत्रित प्रतिफल राष्ट्र हुआ करता है।"

देश और राज्यों के संगठनात्मक ऐक्य का नाम राष्ट्र है। राष्ट्र देश की समग्रता, भावात्मक संगठन और राजनीतिक एकता का द्योतक है। यह इस तथ्य से प्रकट होता है कि ऋग्वेद में सामाजिक संगठन की पांच क्रमिक विकास भूमियां बताई गई हैं। प्रथम - कुल जो कुलप के सरंक्षण में घर के सदस्यों के संगठन का नाम है। कुलों का समूह ग्राम, जो ग्रामिणी के नेतृत्व में काम करता है। ग्राम से बड़ा विश् समूह जिसका मुखिया विशपति, विश् के नागरिक विट् कहलाते, विश् से बड़ा

समूह जन कहलाता, जन राजा के शासन तंत्र से सीधा संबंध रखता था। इसी कारण राजा को जनरक्षक कहते हैं।

राष्ट्र से बड़ा साम्राज्य इसके शासकों को कृमिक उच्चता के आधार पर, अधिराज, राजाधिराज, एकराष्ट्र, सम्राट, स्वराष्ट्र, विराट, सर्वराट, कहा जाता, ये अपना पद गौरवान्वित करने हेतु राजसूय, वाजपेय, अश्वमेघ, पुरुषमेघ, सर्वमेघ आदि यज्ञ करते थे।

अतः स्पष्ट है कि राष्ट्र भावना में भौगोलिक एकता संगठनात्मक एकता, भावानात्मक एकता, ऐतिहासिक एकता, अभिव्यक्ति प्रणाली की एकता आदि का विचार प्रमुख होता है। इसीलिए कहा है कि प्रजा ही राष्ट्र है राष्ट्र के विचार में प्रजा का विचार ही सब कुछ है। प्रजा के हित और संरक्षण ही राष्ट्र की सुरक्षा है। प्रजा की समृद्धि राष्ट्र का मूल राष्ट्रत्व है। वेदों ने राष्ट्र की प्रभुसत्ता प्रजा में रखी है।

श्लोक - भरणाच्च प्रजानां वैमनुर्भरत उच्यते।
निरुक्त वचनाच्चैव वर्ष तद भारतं स्मृतम।।
(वायु पुराण अध्याय-४५ श्लोक ७६)

आदि प्रजापति मनु को प्रजा जनों का भरणपोषण करने के कारण भरत अर्थात भरण पोषण करने वाला कहा जाता है। निरुवत (व्याकरण) के अनुसार भरत का देश भारत कहलाया।

श्लोक - प्रियंवदो नाम सुतो मनो स्वायंभुवस्यहि।
तस्याग्नीध्र ततो नाभि ऋषयश्च सुतस्ततः।।
अवतीर्णपुत्र शतं तस्यासीद वेद पार गम।
तेषां वै भरतो, ज्येष्ठो नारायण परायणः।
विख्यातं सर्वमेतद्धि नाम्नाभारत उत्तमम्।

वैसे स्वायंभुव मनु का पुत्र प्रियंवद था। उसके अग्निघ्र, नामि और ऋषभ ये पुत्र हुए। ऋषभ के सौ पुत्र हुए। वे सब वेद में पारंगत थे।

उनमें ज्येष्ठ भरत, नारायण का भक्त था। उस भरत के नाम से यह देश भारत नाम से विख्यात हुआ ऐसा भी वर्णन मिलता है।

श्लोक - जाम्बवे भारतं वर्ष तीर्थ त्रैलोक्य विश्रुतम।
कर्मभूमि यतः पुत्र तस्मात् तीर्थं यदुच्यते।। (ब्रह्मपुराण)

जम्बूद्वीप में भारत वर्ष तीर्थ के नाते तीनों लोकों में विश्रुत है। यह कर्मभूमि होने से ही तीर्थस्थान कहलाती है।

श्लोक - अत्रापि भारतं श्रेष्ठं जम्बूद्वीपे महामुने।
यतोहि कर्म भूरेषा यतन्यो भोगभूमयः।।
अत्र जन्म सहस्राणां सहस्त्रेरपि सत्तमम्।
कदाचित लभते जन्म मनुष्या पुण्य संचयात्।। (महाभारत)

जगत में भारत श्रेष्ठ है। यह कर्मभूमि है। अन्य भोग भूमि हैं। यहां सहस्त्रों सहस्र जन्मों पश्चात पूर्वजन्म में संचित पुण्य के फलस्वरूप मनुष्य जन्म प्राप्त होता है।

भारत नाम का अर्थ है भा यानि प्रकाश रत माने लगा हुआ। यह ज्ञान से परिपूर्ण भारत है। ऋषियों में माताभूमिः पुत्रोऽहम् पृथिव्या भाव रहा, तब तक किसी का साहस नहीं हुआ कि इस देश पर आंख उठा सके।

भारत देश अत्यंत प्राचीन देश है। इसका नाम भारत है। अर्थात प्रकाश में रत इसका वैदिक वाङ्मय एवं प्राचीन इतिहास में इसकी श्रेष्ठता का दिग्दर्शन होता है। वैदिक काल में धर्म कर्म और आध्यात्म शिक्षा और गृहस्थ धर्म का उच्चकोटि का दर्शन दिखाई देता है।

समस्त ज्ञान-विज्ञान के विकरण में जो रत है। वही भारत है। (भा-ज्ञान-प्रकाश) रत फैलाने में लगा। लिखना पढ़ना, बोलना, खेती करना, वस्त्र पहनना, गणित, विज्ञान, कला, साहित्य, ज्योतिष, ललित कलायें, सब कुछ तो भारत ने दुनिया को सिखाया है। जब सारी दुनिया सोई थी। तब भारत ने ही ज्ञान का दीप जलाया था।

आखिर क्या था इस नाम में जो संसार के इस प्राचीनतम जनाकीर्ण भूखण्ड को भारत के नाम से जाना जाने लगा। भारतीयता की अवधारणा इस शब्द के अर्थ लोक में ही प्रकाशित होती है। भारत शब्द का अर्थ होता है भरना, आपूरण करना, जो रीते को पूर्ण कर दे, लबालब भर दे, पूर्णता जीवन का पर्याय है। हमारे सम्पूर्ण जीवन प्रयत्न इस आपूरण की संसिद्धि के लिए ही हैं। रिक्तता तो मृत्यु है। अधूरापन प्रकृति है। यह पूर्णता की यात्रा ही वस्तुतः जीवन है और इस यात्रा का संपादन संस्कृति है। संत तुलसी ने संकेत किया है।

चौपाई– विश्व भरण पोषण कर जोई।
ताकर नाम भरत अस होई।। (रामचरित मानस)

मनु पुत्र आदि चरित्रों में वह वैयक्तिक श्रेष्ठता तो है। जो अन्यत्र अलभ्य प्रायः है। वह महनीयता भी है कि स्मरण मात्र से गौरवानुभूति कर दे। तथापि मानव मात्र की आत्यंतिक संसिद्धि की जो बात भारत में है। उसके अर्थ बोध में है। वह अन्यत्र नहीं। यहां भारत एक व्यक्ति मात्र नहीं है। एक भाव है। एक व्यवस्था है। जीवन प्रक्रिया है।

भारत एक पूर्ण और पवित्र इकाई है। उत्तर में खड़ा हिमालय सतत् दक्षिण में लहराते सागर से मिलता है। प्रतिक्षण और प्रत्येक परिस्थिति में हरहराता हिन्द महासागर हिमालय के गले जा लगने का क्रम कभी नहीं भूलता। कन्याकुमारी से लेकर दक्षिण के पूरे भारत को दुलराता, पूर्वांचल को पखारता, उत्तरांचल को धोता हुआ पश्चिम में मानसून के पैरों वापस लौटता है। मलयागिरि का पवन कश्मीर की घाटियों को जा छूता है। सम्पूर्ण भारत की प्रकृति एक ही जीवन्त इकाई बन परम व्याप्त चेतना को अपने वैशिष्ट्य और अपनी पहिचान में मंडित करती है। इस चेतना को हम भारतीय चेतना, हिन्दू चेतना, आर्यवर्त की चेतना कहते हैं। इस चेतना का संचार प्रत्येक कण में, प्रत्येक क्षण में, प्रत्येक चिंतन में, प्रत्येक आचरण में, प्रत्येक संबंध और संबोधन में और प्रत्येक कर्म और कृति में, समान रूप में विद्यमान है। यह चेतना गंगा जल सी पावन

चेतना है। जो गंगोत्री से गंगासागर तक समान है और सभी के लिए हितकारी है।

हमारी मातृभूमि एक भूमि का टुकड़ा नहीं है। न वाणी का अलंकार है। और न मस्तिष्क की कल्पना की एक उड़ान मात्र, वह एक महान शक्ति है। जिसका निर्माण करोड़ों को मिलाकर हुआ है। जो राष्ट्र का निर्माण करते हैं। ठीक वैसे ही जैसे सारे करोड़ों देवताओं की शक्ति को एकत्र कर एक बल राशि संचित की गयी और उसे परस्पर जोड़कर एकता स्थापित की गई। जिससे महिषमर्दिनी प्रकट हुई। वह शक्ति जिसे हम भारत, भारती, भवानी कहकर पुकारते हैं। कोटि-कोटि लोगों की शक्तियों की जीती जागती एकता है। पर वह निष्क्रिय है। तमस के इंद्रजाल में बंदी होकर अपने पुत्रों की आत्मासक्त क्रियाहीनता और अज्ञानता के वशीभूत होकर।

यह देश कोई जमीन का टुकड़ा नहीं है। यह तो साक्षात राष्ट्र पुरुष है। गौरीशंकर जिसकी शिखा है। हिमालय जिसका मस्तक है। कश्मीर मुकुटमणी है। पंजाब और असम जिसके विशाल कंधे है। दिल्ली जिसका दिल है। और विध्यांचल जिसकी कटि, नर्मदा जिसकी कटि मेखला है। पूर्व घाट और पश्चिम घाट जिसकी दो विशाल जंघा हैं। सागर जिसके चरण धुलाता है। मलयानिल जिसके विजन डुलाता है। वर्षा के काले-काले बादल जिसकी कुंतल केश राशि हैं। ये चांद और सूरज जिसकी आरती उतारते हैं। यह देवताओं की भूमि है। पुण्य पुरुषों की भूमि है। यह वंदन की भूमि है। अभिनंदन की भूमि है। तर्पण की भूमि है। अर्पण की भूमि है। यहां का कंकर कंकर हमारे लिए शंकर है। और प्रत्येक नदी का जल बिन्दु गंगाजल है। यहां का कण-कण हमें प्यारा है। यहाँ का जन जन हमारा है। यह विराट पुरुष आज भी खड़ा है। शताब्दियों की समृद्धि संजोता हुआ।

विश्व के मानचित्र पटल पर देदीप्यमान अपना देश भारत (हिन्दुस्तान) नहीं आर्यावर्त था। लेकिन इस्लामिक आक्रमणों के कालखण्डों में यह

हिन्दुस्थान बन गया। आर्यावर्त के आर्य महर्षियों ने सम्पूर्ण विश्व को सभ्यता के संस्कार दिये हैं। धर्म, संस्कृति, सभ्यता, कला, साहित्य, तथा दिव्य मानवीय सद्गणों का आर्य चिंतको द्वारा ही विकास हुआ, कृतज्ञ विश्व ने स्वाभाविक रूप से आर्यभूमि को गुरुत्व की गरिमा से मंडित किया है।

भारतीय संस्कृति में भारत को भूमि मात्र नहीं अपितु उससे कहीं बढ़कर माता का स्तर प्रदान किया गया है। इसलिए वेदों में कहा गया है। माता भूमि पुत्रोऽहम्, पृथिव्या यानि भूमि मेरी माता है और मैं इसका पुत्र। यह भाव ही राष्ट्रीयत्व या राष्ट्र पुनर्निर्माण में महत्वपूर्ण भूमिका निभाता है। जब तक मनुष्य के जीवन में राष्ट्रहित का भाव नहीं आयेगा। तब तक राष्ट्र की समृद्धि संभव नहीं। सम्पूर्ण समाज, सम्पूर्ण राष्ट्र और उसका कण कण मेरा है। इसका दुख मेरा दुख है। इसका सुख मेरा सुख है। ऐसी भावना से ओत प्रोत वैचारिक और मानसिक क्रांति की आवश्यकता है। तभी राष्ट्र रक्षा संभव होगी। राष्ट्र रक्षा के लिए यह अनिवार्य तत्व है कि हमारा राष्ट्र के साथ एकात्म भाव का निर्माण हो। यही भाव भारत में अनादि काल से व्यक्त किया जाता रहा है। विष्णु पुराण में कहा गया है:

श्लोक– (१) हिमालयं समारभ्य यावद्इन्दुसरोवर
तं देवनिर्मितं देशं हिन्दुस्थानं प्रचक्षते। (बृहस्पतिआगम)

(२) उत्तरं यस्य समुद्ररच हिमाद्रैश्चैव दक्षिणम।
वर्ष तद भारतं नाम भारती यत्र संतति।। (विष्णुपुराण)

(३) अस्त्युत्तरस्यां दिशी देवतात्मा हिमालयो नाम नगाधिराजः
पुर्वापरौतोयनिधं वगाह्यस्थिता पृथिव्या इवमानदण्ड
(कुमार संभव)

(४) देशः पृथ्वी तस्यां हिमवत समुद्रान्तरम उदीचीनं।
योजने सहस्त्र परिमाणं त्रिर्यक चक्रवर्ती क्षेत्रम
(अर्थशास्त्र)

(५) इक्ष्वाकूणां इयंभूमिः सशैल वन कानना
मृगपक्षि मनुष्याणां निहानुग्रहेस्वपि
(वाल्मिकी रामायण सर्ग - १८ श्लोक - १६)

भारत में भूमि के प्रति यह भाव आज का नहीं है। यह भाव हजारों हजार वर्ष पुराना हैं। हजारों हजार साल से यह भूमि हमारी माता और हम इसके पुत्र है। अतः हमारा ही यह परम दायित्व है कि इसकी रक्षा में महत्वपूर्ण दायित्व निभाते हुए अपना सम्पूर्ण जीवन समर्पित कर दें। क्योंकि भारतीय संस्कृति में राष्ट्र रक्षा से बड़ा कोई काम नहीं माना गया है।

श्लोक - "राष्ट्र रक्षा समं पुण्यं राष्ट्र रक्षा समं व्रतम।
राष्ट्र रक्षा समे याज्ञो दृष्टो नैव च नैव च।।"

ऐसा उदात्त एवं उदार जगद गुरुत्व सीखने का आह्वान भर है। यही गुरु भाव ही भारत का मूल भाव है। गौरव है गौरव शब्द का मूलभाव भी गुरु से ही अर्थवान है। बड़प्पन वह अर्थ समानता नहीं। भारत शब्द के दो अर्थ हैं। उनमें भी गुरुभाव ही ध्वनित है। भरत नाम के दो राजाओं का देश है। अतः पहले भारत वर्ष और बाद में भारत या भरत खण्ड नाम पड़े। भरत यानें भरण करने वाला दूसरा अर्थ भारत यानि भा बुद्धि के कार्यों में रत लगा रहने वाला।

प्रकृति ने भारत की झोली सम्पन्नता से भरी है। उत्तर में हिमालय, गंगा, ब्रह्मपुत्र, सिंधु का विशाल मैदान, दक्षिण में हरहराता सागर अपने अतुल सम्पदा समेटे अपने पुत्रों के लिए सतत प्रस्तुत है। परन्तु पौरुष के हाथ अभी तक नहीं उठे हैं। बुद्धि नहीं दौड़ी है। भारत की धरती पर शौर्य शक्ति का अजस्र स्रोत है। जल की अकूत सामर्थ्य है। वायु की प्रचण्ड क्षमता है। मिट्टी के तेल पर तैर रहा है। अणु शक्ति की सबल संभावनायें हैं और जन शक्ति में विश्व का सर्वाधिक समर्थ देश है। फिर विलंब क्यों? शक्ति संसाधनों का योग्य उपयोग करना ही होगा। अभाव

ग्रस्त भारत केवल अभाव को ही दूर न करे, अपतु विश्व को भाव से भर दे।

भारत की प्रकृति ने भारत को विश्व शक्ति की सामर्थ्य और विश्व के नेतृत्व की अपूर्व क्षमता प्रदत्त की है। परन्तु विदेशी दासता से उत्पन्न आत्महीनता और विदेशी मानसिकता से स्वतंत्र होने पर भी भारत को पर दृष्टि, परतंत्र, परमंत्र और स्वविस्मरण के जाल ने जकड़ लिया है। स्वसत्ता आते ही स्वतंत्र और स्वतंत्र के हाथों स्व की अभिव्यक्ति सभी क्षेत्रों में पूरी शक्ति से प्रकट होना चाहिए थी। ऐसा नहीं हुआ। क्योंकि इस स्व की साधना के बीच सत्ता आ बैठी थी। राष्ट्र नहीं सत्ता ही साध्य बन गई सत्ता के फेर में फंसी अंधी राजनीति ने राष्ट्र को चारों तरफ से चुनौतियों में फंसा दिया।

भारत विश्व का गुरु रहा है। गुरु का सामर्थ्य आज भी उसमें है। वह मुखिया के पद पर स्वाभाविक ही बैठा है। अपने को भूला इसीलिए विनाश की ओर बढ़ा। जागृत हो अपना रूप पहचानना ही होगा। जीने की कला भारत ही जानता है। उसी ने सिखाया है कि प्रत्येक चिंतन और प्रत्येक आचरण धर्माधिष्ठित हो, कर्म का हर पग धर्म की धरती पर पड़े। अर्थ पैदा करें तो धर्मधारित ढंग से अर्थ का व्यय करें तो धर्माधारित ढंग से, कामना करे। परन्तु वह जो व्यक्ति समाज और देश को बनाने में सहायक हो इस कामना की पूर्ति भी करे? तो रही निर्माण की दृष्टि को लेकर राजनीति चले। परन्तु धर्म की डगर छोड़कर नहीं। राम बने रावण नहीं। पूजा और शक्ति खूब हो परन्तु विनाश के लिए नहीं। हर पंथ और संप्रदाय को धर्माधारित होना चाहिए। रावण ने भक्ति की और अपने दस सिर काट कर शंकर जी पर चढ़ा दिये। परन्तु उसे कभी पूजा नहीं कहा गया। प्रति वर्ष घृणा से भरे हाथ उसे जलाते रहे हैं। सम्पन्नता बुरी नहीं, परन्तु लक्ष्मी का वाहन बनना बुरा है। बनना है तो लक्ष्मी का स्वामी बनो लक्ष्मी अर्जित करना है तो धर्माधारित श्रम करो। "कराग्रे बसते लक्ष्मी" परन्तु करमध्ये सरस्वती सदैव विवेक साथ रहे और

करमूले तु गोविन्द! मूल में गोविन्द है सब कुछ उसी का है। हम उतना लें जितना आवश्यक है।

विश्व के सर्वाधिक प्राचीन महान देश भारत की गौरव गाथा कहना या लिखना कोई कार्य नहीं है। यहां जीवन का प्रत्येक क्षेत्र उत्कृष्टता से लबालब है किन्तु आज वातावरण ऐसा बन गया है। जिससे लगता है कि हम पिछड़े हैं। इस वातावरण को बनाने में बाह्य तत्वों के साथ हम एवं हमारे कर्णधार भी सहगामी हो रहे हैं। विदेशी कृत्रिमता हमें भा रही है। आवरण के आकर्षण हमें मोह रहे हैं। हमें अपनी अंधी दौड़ में दौड़ाने में विदेशी सफल हो रहे हैं। लगता है हम अभी भी गुलाम हैं।

भारत राष्ट्रों का गुरु है। मानव आत्मा को उसके अधिक गंभीर रोगों में चिकित्सक उसके भाग्य में एक बार फिर विश्व के जीवन को नये सांचे में ढालना लिखा है।

दुनिया के जिस देश ने भी आखें खोलीं भारत को अपने से पहले पाया। न जाने कितनी सभ्यताओं के (उदय-अस्त) साक्षी रहे झंझावात और थपेड़ों में भी ईश्वरीय योजना का वाहक बना रहा। कुछ बात है कि हस्ती मिटती नहीं हमारी।

भारत माता वीर प्रसूता रही है। यहां केवल पुरुष ही नहीं, अपितु नारियों ने भी प्रत्येक क्षेत्र में वीरता के उदाहरण प्रस्तुत किये हैं। यथा वीरांगनाओं, साहित्यकारों, कवियों, ऋषियों, मुनियों आदि सभी ने भारत की शोभा को द्विगुणित किया है।

हमारी मातृभूमि की गोद में जिस संस्कृति का विकास हुआ। उसमें न बर्बरता, न ही हिंसा, न लूटमार। धन धान्य से भरे रत्नों की प्रचुरता से सम्पन्न इस देश की संस्कृति में "सर्वे भवन्तु सुखिनः" की उदारता वसुधैव कुटुबंकम का आत्मीय भाव, देवों के प्रति पूज्य बुद्धि, धर्म के प्रति आडिग आस्था, समर्पण के भाव से भरी यज्ञ संस्कृति, ज्ञान-विज्ञान के प्रति आस्था रखते हुए जीवन के रहस्यों की खोज रही है। यही

हमारी संस्कृति की दिशा रही है। विश्व का प्रथम ज्ञान कोष वेद, हमारे त्यागी, तपस्वी, परमार्थी ऋषियों ने लिखा। क्या संस्कृति ज्ञान और धर्म की इस त्रिवेणी का उद्भाषक हमारा देश गौरवशाली होने का अधिकारी नही है।

हम भारत वासियों का यह सौभाग्य है कि परमात्मा ने मातृभूमि के रूप में हमें जो भूमि-प्रदान की वह अपनी विशिष्ट, परिस्थिति, पर्यावरण आदि के कारण समस्त भूगोल का गौरव है। जिसके उत्तर में नगाधिराज हिमालय है। जो जीवन दायक वन और वनस्पतियों से अत्यंत समृद्ध है। जिसके हिम मंडित कैलाश जैसे पवित्र शिखर हैं और गंगा, यमुना, सिंधु, सरस्वती, बृह्मपुत्र जैसी अखण्ड जीवन दायिनी नदियां हैं जिसकी शस्य श्यामला भूमि हमें ही नहीं विश्व के भरण पोषण के लिए खाद्यान्न के अपार भंडारों के साथ रत्नगर्भा रही है। जिसके तीन ओर लहराता समुद्र हमें मेघों की छत्रछाया देता है जहां षटऋतुएं होती हैं। यहां के अनेक प्रकार के रसीले फल और अमृत जैसा जल सुलभ है। स्वयं परमात्मा ने जिसका शृंगार किया है इतना, सहज सुखद प्रकृति-वैभव क्या विधाता ने किसी और देश को दिया है। इसीलिए हम इस गौरवशाली भारत भूमि को माता के रूप में मानते हैं। हमारे लिये यह मात्र भूखण्ड नहीं है। जीवनदात्री, जीवन मातृस्वरुपा है। जिसका मस्तक है हिमालय गंगा, यमुना इसके वक्षस्थल पर लहराने वाले हृदयहार हैं। पूर्व और पश्चिम क्षेत्र इसके हाथ हैं। सागर इसके चरण पखारता है। सूर्य चंद्र इसकी आरती उतारते हैं। वह स्वयं मातृदेवी है। हम उसके पुत्र हैं। माता भूमि पुत्रोऽहम् पृथिव्या यही हमारा उसका संबंध है। वह हमारी गौरवशाली माँ है। हमें उस पर गर्व है।

हजारों वर्ष पुरानी संस्कृति का केन्द्रस्थल भारत आज भी अपनी सभ्यता और संस्कृति से विश्व को आलोकित कर रहा है। जबकि भारत की समकालीन अनेक सभ्यतायें लुप्त प्रायः हो चुकी है। भारत की सभ्यता आज भी अक्षुण्य बनी हुई है। उसके पीछे एक ही तत्व की

महत्ता है। वह है भारत की सहिष्णु वृत्ति, इस सहिष्णु वृत्ति के चलते ही भारत ने न केवल शरणार्थियों को अपना आंगन उपलब्ध कराया, अपितु आक्रांताओं को भी अधिकांश रूप में अपनी संस्कृति के अनुरूप ढाल कर उनको अपने में समाहित किया। समाहितीकरण की प्रक्रिया में थोड़े बहुत रूप में अंग्रेज एवं मुस्लिम अपवाद कहे जा सकते हैं। इस सबके बावजूद भी भारतीय संस्कृति न केवल सहिष्णु ही है। अपितु अपनी विशिष्टता और ऐतिहासिकता को संजोये हुए एक अनूठी निरन्तर और जीवन्त संस्कृति भी है।

भारतीय ऋषियों के अगाध ज्ञान और दूरदर्शिता से सनातन धर्म का अविर्भाव हुआ। इसकी विशेषता केवल इस सत्य में ही निहित नही है कि वह प्राचीनतम विराट और व्यापक है। बल्कि इस दूसरे सत्य में भी कि उसका समूचा अस्तित्व गूढ़तम, वैज्ञानिक प्रयोगों द्वारा निरूपित सिद्धातों पर आधारित है। हम आदर्शों के प्रति समर्पित रहे हैं।

उन आदर्शों का आचरण ऋषि मुनियों, राम, कृष्ण, बुद्ध आदि ने किया। उन आचारवान महापुरुषों के प्रति भक्तिभाव हमने किया है। विग्रहवान धर्म, श्री राम प्रेम और रस की प्रतिष्ठा के साथ निष्काम कर्म योग के उपदेशक श्री कृष्ण, अहिंसा और सत्य के अवतार भगवान बुद्ध एवं अन्य सभी अवतार, संत भक्त ये सभी किसी भी देश के गौरव नहीं है।

गीता का संदेश स्पष्ट है कि इस चराचर ब्रह्माण्ड में जो कुछ भी स्वर्ग श्रेष्ठ है। सर्वोत्तम और सर्वोत्कृष्ट है। वह सब ईश्वरीय विभूति है। उत्कृष्टता का प्रकटीकरण चाहे वह व्यक्तिगत जीवन में हो या समाज जीवन में ईश्वरीय कृपा का प्रतीक है। सर्वशक्तिमान ईश्वर अपनी योजना की पूर्ति के लिए जिसका भी चयन करता है। उसको ईश्वरीय गुणों से विभूषित करता है। ईश्वरीय योजना की पूर्ति का माध्यम तो किसी न किसी को बनना ही होता है। कुरुक्षेत्र के महासमर को निर्णायक परिणिति तक पहुँचाने के लिए कहा था अर्जुन तू निमित्त बन, "निमित्त

मात्रं भव सव्यसाची" विश्व के सभी मानव और राष्ट्र ईश्वरीय प्रेरणा और चेतना जिससे प्राप्त करे इस गुरुत्वर दायित्व के लिए ईश्वर ने चयन किया है। "भारत"।

सांस्कृतिक गुलामी किसी राष्ट्र की अपनी अस्मिता को समाप्त करती है। अर्थात अपनी संस्कृति, परंपराओं और अतीत से कटना आत्म उन्मूलन का सबसे अभिशप्त रूप है। मनुष्य का उन्मूलन बोध उसकी आत्मस्मिता को सबसे गहरी और मानसिक ठेस पहुंचाता है। वह मनुष्य को उसकी स्मृति से खंडित कर देता है। स्मृति समाज को उसकी संस्कृति, परंपराओं और सहस्रों वर्ष के अनुभव और संस्कारों से जोड़ती है। इस आत्म स्मृति के विस्मरण से अधिक भयंकर और दयनीय स्थिति नहीं हो सकती।

जब तक हम भारत की इस एकता और सम्पूर्णता को फिर से प्राप्त नहीं करते, तब तक भारत का भाग्य नहीं बदलेगा। गौरवशाली भारत की स्थापना संभव नहीं होगी। हमारी शक्ति और क्षमताओं का अपव्यय आपसी लड़ाई में ही होता रहेगा।

प्रत्येक राष्ट्र की अपनी विशिष्ट पहिचान होती है। विशेष कर उन राष्ट्रों की जो सहस्राब्दियों के जीवनानुभवों एवं विश्व प्रकृति से तादात्म्य में स्वरूप एक अनुकूलतम संरचना एक विशिष्ट जीवन पद्धति तय करते हैं। विश्व के प्राचीनतम राष्ट्र इस भारत वर्ष की भी कुछ निजी विशेषतायें, कुछ मौलिकतायें कुछ पद्धतियां हैं। जो इसे अन्य राष्ट्रों से प्रथक करती हैं। वे सभी विशेषतायें, मौलिकतायें, जिस अवधारणा को निर्मित करती हैं। वही भारतीयता है।

समीकृत रूप से कहें तो यह समत्व ही भारतीयता का मूलमंत्र है। यह समत्व ही है जो कपाली भूतेश्वर श्मसानवासी औधड़नाथ शिव को त्रैलोक्य मोहिनी आनंदपूर्ण अन्नपूर्णा वात्सल्यमयी जगदम्बा से जोड़ देता है। यह समत्व ही है जो आदर्श नरपुंगव, चैत्र के उजले दिन की भरी

दोपहरी में प्रकटने वाले राम और षोडस कला निधान, लीला विहारी, घनान्धकारमयी, अर्धरात्रि में जन्मने वाला कान्हा बना देता हैं। निवृति में प्रकृति को, सृष्टि में समष्टि को, समष्टि में व्यष्टि को, व्यष्टि में परमेष्ठि को, गूंथकर उदात्त बना देता है। बाहर से विपरीत और विमुख दिखाई पड़ने वाले तत्व ज्यों ज्यों गहराई में उतरकर देखते हैं। तो एकाकार होते दिखाई पड़ते हैं। ऐसा लगता है मानो कि एक के बिना दूसरे का अस्तित्व ही नहीं है। अगर है भी तो अधूरा लगता है। यही समग्रता यही वैश्विकता, यही संपूरकता, यही समत्व भारतीयता है।

किसी भी देश का दर्शन उसके समाज की धारणाओं, मान्यताओं, आदर्श और उच्चतर आकांक्षाओं का सृजन करता है। ये सत्व समाज के दैनंदिन जीवन के व्यवहारिक स्वरूप को दिशा देते हैं। और इनसे ही समाज के जीवन मूल्यों का निर्माण होता है।

इसी भारतीय चेतना में राष्ट्रपुत्र प्रभु श्री राम ढलते हैं। राष्ट्रपुत्र कृष्ण बन उभरते हैं। आतंक और आक्रमण को भेदते हैं। भारत को महाभारत करते हैं। सुख और समृद्धि से देश को भरते हैं। इसी चेतना के कारण हिन्दुस्थान किसी के मिटाये नहीं मिटा। धन गया, धरती गयी, सत्ता गयी, किन्तु चेतना ने समाज को साथ रखा। एक रखा, और जीवन्त रखा। समाज का सनातन प्रवाह चल रहा है। शक, हूण, मंगोल आये और इसी प्रवाह के अंग बने। इस्लाम और ईसाइयत के आक्रमण हुए तीखे और बहुत पैने आक्रमण, किन्तु समाज को मिटा न सके। यूनान, मिस्र, रोम, को मेटने वालों के सपने धरे के धरे रह गये।

भारत ही स्वीकारता है कि सर्वत्र ब्रह्म है। सबमें ब्रह्म है और इसलिए द्वैत का प्रश्न नहीं हम एक हैं सदा मानता है भारत कि सबमें देवत्व के अंश विद्यमान हैं। नर नारायण बन सकता है। उसकी यात्रा इसी नारायणत्व की ओर चलनी चाहिए। कोई भी नर अपने विचार से, अपने आचरण से इस ओर बढ़ता है तो वह श्रेष्ठ है। सत्य एक ही है रास्ते अलग-अलग हैं। कोई उत्तर से चले तो कोई दक्षिण से कोई

पश्चिम स्थान पर है। इसलिए टकराव कहां सबका कल्याण हो इस भाव को नित्य ही भारतीय गुनगुनाता है।

"सर्वे भवन्तु सुखिनः"

विश्व की शक्ति बनने के लिए ब्राह्मण वृत्ति चाहिए "इदं न मम" का भाव रखते हुए विश्व को परिवार समझते हुए, सर्वे भवन्तु सुखिनः की दृष्टि ले, स्व को समष्टि हित में लगाना ही एकमेव विश्व कल्याण का रास्ता है। भारत ने विश्व को श्रेष्ठ बनाने के लिए "कण्वन्तों मार्यम्" का दिव्य उद्घोष किया था। कभी किसी को रौंदा नहीं कभी किसी को दास नहीं बनाया, लंका को रावण से ले विभीषण को सौंपी, ध्वंस की दिशा से हटाकर निर्माण की दिशा पर बढ़ाया। विश्व भर में भारतीय गये। परन्तु शासन करने के लिए नहीं शिक्षा और संस्कार देने के लिए गये। दिशा और दृष्टि देने के लिए गये। सांस्कृतिक बोध और प्रकाश फैलाने के लिए गये। सर्वत्र भारतीय प्रकाश मिलेगा। विश्व का कल्याण करना भारत का धर्म है।

भारत विश्व की शक्ति है इसके उदय होने से विश्व का उदय है। इसके विकास में विश्व का विकास है। यह गया तो विश्व गया। यह बढ़ा तो विश्व बढ़ा। इसलिए विश्व शक्ति भारत को अपना दायित्व निभाना होगा। इसके लिए इसे अपनी दृष्टि पर चलना होगा। विदेशी दृष्टि से भारत दौड़े यह विनाशक होगा। साधनों से नहीं साधकों से देश बनते हैं। दशरथ थे, जनक थे, सेना थी सम्पन्नता थी, रावण क्यों चढ़ आया? केवल इसलिए कि साधक नहीं था। साधक के पीछे साधन दौड़ते हैं। राम आये और सब वानर, रीछ, भालू, गिलहरी भी उनके पीछे चल पड़े। अकर्मण्यता छोड़ो आलस्य त्यागो, पशुता का जीवन भगाओ, सब एक बन कर्म पर जुटो, सोच बदलो पीड़ा भाग जायेगी। खिलाड़ी दौड़ने में नहीं थकता फिर काम के लिए थोड़ा चलने में ही क्यों थकता है। कर्म ही सामर्थ्य का साधन है। कर्म करो, बुद्धि से करो प्रभु को

समर्पित करो। कर्म के लिए खड़ा हुआ भार ही सशक्त भारत है। प्रकृति का वरदान तो इसे प्राप्त है। प्रभु का आशीष तो इसे प्राप्त है। परन्तु कर्म का हाथ तो इसी को उठाना होगा। विश्व का नेतृत्व भारत के हाथों में ही होगा। विश्व शांति होगी, सर्वत्र कल्याण होगा।

किसी राष्ट्र के लिए प्रथम अपरिहार्य वस्तु एक भूखण्ड है। जो यथासंभव किन्हीं प्राकृतिक सीमाओं से आबद्ध हो, तथा एक राष्ट्र के रहने और बुद्धि और समृद्धि के लिए आधार रूप में काम दे। द्वितीय आवश्यकता है। उस विशिष्ट भू - प्रदेश में रहने वाला समाज हो उसके प्रति मातृभूमि के रूप में प्रेम एवं पूज्य भाव विकसित करता है तथा अपने पोषण, सुरक्षा और समृद्धि के स्थान के रूप में उसे ग्रहण करता है।

भारत एक भौगोलिक इकाई व संस्कृति की पावन धारा है। जो एकता और एकात्मकता के सूत्र में बंधकर राष्ट्र के रूप में विकास पाती है। और राजनैतिक इकाई राज्य उसका संरक्षण करती है। भारत में भारत भूमि का टुकड़ा कभी नहीं बना। मातृभूमि बन पूजते हुआ है। भोग की धरती नहीं बना। कर्म का उपास्य क्षेत्र बन निर्माण को अभिव्यक्ति देता रहा है। दुनिया के अनेकों राष्ट्र काल के अंधकार में समा गये। लेकिन भारत आज भी सहस्रों आक्रमणों के पश्चात भी राष्ट्र के रूप में विद्यमान है। भारत सोचता है कि मानव और समाज का पूर्ण विकास व्यक्ति, सामाजिक, राष्ट्रीय, अन्तर्राष्ट्रीय, और वह भी प्रत्येक अंग में मन मस्तिष्क, हृदय, आत्मा, शरीर, इसलिए व्यक्ति को परिवार के लिए, परिवार को समाज के लिए, समाज को राष्ट्र के लिए, और राष्ट्र को विराट के लिए समर्पित करने की प्रेरणा सदैव भारत में मिलती रहती है।

भारत की प्रतिभा और प्रगति को अवरुद्ध करने के कई प्रयास पहले भी हुए हैं। परन्तु भारतीय सत्ता अपने त्याग, समर्पण, पौरुष और पराक्रम से इस परिस्थिति को बदलने में सदैव सफल रही। देवासुर संग्राम की कथायें साक्षी हैं।

वर्तमान सृष्टि के आदि पुरुष मनु ने प्रारंभ में ही कहा था कि भारत में जन्म लेने वाला प्रत्येक व्यक्ति स्वयं के सदाचरण द्वारा विश्व को शिक्षा देगा।

श्लोक - एतद्देश प्रसूतस्य सकासादग्र जन्मना,
स्वं स्वं चरित्रेन शिक्षेरन पृथिव्या: सर्वमानवा:

उनके निर्देशानुसार और अपेक्षाओं के पालन हेतु यहां ऋषि–मुनियों ने साधनापूर्ण जीवन की महत्ता दर्शायी। पुरुषार्थ चतुष्टय, वर्णाश्रम, व्यवस्था तथा वर्ण व्यवस्था जैसी सुवैज्ञानिक रचनायें व्यक्ति, परिवार और समाज में सामंजस्य के विकास हेतु यहां खड़ी हो गयीं। "परोपकाराय सतां विभूतया" या "पर पीड़ा सम नहिं अधमाई" जैसे सूत्रों पर यहां के सारे कर्त्तव्य, जप अधीष्ठित होंगे तो ही भारत विश्व गुरु बन सकता है।

जिसकी संतानों की मेधा, प्रतिभा, वीरता की धाक विश्व में संचारित थी। विश्व ने जिसकी संस्कृति को स्वीकारा था। तलवार के जोर और विनाश के भय से नहीं। उसका वरण किया था। उसकी श्रेष्ठता, और उसके अग्र जन्मा पुत्रों के श्रेष्ठ चरित्र के कारण ऐसा यह भारत दुनिया का सिरमौर था।

मनुष्य धरती का पुत्र है मनुष्य ईश्वर का अंश है। धरती मां है तो प्रभु हमारा परमपिता। हमें निश्चित दायित्व से भेजा गया है। यह दायित्व प्रभु प्रदत्त है। यह है धर्म की राह पर अपने को लांघते हुए लोक साधना कर परम की प्राप्ति करना। इस श्रेष्ठ बने राष्ट्र को परम वैभव पर पहुचावें। लोक सुख से भर दें। इस दायित्व निर्वाह में श्रम और समर्पण की पराकाष्ठा करते हुए परम के चरणों में अर्पित हो तभी भारत का पुन: देदीप्यमान होना संभव हो सकेगा।

भारतीय जीवन दर्शन इस पूर्णता की यात्रा में होकर ही है। चतुर्विध पुरुषार्थ हो, आश्रम व्यवस्था, कर्मयोग हो, अथवा यज्ञ कर्म सभी इसी यात्रा के पड़ाव हैं और यह यात्रा जिस पर अनवरत जारी रहती है उस

प्रशस्त पंथ का नाम है "एकात्म विश्व दर्शन" समग्र जग में एक परम व्यापक तत्व की संकल्पना कर ब्रह्माण्ड से पिण्ड को अंगा अंगी भाव पूर्वक जोड़ना, यह समग्रता और यह वैश्विकता ही भारतीयता है। इसी के अधिष्ठान पर भारत विद्यमान है।

भारतीय समाज लोकमंगल एवं लोक कल्याण को सर्वोच्च प्राथमिकता प्रदान करता है। इसमें न केवल मानव प्राणियों, बल्कि विविध प्रकार के जीव जंतुओं, पशु-पक्षियों इत्यादि प्राणिमात्र के कल्याण को प्रोत्साहित करने की संकल्पना की गयी है। हमारे ऋषि मुनियों में:

श्लोक - "सर्वे भवन्तु सुखिनः सर्वे संतु निरामया"
सर्वे भद्राणि पश्यन्तु, मा कश्चिद दुख भाग्भवेत्"

का लक्ष्य रखा। उन्होंने सामाजिक आदर्शों, नैतिक मूल्यों एवं मान्यताओं का पालन करते हुए उक्त लक्ष्य का अनुसरण करने की बात कही।

भारत में समाज के हित के लिए व्यक्तिगत स्तर पर त्याग करने की स्वस्थ्य परंपरा प्रारंभ से ही विद्यमान रही है। वेदों ने यज्ञों को संपादित करने के माध्यम से ही वातावरण की शुद्धि करने, समय पर वर्षा सुनिश्चित करने, और परिणामतः इस वसुंधरा को अपेक्षित जल और खाद्यान्नों से परिपूर्ण रखते हुए व्यक्ति को विपन्नता और भुखमरी का शिकार न होने देने की व्यवस्था है।

भारतीय समाज के ऐसे अनेकानेक महापुरुषों, और देवियों के जीवन एवं कर्त्तव्य से स्पष्ट है कि इस देश की मिट्टी में कुछ ऐसा गुंथा है। जिससे देश की रक्षा और समाज कल्याण के लिए अपना तन, मन, धन सब कुछ न्योछावर करने वाले व्यक्ति उत्पन्न हुए, धन्य है ऐसा महान भारत देश तथा धन्य है उसकी देवी स्वरूपा मातायें जिन्होंने ऐसे रत्नों को जन्म दिया। और अपने हितों का परित्याग कर ही सवंर्धन किया। इसीलिए हमारा राष्ट्र महान था। महान है और महान रहेगा।

इसी प्रकार लोकहित के लिए व्यक्तिगत हितों की तिलांजलि देने के अनेक उदाहरण भारतीय समाज में मिलते हैं। जैसे दधीचि ने लोकमंगल के लिए अपने शरीर का त्याग किया। अपनी अस्थियों को देवेन्द्र को समर्पित कर दिया। इंद्र ने उन्हीं हड्डियों से बज्र का निर्माण कर वृत्रासुर का संहार किया और पृथ्वी तथा स्वर्ग लोक का कल्याण किया।

यज्ञों के पीछे मूल भावना यह थी कि धनधान्य से सम्पन्न व्यक्ति अपनी सम्पन्नता द्वारा किसी भी प्रकार का भेदभाव किये बिना अन्य व्यक्तियों के लिए सुख और शांति की अनुभूति का अवसर प्रदान करे। सभी प्राणियों में सर्वशक्तिमान और सम्पूर्ण जगत के रचयिता परमपिता परमेश्वर के साक्षात दर्शन कर उनकी विपन्नता की निवृति करना ही यज्ञ का लक्ष्य है। यह भाव भारत में आदि से आज तक मान्य है।

यहां धर्मारूढ समाज की रचना पर बल दिया गया। व्यक्ति और परिवार के संचालन, संरक्षण और संवर्धन की दृष्टि से जहां अर्थ और काम को पुरुषार्थों की श्रेणी में रखा गया वही उसे धर्म की मर्यादा में रखने के लिए "मातृवत् परदारेषु परदृव्येषु लोष्ठवत्" की मान्यतायें निर्धारित की गई। साधन बाध्य न बने। इसका ध्यान रखते हुए तुलसी के राम ने कहा कि (यहि तन कर फंस विषयन भाई, स्वर्गऊ स्वल्प अंत दुखदाई) (यतोभ्युदय निःश्रेयस सिद्धि सः धर्मः) या "परहित सरिस धर्म नहि भाई, परपीड़ा सम नहि अधमाई" जैसी बोधगम्य परिभाषाओं के द्वारा व्याख्यायित धर्म पर सम्पूर्ण जीवन शैली को केन्द्रित किये जाने के कारण ही भारत में एक संघर्ष विहीन समाज की रचना संभव हुई थी तथा भारत इसी वैशिष्ट्य के कारण जगद्संघ बन सका था।

भारत का शिक्षित बुद्धिजीवी वर्ग जो पिछले पचास वर्षों से अधिक हमारे समाज को संचारित कर रहा है। आत्मस्मृति का सबसे दारुण शिकार रहा है। दासता की एक लम्बी अवधि के कारण जिन सांस्कृतिक तत्वों ने नहीं केवल भारत राष्ट्र को शक्ति प्रदान की थी। बल्कि विश्व

की अनेक संस्कृतियों को भी प्रभावित किया था। हम भूलने लगे। सौभाग्य की बात है कि १६ वीं तथा २० वीं सदी के पूर्वार्द्ध तक भारत ने कुछ ऐसे महापुरुषों को जन्म दिया जिन्होंने अंधकार के गर्त में पड़ी हुई सोई भारतीय जनमानस को झकझोर कर उनकी खोई हुई शक्ति को प्राप्त करने के लिए प्रेरित किया।

जिस देश का समाज जितना अधिक शिक्षित होगा। उस देश का विकास भी उतनी ही तेजी से होगा। समाज को शिक्षित बनाने का काम शिक्षक करता है। प्राचीन काल से लेकर आधुनिक काल तक शिक्षा प्रदान करने का कार्य शिक्षक के कंधों पर रहा है। भारत के प्राचीन गुरुकुलों में तक्षशिला, नालंदा, विक्रमशिला, वल्लभी आदि के नाम लिये जाते हैं। इनमें एक से एक श्रेष्ठ शिक्षक थे। जो छात्रों को शिक्षा के साथ-साथ नैतिक संस्कारों की पूंजी से भी समृद्ध करते थे। दरअसल शिक्षक का धर्म भी यही है कि वह अपने छात्रों के चरित्र का चहुमुंखी विकास करे। शिक्षक देश की वह शक्ति है जो देश को समुन्नत बनाने में अपना बहुत योगदान दे सकती है। इसी पद्धति को भारत ने आज तक बखूबी निभाया है।

अपने लिये नहीं जीता भारत का बेटा। अपने लिये जीना तो पशुता है। वह परहित के लिए चलता है। कहता है। "परहित सरिस धर्म नहि भाई" भारतीय का जीवन साधक का जीवन है। अपने को श्रेष्ठ बनाता हुआ वह विश्व को श्रेष्ठ बनाने निकलता है। उद्घोष करता है। "कृण्वन्तो विश्वमार्यम" अपने को साधा, घर को साधा, गांव और समाज को साधा, राष्ट्र को साधते हुए सृष्टि को साधने चला केवल मनुष्य ही नहीं जड़चेतन जो कुछ सृष्टि में है भारतीय सबको बनाये रखने, और साधने की बात करता है। यही उसका धर्म है उसकी यात्रा व्यष्टि से प्रारम्भ हो समष्ठि के सिंधु तक जाती है। उसे कोई पराया नहीं, सब अपना है, इस दृष्टि, इस सोच, और इस आचरण को लेकर चलने वाला देश ही विश्व शांति का आधार बन सकता है। ऐसा देश

ही किसी दूसरे देश को दास नहीं बनाता, कभी किसी समाज को रौंदता नहीं। कभी समाज की समस्त सभ्यता बटोरता नहीं, केवल उतना लेता जितना आवश्यक है। सब समाज के लिए समर्पित करना उसे आता है। फिर भला युद्ध की चिंगारी वह कैसे फैला सकता है यह राम का देश है भारत। उसे अत्याचार और आतंक फैलाने वालों को दबाना आता है। यह आवश्यक है कि जो विश्व को नष्ट करने पर तुले हैं। उन्हें दबाना ही होगा। यह दायित्व निर्वाह करने के लिए विश्व शक्ति भारत को अपना स्वरूप समझना होगा। अपनी सामर्थ्य पहचाननी होगी। निर्बल हाथों से समाधान नहीं निकला करते। उक्त दायित्व को सनातन से आज तक भारत ने ही दुनिया में निभाया है।

व्यक्ति बनाने का काम सत्ता ने कभी संभाला ही नहीं, वस्तुओं के चक्कर में फंसते चले गये। साधन जुटाये जाये बस यही दौड़ चलती रही, भोग ही मनुष्य को ऊँचा बनाता है। तभी तो यह दृष्टि रहन-सहन का स्तर पैसे से मापने लगी। इसलिए सत्ता से दूर भारत ने व्यक्ति निर्माण की प्रक्रिया आध्यात्मिकता पर अधिष्ठित की।

इस व्यक्ति निर्माण की चुनौती को हमने स्वीकारा है। यही सब समस्याओं का एकमेव समाधान है। समाज में अन्याय, अत्याचार, आतंक, अपराध तथा असमानता मिटाने के लिए समाज को सशक्त, सुव्यवस्थित सुदृढ़ और सम्पन्न बनाने के लिए भारत को विश्वशक्ति और विश्व गुरु बनाने के लिए भारत के प्रत्येक बेटे को, प्रत्येक बेटी को राष्ट्रभक्ति से परिपूर्ण योग्यतम संस्कारों का पुंज बनाना होगा। इस साधना में लगे हम पूर्ण आश्वस्त हैं कि आने वाला कल हमारा है।

आज राष्ट्रभक्त समाज देश को विखंडन की ओर ले जा रही इस पाश्चत्य व्यवस्था में पूर्णत: परिवर्तन कर देश को समृद्धि और शक्तिशाली बनाये रखने वाली प्राचीन भारतीय व्यवस्था को पुनर्जीवित करने हेतु प्रतिज्ञाबद्ध हुआ है। समाज के प्रत्येक व्यक्ति के हृदय में यह सपना है कि भारत पुन: विश्व गुरु के सिहांसन पर आरूढ़ होगा।

हममें से बहुत से जिन्हें निष्क्रियता के अंधकारमय भारी राक्षस तमस ने पूरी तरह दबोच रखा है। आज कल यह कहने लगे हैं कि भारत क्षीण रक्तहीन और प्राणहीन हो चुका है। इतना कमजोर कि फिर कभी उबर नहीं सकता कि हमारी जाति की नियति अब मिट जाना है। ऐसा कहना मूर्खतापूर्ण है किसी व्यक्ति अथवा राष्ट्र को यदि वह ऐसा नहीं चाहता तो कमजोर होना जरूरी नहीं और न किसी व्यक्ति अथवा राष्ट्र का यदि यह जानबूझ कर मिटना नहीं चाहता तो नष्ट होना आवश्यक है।

स्वविस्मरण और परानुकरण की राह पर दौड़ने वाले, सत्तामद में खोए स्वार्थ में लिप्त समाज ने अपनी शक्ति ही उतार फेंकी। सब कुछ सत्ता संभाले यही सोच रह गया। समाज की जागृति शक्ति व्यक्ति को लज्जा से, भय से, दण्ड से, संस्करण से, शिक्षा से संभाले रहती थी। लज्जा के कारण कोई गलत काम से रुकता था। तो कोई भय के कारण कोई दण्ड से डरता था। तो कोई ग्लानि से गल जाता था। समाज के आदर्श शिक्षा देते थे। आज समाज ही न रहा। भीड़ रह गई। यदि समाज होता तो क्या अपराधी बागडोर संभालते। गांव से लेकर दिल्ली के सिहांसन तक उन्हीं का वर्चस्व स्थापित है। व्यक्ति को व्यक्ति, समाज को समाज, बनने की चुनौती सामने है। आश्चर्य है दुष्टतम व्यक्ति को श्रेष्ठतम व्यक्ति द्वारा सम्मान दिया जाता है। दिशा बदलनी होगी। व्यक्ति का निर्माण ही राष्ट्र निर्माण है। यह दायित्व भी भारत को ही निभाना होगा। तभी विश्व शांति संभव होगी।

भारतीय समाज को हिन्दुस्थान की धरती से काट दिया गया। वह भारत मां का पुत्र नहीं रहा। इंडिया का सिटीजन बन गया। राष्ट्रीयत्व के सनातन प्रवाह से हटाकर उसे विदेशी और विकृत सोच की धारा का निर्जीव रूप दे दिया गया। वह साधक नहीं रहा, साधनों में उलझ गया। समाज की गोद छोड़ सत्ता की कुर्सी से चिपक गया। विशिष्टता की परिधि को छोड़, स्वार्थ की संकीर्णता का बंदी बन गया। कहीं जाति का जहर उसे डस गया तो कहीं क्षेत्र का अहम् उसे निगल गया। कहीं दल

का दलदल उसे दबा बैठा। तो कहीं उसका गुट उसे खा गया। अब राष्ट्र नहीं, अब राष्ट्र का सनातन प्रवाह नहीं, अब राष्ट्र का अतीत, वर्तमान और भविष्य नहीं, अब राष्ट्र की संस्कृति, सभ्यता और चेतना नहीं, अब राष्ट्र की धरती और राष्ट्र का सम्मान नहीं अब तो स्वार्थ और भोग कुर्सी और कब्जा आँखों में दिखने लगा। अस्तु पुनर्जागृति हो भारत को भारत बनाने की आज नितांत आवश्यकता है।

हमें शक्ति सृजन वहां करना है, जहां वह पहले कभी नहीं थी। हमें अपने स्वभावों को बदलना है। और नये हृदयों के साथ नये मानव बनना है। फिर से जन्म लेना है। हमें बीजरूप में ऐसे व्यक्तियों की आवश्यकता है। जिनमें शक्ति की अधिकतम सीमा तक विकास किया जा सके, जिनके व्यक्तित्व के कोने कोने में उसे भरा जा सके और जो छलक कर भूमि को उर्वर बनाये। भवानी की ज्वाला को अपने अंतकरणों और मस्तिकों में धारण कर ये लोग जब निकल पड़ेंगे। तो अपनी भूमि के हर कोने और हर कंदरा में वे उस ज्योति को ले जायेंगे। तभी अपना भारत समर्थ एवं समृद्ध होगा।

युगदृष्टा श्री कृष्ण ने जिस श्रेष्ठतम मानव को स्थितप्रज्ञ कहकर संबोधित किया। उसके वे लक्षण बताते हुए कहते है:

श्लोक – "प्रजहाति यदाकामान सर्वान पार्थ मनोगतान,
आत्मन्येवात्मना तुष्टः स्थिति प्रज्ञस्तदोच्यते"

"संतुष्टा सततं योगी और यतात्मा दृढ़ निश्चयः" जैसे गुणों से युक्त व्यक्ति को उन्होंने मद्‌भक्तः सः मे प्रिया कहा है। उन्हें वैभव सम्पन्न दुर्योधन की तुलना में अभाव ग्रस्त विदुर कहीं अत्यधिक प्रिय लगे। अधर्म के विनाश और धर्म की जय हेतु समर्पित श्री कृष्ण जीवन एक संघर्ष गाथा है। जो दुर्जनों पर सज्जनों के विजयार्थ लड़ा गया। कोई भी महापुरुष अपनी क्षमतानुसार सौहार्द्रपूर्ण समाज की रचना हेतु प्रयत्न करता है। जिसके अंतर्गत कुछ हठी विधर्मियों के विरुद्ध युद्ध की

भूमिका भी करनी पड़ती है। यह राम और कृष्ण जैसे पौराणिक पुरुषों को ही नहीं अपितु राणा प्रताप और शिवाजी और गुरुगोविन्द सिंह जी जैसे आधुनिक पुरुषों को भी करने के लिए विवश होना पड़ा। यही भारत की उज्ज्वल त्याग और समर्पण की परंपरा रही है।

जब हम विश्व के मानचित्र पर नजर दौड़ाते हैं। तब एक और प्रश्न मन में उठता है कि भारत ही एक ऐसा देश है। जिसके साथ माता शब्द विश्व भर के लोग लगाते हैं। अर्थात भारत माता! विश्व के अन्य किसी भी देश के साथ माता शब्द सार्वजनिक रूप से आम बोलचाल में नहीं बोला जाता है। इसीलिए कभी न तो पढ़ा और न ही सुनने में आया कि लोग कह रहे हों (चीन माता, जापान माता, कनाडा माता, इंग्लैण्ड माता, अमेरिका माता, रूस माता, ईरान माता, ईराक माता) आदि। विभिन्न देशों के लोग भी अपनी-अपनी भाषा में, अपनी अपनी भूमि के साथ motherland या फिर fatherland जैसे शब्द लगाते हैं। परन्तु फिर भी जैसे भारतमाता शब्द का प्रयोग प्रचलित है। वैसा अन्य देशों के साथ माता शब्द अपनी-अपनी भाषा में ही क्यों न हो परन्तु प्रचलित नहीं है। इसमें से एक और महत्वपूर्ण प्रश्न जन्म लेता है कि भारत के साथ ही माता शब्द क्यों? अन्य किसी देश को माता के नाम से सार्वजनिक रूप से क्यों नहीं पुकारा गया हम विचार करें तो ध्यान में आता है कि यह तो हमारी सांस्कृतिक विशेषतायें लिए है। भारतीय संस्कृति उपकार की, सहिष्णुता की, मानवता की, विशेषतायें लिए है। मजहब या जाति का नहीं बल्कि प्राणि मात्र का विचार इसमें किया गया है।

हमारे गौरव की गाथा अनादि और अनंत है। हमारे वेद बताते हैं कि हमारी संस्कृति का आरंभ तब से है जब से पृथ्वी पर मिट्टी की पर्त पड़ना प्रारंभ हुई थी। धरती की आग जहां तहां तालाबों के जल की तरह बनी हुई थी। लोग उन आग के तालाबों से आवश्यकतानुसार आग ले जाते थे तब से यह संस्कृति की धारा अविरल संसार को जीवन देती आ रही है।

भारत की सभ्यता विश्व की प्राचीनतम सभ्यताओं में से एक है। इस सभ्यता का मूल आधार रहा है। व्यक्ति, परिवार, गांव, समाज, जाति तथा विधिक व्यवस्था में एकात्मता उसी एकात्म सिद्धांत के चलते भारत की सामाजिक और सांस्कृतिक परंपरा अद्वितीय रही है। धर्म (मानवीय व्यवस्था) कर्म वैयक्तिक, नैतिक, वचन बद्धता, और जाति सामाजिक स्तरीकरण के सौपानों के रूप में भारतीय सामाजिक व्यवस्था की मुख्य धारणायें हैं। इन तत्वों के मध्य संश्लेषण और इनके बारे में मतैक्य के कारण ही भारतीय समाज स्थायित्व और संतुलन दृढ़ बने। यही कारण है। भारतीय सामाजिक सरंचना को विकास में कोई व्यवधान पैदा नहीं हुआ कुछ मामूली रुढ़ियों को छोड़कर सामाजिक संरचना के मूल्य और मानक आज भी वे ही बने हुए है।

वस्तुतः भारतीय की भाव भूमि स्वयं भारत शब्द में अर्न्तनिहित है। यह विचारणीय है कि जिस भूखण्ड पर मनु पुत्र दिलीप, राम जैसे महापुरुषों की एक सुदीर्घ परंपरा विद्यमान रही वहां इसका नामकरण भारत के नाम पर हुआ। क्या मनु से अधिक गौरवास्पद नाम मिल सकता है। जिन्होंने न केवल मनुष्य जाति का प्रवर्तन किया। अपितु पूरे संसार को एक विधि व्यवस्था प्रदान की। क्या प्रभू से भी विराट कोई और व्यक्तित्व होगा जिसने समूची पृथ्वी को समृद्धि सम्पन्न कर नये सिरे से एक आवासीय व्यवस्था प्रदान की। क्या दिलीप जैसा महामानव कोई कम था। जिसने मानवेत्तर उच्च संस्कृति केन्द्र स्वर्ग से गौरवशाली संबंध स्थापित किये। अपना मानवीय मर्यादा के मानदण्ड पुरुषोत्तम राम से भी श्रेष्ठत्तर केन्द्र स्वर्ग से गौरवशाली संबंध स्थापित किये। अपना मानवीय मर्यादा के मानदण्ड पुरुषोत्तम राम से भी श्रेष्ठत्तर किसी अन्य व्यक्तित्व की कल्पना की जा सकती है।

हमारे भगीरथ ने हिमालय से गोमुख का छिद्र कर गंगा की पवित्र जलधारा प्रवाहित की। अगणित वर्षों से यह गंगा इस देश को पावन करती बह रही है। लेकिन गोमुख के छिद्र को जल ने काट कर बड़ा नहीं किया।

हमारे नल नील ने सागर पर सेतु रचा। हमारे साठ हजार सगर पुत्रों ने धरती खोदकर सागर की वृद्धि की। हमारे विश्वामित्र ने त्रिशंकु तारे और उसकी परिक्रमा करने वाले एक नये सप्तर्षिमण्डल की सृष्टि की। इन अनेक अद्‌भुत कर्मों की साक्षी भारत भूमि का गौरव कितना विराट है।

भारत एक अध्यात्मिक देश है, अनेकता में एकता है हमारी विशेषता नगर–नगर और ग्राम–ग्राम में मंदिर है। अनेक स्मारक हैं। जहां विश्व के कलाकार एवं वस्तुविद अभी तक भी नहीं पहुंच पाये हैं। वहां हम हजारों वर्षों पूर्व थे।

भारत की भूमि से सम्पन्न विज्ञान के आविष्कारों यथा गणित, ज्योतिष योग, आर्युर्वेद, वास्तुकला, मूर्तिकला, आदि इनके आचार्यों देवताओं और ऋषियों की ऋणी नहीं है। आदि काव्य के प्रणेता वाल्मीकि एवं वेदमंत्रों के प्रणेता श्रेष्ठ महर्षि, अर्थशास्त्र के प्रणेता शुक्र, चाणक्य, समाज व्यवस्था के उपकारक महर्षि मनु शासन के आदर्श नही हैं। जीवन का ऐसा कौन सा क्षेत्र है जहां भारत ने अपने ज्ञान एवं उसके अनुभव सिद्ध ग्रंथ नहीं दिये। अंधकार में डूबे संसार का मार्गदर्शन नहीं किया।

भारत के पास आध्यामित्क ज्ञान का जो अक्षय भंण्डार है वह विश्व में किसी अन्य जाति और सभ्यता को प्राप्त नहीं हुआ। सनातन धर्म अपने आध्यात्मिक, सैद्धान्तिक एवं व्यावहारिक पक्षों के प्रति उत्पन्न होने वाली किसी भी शंका का समाधान कर सकता है। वह मनुष्य की किसी भी जिज्ञासा का निवारण करने में पूरी तरह समर्थ है।

प्रभु ने भारत को विश्व संचालन में संयोजक का दायित्व दिया है। संयोजन और विकास की पूर्ण क्षमता सौंपी थी। स्थिति दी है। परिस्थिति दी है। विभिन्न विशेषआतों वाले सभी भूखण्डों की जलवायु, वनस्पति, जैव सम्पदा, और मानव प्रकृति अपने में समेटे हुए भारत विश्व का

केन्द्र है। इसकी संस्कृति और सभ्यता, इसका दर्शन और आदर्श, इसकी दृष्टि और राह सभी के लिए सुख और शांति प्रदाता है।

भारत विश्व के अन्य देशों की तरह किसी विजेता द्वारा हथियाया गया भूखण्ड नहीं है। जो उनकी साम्राज्यवादी लिप्सा का स्मारक हो और न किसी राजनैतिक समझौते से बांटा गया भूमि का टुकड़ा ही है। यह तो ईश्वर निर्मित पवित्र रचना है।

भारत ही बता सकता है कि राजनीति सर्वोत्तम नीति है। *"राजयति इति राजनीति"* इसी राजनीति को करते हुए राम पूज्य बने। राजा राम के सामने पति राम बौने बन गये। राजनीति साधना है। भोग नहीं। यह देश ही बता सकता है कि हम एक हैं। *"आत्मवत् सर्व भूतेषु"* मानता हुआ सब में अपने को ही पाता है। एकात्मता, ममता, समता, इसी सोच से निकलती है। भौतिक संबंध नहीं आत्मिक संबंध ही सुख देते हैं। शांति देते हैं। मानव को श्रेष्ठ मानव बनाते हुए समाज को संस्कारित समाज बनाते हुए संसार को सुख शांति से भर दे। इसके लिए पश्चिम के भोग की नहीं भारत के त्याग और आध्यात्मिक चिंतन की आवश्यकता है। आने वाली सदी भारत की सदी है। इस दायित्व का भार भारत के ही कंधों पर है।

भारत को विकसित राष्ट्र बनाने के लिए एक मानसिक क्रांति की आवश्यकता है। यह क्रांति अहिसंक हो, बुद्धिबल से संचालित, और कठिन श्रम पर आधारित हो, इसी के आधार पर भारत आने वाली सहस्राब्दि में विश्व समुदाय में उचित स्थान हासिल कर सकेगा। अर्थात विकसित राष्ट्र के रूप में भारत का रूपांतरण संभव है।

सनातन काल से विश्व को जीना सिखाया, धर्म का मर्म और कर्म का मार्ग दिखाया। जब-जब मानवता के कदम लड़खड़ाये सहारा दिया। यही है भारत की महानता और यही भारत का ईश्वर प्रदत्त कार्य।

भारत अर्थात वह प्रत्येक जिसका संबंध भारतीयता से है। जो मन, वचन, कर्म से भारत की महानता में, भारत की महान परंपरा और

संस्कृति में विश्वास रखता है। जो यहां सनातन काल से विकसित हुए जीवन मूल्यों से प्रतिबद्ध है। वही जो आज आर्य नाम से जाना जाता है।

भारत अपनी विशालता अनेकता में एकता तथा सर्वपंथ समादर की भावना के कारण जगद्गुरु का स्थान प्राप्त कर सका था। तक्षशिला और नांलदा जैसे विश्व विद्यालयों में सम्पूर्ण विश्व से शिक्षार्थी विद्यार्जन हेतु यहां आये। इतना ही नहीं तो *"कृण्वन्तो विश्वमार्यम्"* का संदेश लेकर यहां के ऋषि मनीषी सम्पूर्ण विश्व में गये भी। कहीं बल प्रयोग या प्रलोभन जैसे अनैतिक साधनों का सहारा किसी भारतीय चिंतक द्वारा कभी नहीं लिया गया किन्तु समग्र विश्व ने उच्चतर जीवनशैली की दृष्टि से भारत द्वारा दिखाये गये मार्ग को सहर्ष स्वीकारा। आज जब सर्वत्र अर्थोपार्जन और विलासिता के संसाधनों के संचय की अबाध स्पर्धा का निर्माण हो चुका है और उसके प्रतिफल में लघुत्तर हितों हेतु वृहत्तर हितों की अवहेलना में किसी को कोई लज्जा नही आ रही तो एक बार प्राचीन जीवन मूल्यों पर विहंगम दृष्टि डाल लेना उचित रहेगा। तभी भारत अपना अस्तित्व बचा सकेगा।

हम ऐसे भारत का पुनर्निर्माण करना चाहते हैं। जिसमें सामाजिक वैमनस्य के स्थान पर सामाजिक समरसता हो, जिसमें सांप्रदायिक विद्वेष के स्थान पर सर्वपंथ समभाव का भाव हो। जिसमें अगड़े पिछड़े वर्ग के स्थान पर या छूत या अछूत के स्थान पर *"ईशावास्यमिदं सर्व का भाव"* हो। जिसमें आर्थिक असमानता के स्थान पर *"साई इतना दीजिये"* जामें कुटुम्ब समाय का भाव हो और यदि अधिक धन का अर्जन हो ही गया हो तो वसुधैव कुटुम्बकम की परिकल्पना को साकार करते हुए उस अतिरिक्त सम्पति का प्रयोग, शेष समाज के लिए किया जा सके। जिसमें कि *"मातृवत् परदारेषु, पर दृव्येषु लोष्ठवत्"* की उक्ति को चरितार्थ किया जा सके। जिसमें एक के दुख को देखकर दूसरा द्रवीभूत हो सके, और उसकी सेवा करता हुआ "नर सेवा नारायण सेवा" के

भाव को चरितार्थ कर सके क्योंकि हमने किसी संप्रदाय या वर्ग की सेवा का नहीं बल्कि सम्पूर्ण राष्ट्र की सेवा का व्रत लिया है। सभी देशवासी हमारे बांधव हैं। जब तक हम इन सभी बधुंओं को भारत माता के सपूत होने का सच्चा गौरव प्रदान नहीं करा देंगे। तब तक चुप नहीं बैठेंगे। हम भारत माता को सही अर्थों में सुजला सुफला बना कर ही रहेंगे। यह *"दश प्रहरण धारिणी दुर्गा"* बनकर असुरों का संहार करेगी। लक्ष्मी बनकर जन-जन को समृद्धि देगी और सरस्वती बनकर अज्ञानान्धकार को दूर कर ज्ञान का प्रकाश फैलायेगी। हिन्द महासागर और हिमालय से परिवेष्टित भारतखण्ड में जब तक एकसत्ता, कर्मठता, समानता, सम्पन्नता, ज्ञानवंता, सुख और शांति का पुण्य प्रवाह नहीं ला पाते। हमारा भगीरथ तप पूरा नहीं होगा। इस प्रयास में ब्रहमा, विष्णु और महेश सभी हमारे सहायक होंगे। विजय का विश्वास है। तपस्या का निश्चय लेकर चले।

भारत के इतिहास में समय-समय पर संकट खड़ा हुआ है। भूत में इस संकट का निवारण भारतीय मेधा निरंतर करती रही है। देशी-विदेशी अनेक संस्कृतियों और मत मतातंरों ने यहां (घुलने-मिलने) का कार्य किया। वेदों के उद्‌गाता, उपनिषदों के ऋषि, कृष्ण की अनासक्ति, राम की मर्यादा, गौतम की करुणा, न्याय मीमांसा के विवेक, कबीर का खंडन-मंडन, गांधी की जनवादी दृष्टि, और विवेकानंद की वेदान्ती दृष्टि ने हिन्दू संस्कृति की केवल रक्षा ही नहीं की, बल्कि समृद्धता भी प्रदान की। जिन स्रोतों ने भूत में राष्ट्र रक्षा की थी। वे आज सूखते हुए प्रतीत होते है। नये स्रोतों का उदय नहीं हो रहा है। अपसंस्कृति की धारा तेज है। वस्तुतः संकट आज भारत का ही नहीं सम्पूर्ण आधुनिक सभ्यता का है। ऐसा नहीं है कि आधुनिक सभ्यता अपनी समस्याओं को नहीं जानती, किन्तु जितना उसे पहचानती है। उसे संघर्ष करने का प्रयत्न उसका आधा भी नहीं करती। उत्तर आधुनिकतावाद के इस युग में जब सर्वत्र एक वैचारिक शून्यता है। तब उपनिषद वेदान्त और पुरुषार्थ की संतुलित अवधारणा, विश्व को क्या बचा सकती है। दुख है कि हम उन्हें भूलकर केवल एक अपसंस्कृति का अंधानुकरण कर रहे हैं।

उपनिवेशवाद समाप्त होने के बाद भारत में विचार मंथन कम नकल अधिक हुई। पश्चिमी सभ्यता के उन्हीं तत्वों की नकल की जा रही है। जो वस्तुतः स्वयं पश्चिम के लिए भी अपसंस्कृति बनकर खड़ी हो गई है। अपनी परंपराओं में भी उन्हीं को लेकर चल रहे हैं। जिनका संबंध भारतीय से नहीं बल्कि निहित स्वार्थों द्वारा की गई विकृति से है। आधुनिक सभ्यता अपनी समस्याओं का हल चाहती है। वह निदान भारतीय वाङमय में उपलब्ध है किन्तु जब तक हम स्वयं नहीं जागते तथा अपनी परंपराओं को विकृत करने वाली अपसंस्कृति और पश्चिम से आयातित अपसंस्कृति को नष्ट कर विशुद्ध भारतीय मूल्यों को प्रतिष्ठापित नहीं करते यह संभव नहीं है। हम अपना सांस्कृतिक स्तर उठाकर न केवल अपनी रक्षा करते हैं। बल्कि विश्व को भी बचा सकते हैं। यह भविष्यभावी गुरुत्वर दायित्व आज भारत पर ही है।

हे! भारत मत भूलो, तेरा नारीत्व का आदर्श सीता, सावित्री और दमयंती हैं। मत भूल तेरे उपास्य देव देवाधिदेव सर्वस्वत्यागी उमापति शंकर हैं। मत भूल कि तेरा विवाह, तेरी धनसम्पति, तेरा जीवन केवल विषय सुख के हेतु नहीं है। केवल तेरे व्यक्तिगत सुखोपभोग के लिए भी नहीं है। मत भूल कि तू माता के चरणों में बलि चढ़ने के लिए पैदा हुआ है। मत भूल कि तेरी समाज व्यवस्था उस अनंत जगजीवन महामाया की छत्र छाया मात्र है। मत भूल कि नीच, अज्ञानी, दरिद्र, अनपढ़, चमार, मेहतर, सब तेरे रक्तमांस के है। वे सब तेरे भाई हैं। हे! वीर पुरुष साहस बटोर निर्भीक बन और गर्व कर कि तू भारतवासी है। गर्व से घोषणा कर कि मैं भारतवासी हूँ। प्रत्येक भारतवासी मेरा भाई है। मुख से बोल अज्ञानी भारतवासी, दरिद्र और पीड़ित भारतवासी, ब्राह्मण, चाण्डाल भारतवासी, सभी मेरे भाई हैं। तू भी एक चीथड़े से अपने तन की लज्जा को ढक ले, और गर्व पूर्वक उच्च स्वर से उद्घोष कर प्रत्येक भारतवासी मेरा भाई है। भारतवासी मेरे प्राण है। भारत के देवी देवता मेरे ईश्वर हैं। भारत वर्ष का समाज, मेरे बचपन का झूला, मेरे

यौवन की फुलवारी, और बुढ़ापा की काशी है। मेरे भाई कहो कि भारत की मिट्‌टी मेरा स्वर्ग है। भारत के कल्याण में ही मेरा कल्याण है। अहोरात्रि जपाकर हे गौरी नाथ! हे जगदम्बे! मुझे मनुष्यत्व दो। हे शक्तिमयी मां! मेरी दुर्बलता को हर लो। मेरी कापुरुषता को दूर भगा दो। और मुझे मनुष्य बना दो मां!

हे भारत! केवल दूसरों की हां में हां मिलाकर दूसरों की इस क्षुद्र नकल के द्वारा दूसरों का ही मुंह ताकते रहकर क्या तू इसी पाथेय के सहारे सभ्यता और महानता के चरण शिखर पर चढ़ सकेगा। जिसे पाने के अधिकारी केवल साहसी और वीर हैं।

विश्व के कल्याण के लिए ईश्वरीय उपकरण बन, भारत को इस चुनौती का उत्तर देना ही होगा। भूली भटकी मानवता को राह पर लाने के लिए ही भारत का जन्म हुआ है। भारत यह दायित्व संभालेगा ही।

उत्कृष्ट भारत के निर्माण में लगे मनीषी कर्मयोगी व्यक्ति और संस्थायें, इस ईश्वरीय आदेश को पूर्ण करके ही रहेंगी। यही भारत की नियति है। कलियुग में सतयुग का निर्माण अपनी इच्छा शक्ति और कर्मशक्ति के बल पर करें। ईश्वर का आशीष हमारे साथ है।

आज सारा विश्व अपने चतुर्दिक बनकर खड़े प्रश्नों के उत्तर ढूंढने में व्यस्त और व्याकुल है। दिशाहीन होकर भटकती हुई मानव जाति शांति की छाया सुरक्षा का कवच और जीवन का लक्ष्य ढूंढ रही है। यह सब कुछ देने की सामर्थ्य यदि किसी में है तो वह है महिमावान विश्व गुरू भारत।

भारत! इस देश की हर देन महान है। अद्‌भुत है, सभी कालों में महत्वपूर्ण एवं सभी मनुष्यों के लिए कल्याणकारी है। विश्व में आध्यात्मिक ज्ञान के सबसे विशाल एवं अक्षय कोष का स्वामी भारत ही है।

इस्लामी आक्रमण सत्ता की कुर्सी पर बैठा अवश्य परन्तु कभी इस्लामिस्तान नहीं बना सका। सत्ता के घिनौने खेल में पाकिस्तान

पैदाकर इस्लामिस्तान सामने ला खड़ा किया। यह आक्रमण की संतान भला आक्रमण कैसे भूलें। पूरा भारत उसे इस्लामिस्तान बनाना है। लेकिन भारत ने सभी को सहा परन्तु विलीन कभी नहीं हुआ।

विश्वभर में २०० से अधिक छोटे-बड़े देश हैं। कुछ देश ईसाइयत में विश्वास रखते हैं। तो कुछ देश इस्लाम सम्प्रदाय को मानने वाले हैं। कुछ ऐसे देश जो बौद्धमत के अनुयायी हैं। परन्तु भारत आर्य संस्कृति का देश है। आर्यत्व इसका प्राण है। भारत अनेक मत, पंथ सम्प्रदायों की जननी है। भारत में मत सम्प्रदायों की इतनी अधिकता है। इस कारण लगता है कि वही समाज खंड खंड तो नहीं हो जायेगा। परन्तु इस सबके बावजूद आपसी टकराव में हिंसा नहीं है। मतभेद है। परन्तु कत्लेआम नहीं है। बुद्धि के स्तर पर वाद-विवाद है। जिसको शास्त्रार्थ कहते हैं। परन्तु इसमें घृणा नहीं है। भारत में विविधता में एकता का मंत्र है। पंथ अनेक गंतव्य एक का सिद्धांत है। आपसी भाईचारा है। सहिष्णुता है, सभी पंथ साथ-साथ चलते हैं। परन्तु हजारों सम्प्रदायों में बंटने के बावजूद भी एक हैं। इन सम्प्रदायों में जाना और एक से दूसरे सम्प्रदाय में चले जाना, आज भी धर्मान्तरण अथवा मतातंरण नहीं माना गया। परन्तु अगर भारतीय जन मुसलमान अथवा ईसाई बना तो इसको धर्मान्तरण अथवा मतांतरण माना जाता है। संसार में भारत की यही अपनी विशेषता रही है कि सभी परमेश्वर की संताने हैं। फिर परावर्तन किसका ये सभी साथ साथ रह विश्व कल्याण में सहभागी एवं सहायक हों। ऐसा ही आज तक भारत ने माना है।

यदि भारत को अपना अस्तित्व बनाये रखना है तो उसे फिर से युवा बनना होगा। ऊर्जा के धारा प्रवाह तरंगायति स्रोत उसमें उड़ेलने होंगे। उसकी आत्मा को फिर से वैसी ही बनना होगा। जैसी वह पुरातन काल में थी। लहरों जैसी विशाल शक्तिशाली, इच्छानुसार शांत अथवा विक्षुब्ध कर्म अथवा बल का एक महासागर।

भारत की रक्षा भारत का गांडीव करेगा। भारत की भूख भारत का हलधर हरेगा। भारत की सुरक्षा भारत का बजरंग करेगा। सोते भारत को जगाओ। भूले भारत को राह पर लाओ। विदेशी चेतना के नशे मे डूबे भारत को राष्ट्रीय चेतना की संजीवनी से संभालो। वैयक्तिक स्वार्थों, दलों और गुटों की सोचों जाति और क्षेत्र के विचारों से बाहर निकाल समाज को राष्ट्र चेतना के वेगवान प्रवाह में डालो। इसके लिए राज्य को ठोकर मारने वाले, सुख सुविधा को त्यागने वाले, पीड़ा पर पीड़ा झेलने वाले, बलिदान को पंक्ति में सबसे आगे जा लगने वाले वीर भारत पुत्रों के आदर्शों को घर-घर में बैठाओ। राम को, कृष्ण को, राणा को, शिवा को, गुरुगोविन्द सिंह जी को, सुभाष, आजाद, भगत, सरदार पटेल को हर दिल में उतारो। उतार फेंको इस विदेशी सेक्युलरिजम के लबादे को। धारण करो मन से राष्ट्रीय चेतना के सर्व हितकारी भाव को। भारतीय चेतना को गहरेमन में बिठाओ। एक ही तरंग के, एक ही वेग के, एक ही प्रवाह के अंग बन खड़े हो। जागे हुए राष्ट्र चैतन्य के सामने कोई शक्ति नहीं टिक सकती। कोई प्रलोभन उसे खरीद नहीं सकता। कोई भय उसे डरा नहीं सकता। कोई शक्ति उसे झुका नहीं सकती। यह उभरने और बढ़ने का समय है। यह सदी भारतीयत्व की सदी है। अखंड भारत की सदी है। विश्व शांति की सदी है, केसरिया की सदी है। चलो चलो आगे बढ़ो।

पुरातन माता भारत! वास्तव में पुनर्जन्म लेने का प्रयास कर रही है। वेदना और आँखों में आंसू लिए प्रयास कर रही है। पर उसका प्रयास सफल नहीं हो पा रहा है। उसे कठिनाई किस बात की है। इतनी विशाल होते हुए वह इतनी सशक्त होगी ही, अवश्य ही कोई भारी दोष होगा। हममें कुछ महत्वपूर्ण कमी है। ऐसा भी नहीं कि उस स्थल पर अंगुली रखना कठिन हो, हमारे पास बाकी सब चीजें है। बस शक्ति शून्य हैं। ऊर्जा का अभाव है। हमने शक्ति को त्याग दिया है और इसलिए हम शक्ति द्वारा त्याग दिये गये हैं।

देश के जन–जन का चिर पुरातन नित–नूतन आर्यावर्त को सामर्थ्यशाली एवं सफल बनाने का मन बन गया है। परम वैभव की शिखा पर जाने को आतुर है। इसी आधार पर आर्यावर्त भारत विश्व मंच पर एक सबल, सशक्त, अखण्ड पतवार और प्रकाश पुंज के रूप में परिलक्षित हो रहा है।

६

सनातन धर्म

धर्म क्या है? धर्म वह प्रणाली अथवा संस्था है, जिसकी सर्वांगपूर्ण परिभाषा बन चुकी है और जिसे सनातन धर्म के नाम से पुकारा जाता है। न तो किसी समय विशेष में इसका आरंभ हुआ, तथा न किसी विशेष संस्थापक से ही इसका श्री गणेश हुआ। सनातन होने के साथ ही, यह सार्वभौम भी है। यह पृथ्वीगत सीमा बंधन को नहीं मानता, जितने लोग विश्व में पैदा हो चुके हैं और जो उत्पन्न होंगे। वे सब इसी के अंतर्गत हैं। इसके नियम से मनुष्य बच नहीं सकता। चीनी मीठी होती है और आग जलाती है। यह सनातन सत्य अपनी वास्तविकता के लिए इस बात पर निर्भर नहीं रहते, कि हम उनको मानें, हम इन सत्यों को मान लेते हैं। तो हमारे लिए शुभ और कल्याण है। हम नहीं मानते तो हमारे लिये उसी मात्रा में अशुभ तथा अमंगल है। दोनों ही परिस्थितियों में नियम तो सार्वभौम अविकारी और सनातन रहेगा। ऐसा है हमारा धर्म।

धर्म क्या है? *"ध्रियते येन स: धर्म:"* जिसने इस विश्व या ब्रह्माण्ड को धारण किया है। वह धर्म है। श्रुतिमाता धर्मस्वरुपा है। धर्म आत्मा है। धर्म तत्व ज्ञान, धर्म प्राणी है धर्म शास्त्र विधि रूप है धर्म पुण्य है, धर्म सत्य है, दृष्ट, अदृष्ट रूप में धर्म ही कार्य उत्पादन करता है।

श्लोक - "धृतिः क्षमा दमोस्तेयं शौचमिन्द्रिय निग्रहः।
धीर्विद्या, सत्यं क्रोधो दसकंधर्म लक्षणम।।" (मनुस्मृति)

धृति (धैर्य) अर्थात संतोष, क्षमा अर्थात सामर्थ्य रहते हुए भी अपकारी का अपकार न करना, दम अर्थात विषयों का संसर्ग होने पर भी मन को निर्विकार रखना, अस्तेय अर्थात काय वचन और मन से परद्रव्य को न चुराना, शौच अर्थात शास्त्रानुसार मिट्टी, जल आदि के द्वारा देह शुद्धि, निग्रह अर्थात यथेष्ट विषय भोग से हटाकर अलौकिक विषय की तृप्ति के लिये शास्त्र सम्मत मार्ग से इंद्रियों को ले चलना, धी अर्थात आत्मविषयिणी बुद्धि मैं शरीर नहीं आत्मा हूँ। इस प्रकार की बुद्धि-विद्या अर्थात आत्म ज्ञान जिससे हो उस ब्रह्मविद्या का अनुशीलन, सत्य अर्थात यथार्थ कथन, और प्राणियों का हित साधन, अक्रोध अर्थात क्रोध का कारण उपस्थित होने पर भी क्रुद्ध न होना। इन दसों का नाम धर्म है। इनमें जो सम्यक् प्रतिष्ठित है। वही धार्मिक है। उसी को परमगति की प्राप्ति होती है।

जो हमें परमात्मस्वरूप को प्राप्त करवाता है, वह धर्म सनातन धर्म है। इस धर्म के मार्ग पर चलने वाला अपने नित्य शुद्ध, बुद्ध, मुक्त, सच्चिदानंद स्वरूप का साक्षात्कार करके परमात्मा के एक हो जाता है। यह सनातन धर्म का सच्चा स्वरूप है, जिसे अपनाकर प्राचीन भारत बहुत उन्नत था। पर आज जब से उसने इस धर्म की अवहेलना कर दी तब से वह दिनों दिन अवनति की ओर चला जा रहा है। जो धर्मशास्त्र को छोड़कर स्वेच्छा पूर्वक काम करता है उसकी अवनति अनिवारणीय हो जाती है। भगवान ने गीता में कहा है:

श्लोक - यः शास्त्रविधि मुतसृज्य वर्तते काम कारतः।
न स सिद्धिवारनोति न सुखं न परां गतिम।।
तस्माच्छास्त्रं प्रमाणं ते कार्याकार्य व्यवस्थितौ।
ज्ञात्वा शास्त्र विधानोक्तं कर्म कर्तुमिहार्हसि।।

जो शास्त्र विधि की अवहेलना करके मनमाना कार्य करता है, वह न सिद्धि प्राप्त करता है न सुख ही प्राप्त करता है, और न ही मोक्ष ही प्राप्त करता है। इसलिये हे पार्थ! तेरे कार्य और अकार्य की व्यवस्था में शास्त्र ही प्रमाण है। सुतरां शास्त्र प्रातिवादित विधान को जानकर तदनुसार कार्यकर सनातन धर्म का यह स्वरूप इतना उच्च और श्रेष्ठ है कि इसकी तुलना में संसार का कोई भी धर्म नहीं आ सकता। धर्म के विषय में भी यही बात है। तुम जिस विश्व में रहते हो, उस विश्व का स्वरूप जितना विशाल है, उससे अनेक गुना विशाल है स्वरूप धर्म का, और उसके उदर के एक अंश में तुम्हारा यह विश्व स्थित है। तब फिर ऐसे धर्म से घृणा रखने पर तुम्हारा पालन पोषण कैसे चलेगा?

"धिन्व नाद धर्मः"

धिन्वन का अर्थ है धारणा या आश्वासन देना। दुख से पीड़ित समाज को धीरज देकर सुख का मार्ग दिखाना। इस प्रकार के आचार का नाम धर्म है। *"धारणाद् धर्मः"* धारण करना, दुख से बचाना, श्री कृष्ण ने जैसे गोवर्धन धारण करके दुख से बचाया था। उसी प्रकार जिसके आचरण से समाज अधोगति की ओर न जाये और अपने उच्च आसन पर स्थिर रह सके, उसका नाम धर्म है। वृत्यनुकूल कार्य को भी धर्म कहते हैं। जैसे धर्म, याचक का धर्म, कृषक का धर्म, व्यवसायी का धर्म आदि। कतिपय विशिष्ट व्यापारों की समष्टि को भी धर्म कहा जाता है। जैसे जागतिक धर्म, भौतिक धर्म, सामाजिक धर्म, दैहिक धर्म, मानसिक धर्म आदि। *"अहिंसा लक्षणो धर्मो हिंसाचाधर्म लक्षणा"* (महाभारत) धर्म अहिंसा लक्षण है, और अधर्म हिंसा लक्षण है, "को धर्म ? भूतदया" अर्थात प्राणिवर्ग के ऊपर दया करना ही धर्म है।

श्लोक - श्रेयान स्वधर्मो विगुणः परधर्मात्स्वनुष्ठितात्।
स्वधर्मेनिधनं श्रेयः परधर्मो भयावहः।। (गीता)

उत्तम रूप से अनुष्ठित पर धर्म की अपेक्षा स्वधर्म कुछ अंगहीन भी हो तो श्रेष्ठ है। स्वधर्म में मृत्यु भी श्रेष्ठ है क्योंकि उससे स्वर्गादि

की प्राप्ति होती है। पर धर्म भयानक है क्योंकि वह नरक मे ले जाता है:

श्लोक - "यतोऽभ्युदय निः श्रेयससिद्धिः स धर्मः"

(वैशेषिक दर्शन" जिससे सम्यक सांसारिक उन्नति और मोक्ष अर्थात परमार्थ की प्राप्ति हो, वही धर्म है। धर्म शब्द का पर्याय है पुण्य, श्रेय, सुकृत, वृष (अमरकोष) न्याय, स्वभाव, आचार, उपमा, क्रुत, अहिंसा, उपनिषद, धनु, यम, सोमय, (मेदिनी कोष) सत्संग, अर्हन (हेमचंद्र)। धर्म के अनंत लक्षण हैं। श्रुति, स्मृति में धर्म के जो लक्षण कहे गये हैं उनको एकत्रित करना मनुष्य के वश की बात नहीं है। स्थूल रूप में जिससे सांसारिक उन्नति और परमार्थ की प्राप्ति होती है। वही धर्म है:

श्लोक - "अहिंसा सत्यमस्तेयं शौचमिन्द्रियनिग्रहः।
एतद् धर्म समासेन चातुर्वर्ण्येऽव्रब्रवीन्मनु।।"

पहला है अहिंसा। हिंसा का स्थूल अर्थ है शरीर से प्राण का वियोग करना, परन्तु इसका सूक्ष्म अर्थ है, मनसा-वाचा-कर्मणा किसी को कष्ट देना। अपने शरीर से किसी को पीड़ा पहुंचाना वाणी से मृत्यु की धमकी देना अथवा ऐसी कठोर वाणी बोलना, जिससे किसी के मन पर आघात पहुंचे। और मन से किसी का विनाश या बुरा चाहना यह भी हिंसा ही है। ऐसी किसी भी हिंसा से दूर रहने का नाम है अहिंसा का पालन। दूसरा तत्व है सत्य। ऐसा कौन सा सम्प्रदाय है जो सत्य की आवश्यकता को स्वीकार न करता हो, भले ही कदाचित सत्य वचन पर कोई बल न दे, परन्तु असत्य का आचरण करने के लिए तो कोई भी सम्प्रदाय नहीं कहता। अतएव सत्य अर्थात सत्य का आचरण और असत्य का त्याग यह सब सम्प्रदायों के लिए सामान्य धर्म है। तीसरा है अस्तेय ! अस्तेय का अर्थ है चोरी न करना, स्वामी की अनुपस्थिति में या उसकी नजर बचाकर उसकी वस्तु अपने उपयोग के लिये लेना यह साधारणतः चोरी कहलाता है। यह चोरी और लूट का बहुत साधारण सा अर्थ हुआ। परिणामतः यह कि जो लोग अपने व्यवहारों में पूरी ईमानदारी नहीं बरतते

जो अपनी आवश्यकता से अधिक संग्रह करते हैं तथा जो सेवक अपने ऊपर सौंपा हुआ काम विश्वास पूर्वक नहीं करते वे सभी चोर-डाकू तथा लुटेरे हैं। इस प्रकार की किसी भी चोरी से दूर रहने का नाम अस्तेय व्रत का पालन कहलाता है। इस अस्तेय सिद्धांत के विरुद्ध कोई सम्प्रदाय हो सकता है। यह मैं नहीं मानता। चौथा है शौच! शौच का अर्थ है पवित्रता! एक तो है शरीर की पवित्रता अर्थात शरीर को स्वच्छ रखना। इस बात को तो पशु-पक्षी तक समझते हैं। फिर मनुष्य को तो ऐसा करना ही चाहिए। इसमें क्या नयी बात है। दूसरी है मन की पवित्रता मन को दुष्ट संकल्पों से दूर रखना चाहिए। मन में किसी भी प्रकार का बुरा विचार आने ही न पाये, उसको ऐसा पवित्र बनाना चाहिए। शौच के विषय में भी किसी भी सम्प्रदाय का कोई विरोध नहीं होता क्योंकि तनमन की पवित्रता के लिए ही उसका निर्माण होता है। और उसी के लिए सारे कर्म काण्ड की योजना बनी होती है। पांचवां है इंद्रियनिग्रह। वास्तविक स्वतंत्र मनुष्य कौन है ? जिसको अपनी इंद्रियों के ऊपर अपना पूरा अधिकार है। दूसरा कोई नहीं स्वतंत्र देश में रहने से शरीर भले ही स्वतंत्र कहलाता हो। परन्तु वह मनुष्य जो इंद्रियों का गुलाम है, वे जैसे चलाती हैं। वैसे ही पशु के समान चलता है तो वह स्वतंत्र मनुष्य नहीं है। बल्कि गुलाम से भी बदतर है। इस प्रकार इंद्रियनिग्रह भी प्रत्येक सम्प्रदाय में किसी न किसी रूप में मान्य होना चाहिए और इसका कारण कोई भी सम्प्रदाय इंद्रियनिग्रह की शिक्षा का विरोध नहीं करता।

किसी भी मत द्वारा ईश्वर के उपासक के लिये आठ प्रकार के सामान्य धर्मों का पालन करना भर्तृहरि ने आवश्यक माना है। अहिंसा, अस्तेय, सत्य, दान एक फलीव्रत, संतोष, विनय, एवं दया इनका पालन अनिवार्य है। व्यष्टि और समष्टि के सुख, शांति और समृद्धि के लिये, विश्व में धर्म चक्र का प्रवर्तन परम आवश्यक है। विश्व कल्याण के लिये *"धर्मचक्र प्रवर्तनाय"* मे सहयोग देना महती सेवा है।

अनंत अपौरुषेय वेद ने *"धर्मो विश्वस्य जगतः प्रतिष्ठा"* कहकर धर्म को विश्व की, जगत की प्रतिष्ठा बताया है। जगत में ऐसा कोई पदार्थ नहीं जिसमें धर्म विद्यमान न हो ऐसा कोई तत्व नहीं जिसमें धर्म की सत्ता न हो, धर्म की यह व्यापकता स्वयं धर्म शब्द से प्रकट है। इसकी व्युत्पत्ति है। (१) *धरति इति धर्मः* अर्थात जो धारण करता वह धर्म है, (२) *ध्रियते अयेन इति धर्मः* अर्थात जिसके द्वारा धारण किया जाय वह धर्म है।

धर्म का यह धारण करने का कार्य प्रकृति के कण कण में निरन्तर चलता रहता है। प्राणिमात्र की नैषर्गिक प्रगति इसी के अधीन होती रहती है। प्रकृति की सर्वोत्कृष्ट कलाकृति मानव में उसकी अभिव्यक्ति मानवता के रूप में होती है और उसी के बल पर मानव अभ्युदय से लेकर श्रेय तक सम्पादन करने में सफल होता है।

विश्व व्यापी जीवन के प्रवाह में धर्म का अन्वेषण करने पर दो तथ्य उपलब्ध होते है। (१) गति, (२) स्थिति। गति का परिचय जड़ चेतन संयोग से मिलता है। जगत की गमनशीलता इसी संयोग पर निर्भर करती है। गति के नितांत अभाव का नाम स्थिति है। जड़ प्रकृति में उसका धर्म रहता है। प्रकृति को इसका ज्ञान नहीं होता। कारण प्रकृति जड़ है चेतन अपने धर्मभूत ज्ञान के सहारे अपने स्वरूप एवं अपने धर्म का अनुभव कर सकता है। यही अनुभूति उसकी स्वाभाविक स्थिति धर्मशास्त्रकारों ने गति और स्थिति को प्रवृत्ति और निवृति की संज्ञा दी और निवृति की चरमावस्था में वास्तविक स्थिति का अनुभव किया। इस प्रकार एक ही धर्म के दो स्वरूप हो गये। एक प्रवृतिपरक और दूसरा निवृतिपरक।

व्याकरण की दृष्टि से सनातन धर्म अर्थात *"सनातनस्य धर्म इति सनातन धर्मः"* सनातन का धर्म सनातन में लगायी गयी षष्ठी विभक्ति स्थाप्य, स्थापक संबंध की बोधक है। अस्तु सनातन धर्म भी यह बताता

है कि यह धर्म उस सनातन अर्थात नित्य तत्व परमात्मा द्वारा ही चलाया गया है किसी व्यक्ति के द्वारा नहीं है।

सनातन धर्म को छोड़कर और सभी धर्मों को दो भागों में बांटा जा सकता हैं। (१) वे धर्म जो पूर्वकाल में थे पर अब विद्यमान नहीं हैं। (२) वे धर्म जो पूर्व काल में नहीं थे पर अब है। पर सनातन का अंतर्भाव इन दोनों में से किसी में भी नहीं किया जा सकता है। क्योंकि यह धर्म अन्य धर्मों के जन्म से भी पूर्व विद्यमान था। और अब भी विद्यमान है। पर भविष्य में इस प्रश्न के प्रसंग में हमें *"यज्जन्यं तद् नित्यं"* जो उत्पन्न हुआ है। वह अवश्य नष्ट हो जायेगा। यह प्राकृतिक नियम ध्यान में रखना पड़ेगा। इस नियम का कोई अपवाद न अब तक हुआ और न आगे कभी होगा ही।

सनातन धर्म अनादि और अनंत है क्योंकि सृष्टि की उत्पति के समय से लेकर सृष्टि प्रलय तक यह विद्यमान रहता है। यह सनातन इसलिये नहीं है कि यह सनातन ईश्वर द्वारा स्थापित है। अपितु यह स्वयं भी सनातन या नित्य है। यह प्रलय तक अस्तित्व में रहेगा। प्रलय के बाद भी यह नष्ट होने वाला नहीं है। अपितु गुप्त रूप में तब भी यह अवस्थित रहता है। पुनः सृष्टि के साथ ही यह लोगों की रक्षा और उन्नति करने के लिये प्रकट हो जाता है। अर्थात यह सनातन रूप से रहने वाला धर्म है।

इसका अर्थ यह नहीं है कि दूसरे धर्म झूठे हैं। इसके विपरीत हमारा तो यह कथन है कि सभी धर्म किसी न किसी रूप में उस अन्तिम लक्ष्य तक मनुष्य को पहुंचाते ही हैं। पर वे किसी व्यक्ति विशेष के द्वारा संस्थापित होने के कारण समय के साथ नष्ट भी हो जाते हैं। यह सनातन धर्म ही ऐसा है। जो सृष्टि काल में सारी रचना को उन्नति की ओर प्रेरित करता है। प्रलय में सूक्ष्म रूप से रहता है और अगले कल्प में पुनः प्रकट हो जाता है।

सनातन केवल इसलिये नहीं है कि यह सनातन परमात्मा द्वारा संस्थापित है। यह धर्म सनातन इसलिए भी नहीं है कि यह स्वयं में अविनश्वर है। अपितु यह सनातन इसलिये है कि इस धर्म में विश्वास रखने वाला तथा इस धर्म पर चलने वाला भी सनातन हो जाता है। यह धर्म अपने अनुयायी को भी अमर बना देता है।

महर्षि मनु ने धर्म के दस लक्षण बताये हैं। उनमें धर्म पालन करने का सारा स्वरूप आ जाता है। पुराणों में उसका विस्तार करके धर्म के तीस लक्षण बताये हैं। धर्म के एकाध अंग का भी यदि समझदारी के साथ पालन हो तो दूसरे अंगों का पालन अपने आप हो जाता है। जैसे खाट के एक पाये को खींचने से शेष तीन पाये उसके साथ अपने आप खिंच जाते हैं।

वास्तव में धर्म का ज्ञान चर्चा या इस विषय के ग्रंथों के अवलोकन से ठीक तौर से नहीं होता। यह तो आचरण में लाने की वस्तु है। जैसे-जैसे आचरण धर्ममय होता जाता है। वैसे-वैसे धर्म का रहस्य समझ में आता जाता है बांचने या चर्चा करने से तो केवल ऊपरी ज्ञान होता है। जिसको केवल जानकारी मात्र कह सकते हैं। धर्म की एक व्याख्या इस प्रकार है।

"यतोभ्युदयनि: श्रेयससिद्धि स धर्मः

अब अभ्युदय और नि:श्रेयस" का अर्थ समझना चाहिए। नि:श्रेयस का अर्थ स्पष्ट हैं। इसलिये इसको पहले समझ लीजिये। श्रेयस का अर्थ है। कल्याण। जिस कल्याण से बढ़कर दूसरा कोई बड़ा या अधिक महत्व का कल्याण न हो उस सर्वश्रेष्ठ या सर्वोपरी कल्याण को नि:श्रेयस कहते है। सर्वश्रेष्ठ कल्याण मोक्ष कहलाता है क्योंकि उसको प्राप्त करने के बाद और कुछ भी प्राप्त करना शेष नहीं रहता। इस प्रकार नि:श्रेयस का अर्थ हुआ मुक्ति की प्राप्ति या भगवद् प्राप्ति। अथवा जन्म, मृत्यु रूपी बंधन से निवृति। अतएव धर्म का एक लक्ष्य यह हुआ कि जिसके आचरण में मोक्ष की प्राप्ति हो। अभ्युदय का अर्थ केवल

यही है कि शरीर के निर्वाह के साधन सुगमता से प्राप्त हों। विलास की सामग्री या शरीर को लाड़-लड़ाने वाले वैभव नहीं। मनु महाराज ने कहा कि धर्म पर आचरण कैसे करना चाहिए।

जो कुछ भी उत्कृष्ट और उदात्त है। उसका आधार है सत्य। जो कुछ भी कहा जाय वह सुनने में प्रिय और सत्य हो। श्रवण कटु बात सत्य होने पर भी नहीं करनी चाहिए। और श्रुति प्रिय किन्तु मिथ्या वचन भी नहीं बोलना चाहिए। धर्म के एक प्रमुख सिद्धांत सत्य का यही ठीक ठीक तात्पर्य है:

श्लोक - "सत्यं ब्रूयात्: प्रियं ब्रूयात् ब्रूयात् सत्यम प्रियम।
प्रियं च नानृतम् ब्रूयादेव धर्मः सनातनः।।"

सनातन का अर्थ है नित्य। वैदिक धर्म का नाम सनातन धर्म अत्यन्त उपयुक्त है। अन्य किसी भी भाषा में धर्म का वाचक कोई शब्द नहीं मिलता। अंग्रेजी में इसके लिए रिलीजन शब्द है। पर धर्म का भाव रिलीजन में पूरी तरह नहीं उतर पाता। रिलीजन शब्द धर्म के उस भाव को लिये हुए है। जो बहुत सीमित और समुचित है। पर सनातन धर्म इतना विशाल है कि इसमें हमारे इस जन्म के ही नहीं अपितु पूर्व जन्म और भविष्य जन्म के सभी विषयों और परिणामों का पूर्णतया समावेश हो जाता है।

शास्त्रों में धर्म की परिभाषा *"धारणात् धर्मः"* की गयी है। अर्थात धर्म वह है जो हमें सब तरह के विनाश और अधोगति से बचाकर उन्नति की ओर ले जाता है। अतः रिलीजन की तरह धर्म शब्द सीमित और संकुचित अर्थ वाला नहीं है।

धर्म का सर्वप्रथम और सर्वप्रधान सिद्धांत है अपने माता-पिता का आदर करना। इनमें भी उन माता का पहले और पिता का बाद में, जिनसे हमको शरीर की प्राप्ति हुई है। उनके बाद आचार्य तथा गुरु की पूजा करनी चाहिए। *"मातृ-पितृ-आचार्य-देवोभव"*।।

अहिंसा सत्य, अस्तेय, शौच, इंद्रिय निग्रह आदि के अतिरिक्त अपने भीतर श्रद्धा का भी बीज बोना चाहिए। साथ ही सभी प्राणियों को कुछ देने का अभ्यास करना चाहिए। वास्तव में दान को उन सिद्धांतों में माना गया है जिन पर हमारा धर्म आधारित है। फिर मनुष्य जो कुछ करे। अत्यंत श्रद्धा के साथ करे। सच पूछा जाये तो श्रद्धा को सीमा में न बंधने वाले आत्मा का स्वरूप ही माना गया है। श्री भगवान ने कहा है। *"श्रद्धा मयोऽयं पुरुषो यो यच्छ्छः एव सः"॥*

अहिंसा धर्म का अन्यतम सिद्धांत है। धर्म का यह सिद्धांत सर्वथा पृथक आधार पर खड़ा है। यह भी कहा गया है कि सत्य, प्रेम और दया धर्म के तीन मूल सिद्धांत है। अहिंसा और दया प्रायः समानार्थी है। अहिंसा का एक पार्श्व प्रेम है और दूसरा पार्श्व दया। दोनों मिलकर अहिंसा का सम्पूर्ण चित्र प्रस्तुत करते हैं।

प्रेम का अर्थ है दूसरों को सुख पहुंचाना और उनके सुख से प्रसन्न होना। अपने ही सुख से हर्षित होना पशु के लिये भी सरल है, परन्तु दूसरों की प्रसन्ता के लिये प्रयत्न करना, और क्रियाशील होना ही सच्चा प्रेम है। अहिंसा का उत्तरार्द्ध हमें दूसरों के दुख में दुखी होने की प्रेरणा देता है। और इसी का नाम दया है। दूसरों के लिये आंसू बहाना ही पर्याप्त नहीं है। दया केवल भाव में भरकर दृष्टा बनकर रह जाने को नहीं कहा जाता। दया से अनुप्राणित व्यक्ति दुख में पड़े प्राणी की पीड़ा को अपनी ही पीड़ा समझकर सहायता करने के लिये दौड़ पड़ेगा। ये दोनों पहलू मिलकर अहिंसा का सम्पूर्ण चित्र प्रस्तुत करते हैं। अहिंसा के साथ सत्य को जोड़ देने पर बिलकुल पूरा चित्र तैयार हो जायेगा।

"यत्र धर्मश्च तत्र वलं च" जहां धर्म है वहां बल है। धर्म का बल ही बल है। सच्चा बल है, ठोस बल है और सारे बल झूठे बल हैं। थोथे बल हैं, धर्म का ही बल है। जो महाबली मृत्यु से खम ठोंककर भिड़ जाता है। धर्म का ही बल है जो अत्याचारों और अत्याचारियों की जड़ों को खोदकर फेंक देता है। धर्म का ही बल है। जो अन्याय और

अन्यायियों को नष्ट-विनष्ट करके ही दम लेता है। धर्म का बल वह बल है जिससे बलवान होकर अपर्याप्त सैनिक और अस्त्रों से पर्याप्त सैनिकों तथा शास्त्रों पर विजय प्राप्त की जाती है। धर्म के बल में ब्रह्म बल निवास करता है। इसी से धर्म का बल अजेय है।

"यत्र धर्मश्चतत्र वाक च" जहां धर्म होता है। वहां वाक (वचन) का परिपालन होता है। *"रघुकुल रीति सदा चलि आई, प्रान जाहिं वरु वचन न जाई"।* धर्म वचन से फिरना नहीं जानता। धर्मात्माओं के मुख से जो वचन निकलता है। वह धर्मरूप होता है। इसीलिए धर्मात्मा अपने वचन से कदापि फिरा नहीं करते। वे तो धर्मात्मा होते हैं। जो अगर-मगर और किन्तु-परन्तु की ओट में हालात और परिस्थितियों का बहाना बनाकर अपने मुख से निकाली बात से डिग जाते हैं।

"यंत्र धर्मश्च तत्र इन्द्रियं च" जहां धर्म होगा वहां जितेन्द्रियता अवश्य होगी। आचार्य चाणक्य कहते हैं। जितेन्द्रियता धर्म का मूल है। जितेन्द्रियता के अभाव में धर्म एक क्षण के लिये भी नहीं टिकता। जिस राष्ट्र के नागरिकों में इंन्द्रिय संयम, इन्द्रियनिग्रह, जितेन्द्रियता नहीं होती, उस राष्ट्र में धर्म का नहीं अधर्म का राज्य होता है। जितेन्द्रियता धर्म के मूलों का सिंचन करती है। तो धर्म जितेन्द्रियता का सम्पादन तथा संरक्षण करता है।

"यत्र धर्मश्च तत्र श्रीः च" जहां धर्म होगा वहां श्री (शोभा, सुंदरता) अवश्य होगी। धर्म का सौंदर्य सर्वश्रेष्ठ सौंदर्य है। तभी तो लोग धर्मात्माओं का दर्शन करने आते हैं और उनके दर्शन करके कृतकृत्य हो जाते हैं। धर्म की श्री में स्वयं भगवान का निर्विकार सौंदर्य निखरता है। इसीलिये तो कहा गया है कि धर्मात्माओं के पुण्य दर्शन में ही निराकार भगवान का निराकार सौंदर्य साकार होता है।

"यत्र धर्मश्च तत्र ओजश्च" - जहां धर्म होता है वहां ओज होता है। ओज धर्म का पहला लक्षण है। धर्मात्मा व्यक्ति ओजस्वी हो जाता

है। वह उमंग और उत्साह और जोश-खरोश से सदैव भरपूर भरा रहता है। उत्साहहीनता, शिथिलता, प्रमाद, ये तीन दुरित अधर्म के सहचारी हैं। धर्म का ओज, अदम्य और अक्षय है। जो न दबाये दबता है, न छिपाये छिपता है। धर्म के ओज से ओजित व्यक्ति में अमित कर्म क्षमता और अपार साधन निरतता सदैव निहित रहती है। जिसके जीवन में ओज नहीं है समझ लीजिये कि उसमें धर्म नहीं है। धर्मभास भले ही हो।

"यत्र धर्मश्च तत्र तेजश्च"- जहां धर्म होगा वहां तेज होगा। धर्म का तेज वह तेज है, जिसके सामने सूर्य का तेज फीका पड़ जाता है जिसके जीवन में धर्म निहित होता है। निस्संदेह वह तेज पुंज होता है। उसके रोम रोम और कण कण से तेज की तेजोमयि किरणें फूटती रहती हैं। विभीषण की धर्मवती पुत्री कला ने अपने ताऊ रावण से पूछा बंदिनी सीता के सामने आप इतने निस्तेज क्यों हो जाते हैं। सीता धर्म के तेज से इतनी तेजस्विनी है कि उसके सामने सूर्य का तेज भी शिथिल पड़ जाता है। जहां राम है वहां धर्म है और जहां धर्म है वहां विजय है। इस उक्ति में धर्म के उसी तेज का संकेत है। जिसका उल्लेख यहां वेद माता ने किया है। भगवान श्री कृष्ण साक्षात धर्म थे। इसीलिये वे तेजो अवतार थे। तेज के साक्षात अवतार थे। उस तेज के, जिसके अभिमुख पृथ्वी थर-थर कांपती थी।

"यत्र धर्मश्च तत्र सहश्च"- जहां धर्म है। वहां सह (धैर्य, सहनशक्ति, सहनशीलता" है। सह और धैर्य पर्यायवाची है। जरा धर्मात्माओं के जीवन चरित्रों का अवलोकन तो कीजिये, आप देखेंगे कि धर्म ने उन्हें कैसा सहनशील अथवा धैर्य का धनी बना दिया था। सह का अर्थ है ध्रुव धैर्य के साथ मुकाबला करके परास्त करने की शक्ति सह ही है। जिससे मनुष्य धीर कहलाता है। जहां धर्म होगा वहां सह अवश्य होगा। हो नहीं सकता कि धर्म हो और सह न हो। धर्मात्मा सह के अवलंब से बड़ी-बड़ी घाटियों को पार करते हैं। बड़ी से बड़ी आपत्तियों का मुकाबला करके उनका मुंह फेर देते हैं। धर्मात्माओं का सह ही है जो

पंचविकारों और वासनाओं को परास्त करके उन्हें अपने जीवन सदन से निकाल बाहर करते हैं। धर्मात्माओं के सह की महिमा अपार है।

धर्म की मूल शक्ति है भगवान। धर्म ही जगत का प्राण है। धर्म ही जीव के आनंद का स्रोत है। माया के जाल में पड़ा वासना क्लिष्ट जीव आज रोग, शोक और ताप से जर्जरित है। वह केवल निराशा के दीर्घ और ऊष्ण निःश्वास छोड़ रहा है। देहाभिमानी जीव भगवान से बहुत दूर हट गया है। कोई भी दुष्कर्म करने में वह कुछ भी भीत या लज्जित नहीं होता। जगत की भूषणस्वरुपा दया, क्षमा, करुणा, आदि अभ्युदयकारी शक्तियां आज जगत से मानो लुप्त हो गयी हैं। लोग पशु के समान भोग लालसा की परितृप्ति के लिए सदा ही लालायित है। वे भूल गये हैं, अपने स्वरूप को, भूल गये हैं अपने निजी नित्य निकेतन को।

धर्म वह वस्तु है जिसको सभी मनुष्य सभी समाज, सभी मतावलम्बी, सर्वोत्कृष्ट मानते हैं। धर्म वह वस्तु है जिसे सभी मतमतांतर सुख की प्राप्ति का हेतु समझते हैं। धर्म वह वस्तु है जिसके लिये सभी सम्प्रदाय वाले उपदेश देते हैं कि संसार की अच्छी से अच्छी वस्तु को छोड़कर धर्म धारण करो। सभी ज्ञानी महात्मा, चाहे वे किन्हीं धर्मग्रंथों को मानने वाले हों। यही शिक्षा देते हैं कि धर्म से अच्छी संसार में कोई वस्तु नहीं है। कोई-कोई तो यह भी कहते हैं कि धर्म धारण करने से मनुष्य देवता बन जाता है। सभी महापुरुषों, संतों ने धर्म की महिमा गायी है और धर्म के लिये ही अपना जीवन बलिदान किया है। गीता, वेद, उपनिषद् आदि अनंतकाल से हमें धर्म का ही उपदेश दे रहे हैं।

धर्म वह वस्तु है जो हमारे जीवन में मार्गदर्शक का काम करती है। मार्गदर्शक का कार्य हमें अपने ध्येय पर पहुंचाने का है। हमारा ध्येय सिवाय सुख के और क्या हो सकता है और सुख जन्म से लेकर मृत्यु तक ही नहीं यदि हमारा अस्तित्व मृत्यु के पश्चात भी कोई हो तो वहां भी हमें सुख प्राप्त हो, और वह सुख ऐसा कि जो शुद्ध अभिश्रित ही नहीं, शाश्वत हो। मार्गदर्शक का काम तो प्रत्येक क्षण मार्ग बतलाना

होता है। इस सत्य धर्म का संबंध हमारे पूरे जीवन से और उसके प्रत्येक क्षण से है न कि केवल अमुक समय या क्षण से है। उसका संबंध तो हमारे जन्म जन्मांतर से भी है। जब हम कहते हैं कि धर्म इस लोक और परलोक दोनों ही लोकों में सुख देता है। तो इसका यही अर्थ हो सकता है कि वह प्रत्येक क्षण हमारी प्रत्येक क्रिया में हमें सावधान करता है कि हम ऐसी भूल नहीं करें। जो दुख का कारण बने।

जो वस्तु धारणा युक्त अर्थात मनुष्य को संयुक्त रखने वाली हो वही धर्म है। जीवों के प्रभव अर्थात कल्याण के लिये धर्म का विधान किया गया है। अतएव जो वस्तु प्रभव संयुक्त हो, जिससे प्रजा का कल्याण हो, उसी को निश्चयपूर्वक धर्म समझना चाहिए। चोरी, अन्याय, वध, इत्यादि से मनुष्य को क्लेश न हो, इसीलिये धर्म का विधान किया गया है। जो वस्तु अहिंसा मुक्त हो, अर्थात प्रजा के क्लेश और दुखों को दूर करने वाली हो, उसी को निश्चय पूर्वक धर्म समझना चाहिए और जो मनुष्य नित्य सबका भला चाहता है। मन, वचन, कर्म से सबके हित में लगा रहता है। वही धर्म का जानने वाला है। धर्मात्मा वही है। जिसकी आत्मा निष्पाप और चरित्र विमल हो। उनको उबलता हुआ तेल का घड़ा भी बर्फ के समान ठंडक पहुंचाता है और पापात्मा जिसका अंत:करण मलिन है। उसे जूही का हार भी जलते हुए अंगार की सी व्यथा देता है।

धर्म ही संसार की सर्वश्रेष्ठ वस्तु है। वह मनुष्य के महत्व और कीर्ति को पराकाष्ठा तक पहुंचाती है। धर्म करने वालों को इस जगत में अर्थ और सुख तो मिलता ही है साथ ही परलोक में भी अभ्युदय और ईष्ट की प्राप्ति होती है और अंत में मोक्ष लाभ होता है। परन्तु वास्तविक धर्म का पालन लोहे के चने हैं इसलिए परिणाम कल्याण होने पर भी धर्मनिष्ठ को धर्ममार्ग पर चलने के लिए आरंभ में क्षति अवश्य उठानी पड़ती है।

हमारा धर्म सनातन धर्म है। यह धर्म त्रिविध, त्रिमार्ग गामी, और त्रिकर्मरत है। हमारा धर्म त्रिविध है भगवान ने अन्तरात्मा, मानसिक जगत

और स्थूल जगत, इन्हीं तीन धागों में प्रकृति सृष्ट महाशक्ति चालित विश्व के रूप में अपने आपको प्रकट किया है। इन्हीं तीन धामों में उनके साथ युक्त होने की चेष्टा करना सनातन धर्म का त्रिविधत्व है। हमारा धर्म त्रिमार्गगामी है, ज्ञान-भक्ति-कर्म, इन तीन स्वतंत्र या सम्मिलित उपायों से उस युक्तावस्था को मनुष्य प्राप्त कर सकता है। इन तीन उपायों से आत्मशुद्धि करके भगवान के साथ मुक्त होने की इच्छा करना ही सनातन धर्म की त्रिमार्गगामी गति है। हमारा धर्म त्रिकर्मरत है मनुष्य की सभी प्रधान वृत्तियों में जो तीन शक्तियां ऊर्ध्वगामिनी है, ब्रह्म प्राप्ति बलदायिनी हैं। वे हैं सत्यप्रेम और शक्ति के द्वारा त्रिमार्ग में अग्रसर होना ही सनातन धर्म का त्रिकर्म है।

जीवन भर जिस पर आनंद के स्पर्श के लिए दौड़ धूप करके देह मन को क्लांत कर रहे हो, वह बाहर के रूप, रस, गंध आदि में नही है। वह तो अपनी आत्मा के ही निमृत कुंज में नित्य विराजमान है। उसे बाहर खोजने पर कोई कैसे पायेगा। एक सरल अनुभूति के भीतर चलकर भगवान के साथ संबंध स्थापित होता है। मनुष्य जगत चिन्मय रूप में दीख पड़ता है। यही धर्म है, तब लगता है कि भगवान सबसे बड़े निज जन हैं। फिर तो त्रिलोकी के ऐश्वर्य की ओर लक्ष्य नहीं रह जाता। तब जगत विस्मृत होकर देखता है कि उनकी महिमा द्युलोक से भूलोक तक परिव्याप्त है। ब्रह्मा से लेकर कीटाणु पर्यन्त अणु-परमाणु में उन्हीं की सत्ता विराज रही है। उस समय उस विश्व प्रेमी का जीवन सहज और सरल हो जाता है। कृत्रिमता का लेशमात्र भी उसमें शेष नहीं रह जाता।

धर्म केवल बौद्धिक उपलब्धि ही नही, वह मनुष्य की स्वाभाविक एषणा है। आत्मा है पर वह शरीर और कर्म के आवरण से आवृत है। इसीलिए अज्ञात है। आवरण से चैतन्य ढका हुआ है। पर उसका अस्तित्व विस्मृत नहीं है। सूर्य बादल से ढका हुआ है पर वह अस्त नहीं है। दिन और रात का विभाग करने में वह क्षम है। यह अस्तित्व की

स्मृति ही धर्म की स्वाभाविक एषणा है। आवरण के तारतम्य के कारण कुछ लोगों में धर्म की एषणा अव्यक्त होती है और कुछ लोगों में व्यक्त। अपने आपको नास्तिक मानने वाले भी धर्म की एषणा से मुक्त नहीं होते।

धर्म एक कार्यान्वित जीवन है। जीवन में जो कुछ है। जो कुछ भी सार है, वही धर्म है, धर्म केवल आत्मा-परमात्मा का संबध स्थापित करने वाला ही नहीं है। बल्कि हमारे सभी कर्म सभी व्यवहार, क्रोध, करुणा, दया, स्नेह, तप, त्याग, तितिक्षा आदि का बोधक है और इसी के ही सहारे सभी मानव व्यापार-व्यवहार होते हैं। और सभी मानव वृतियां अपना कार्य करती है केवल यही एक ऐसा मार्ग है जहां हम सब एक हो जाते हैं और सभी मानव जाति को एक रंग में रंगा हुआ और एक ही सूत्र में बंधा हुआ देखते हैं।

धर्म की कसौटी है अन्तर्मुखता। अन्तर्मुखी व्यक्ति उपासना के लिए अलग से समय न लगाने पर भी हर समय धर्म की ही आराधना करता है। हर परिस्थिति में वह विवश होकर नहीं किन्तु आत्म धर्म मानकर सम रहता है। तितिक्षा, क्षमा, और ऋजुता की ओर अग्रसर होता है। तथा घृणा-विद्वेष, ईर्ष्या और अहं से दूर रहता है। ये विशेषतायें प्रत्येक व्यक्ति में होती हैं किन्तु साधना के अभाव में दुर्भावना, असिहष्णुता, और वक्रता इन पर हावी हो जाती है। फलतः व्यक्ति बहिर्दर्शी बन जाता है। ध्यान से सुषुप्त शक्तियां जागृत हो जाती हैं और विश्रृंखल शक्तियाँ एकत्रित हो जाती हैं। फिर कोई भी बुराई उन पर छा नहीं सकती। अतएव वृत्तियों को अंतर्मुखी बनाने के लिये ध्यान का अभ्यास करना अपेक्षित है।

धर्म का सबसे बड़ा साधन आत्म मर्यादा है। आत्म मर्यादा का सोपान आत्म गौरव है और आत्मगौरव का आधार सदाचार है। आत्म मर्यादा एक ऐसा साधन है। जो सम्पद और विषद दोनों में समान बना रहता है। इस ऐश्वर्य से जो समृद्ध हैं वे अभ्युदय की मोह-मदिरा से

मतवाले नहीं होते। जनकनंदिनी जानकी जी इसका आदर्श रूप हो गयी हैं। जिनका हिमालय सा चंचल ह्दय और सागर सा गंभीर मन वनवास का दुख सहते हुए भी आत्म मर्यादा से विमुख नहीं हुआ। रावण के अनेक प्रलोभनों पर भी पतिव्रत की मर्यादा को उन्होंने न छोड़ा। दमयंती, सावित्री, आदि कितनी स्त्रियाँ इसी आत्म मर्यादा के पालन से ही ललनागणों में सर्वश्रेष्ठ हो गयी हैं। पुरुषों में श्री राम और युधिष्ठिर तथा आबाल ब्रह्मचारी भीष्म इसी मर्यादा पालन के कारण सर्वमान्य हुए। आत्म मर्यादा ही धर्म का प्रधान अंग है और धर्मोरक्षित रक्षितः अर्थात धर्म की जो रक्षा करता है। उसकी धर्म स्वयं रक्षा करता है। इसका तात्पर्य भी आत्म मर्यादा की ही रक्षा है धर्म का तात्पर्य मनुष्य को ऐसी विधि बताना है जिससे वह संसार में रहकर जीवन के घोर संग्राम में अपने भीतर और बाहर के शत्रुओं पर विजय पाते हुए मनुष्य मात्र की उन्नति में दत्त चित्त हो, सब प्रकार के बंधनों से छूटकर पूर्ण स्वतंत्रता और मोक्ष को प्राप्त करे। वास्तव में मोक्ष ही मनुष्य की उन्नति रूपी सीढ़ी की अंतिम पैड़ी है। परन्तु जो लोग यह समझते हैं कि मनुष्य के लिये निर्धारित कर्त्तव्य कर्म को छोड़कर हम मोक्ष प्राप्त कर लेंगे, वे धर्म की मर्यादा को नहीं समझते और अंत में असफल ही होते हैं।

धर्म ही मनुष्य के धार्मिक जीवन का मूलस्वर है। सामाजिक एवं नैतिक आचरण में व्यक्त आध्यात्मिक जीवन का ही नाम धर्म है। मानव जीवन का यही आश्रय और आधार है। धार्मिक जीवन का अर्थ है। आर्जन और अहिंसा। धार्मिक व्यक्ति स्वयं ही तपस्वी होता है। तपस्या के अन्तर्गत ब्रहमचर्य, क्षुधा का दमन, तथा शरीर में सर्दी गर्मी एवं अन्य कष्टों को सहने की शक्ति वाले विभिन्न साधनों की भी गणना है। विवेक तथा उचित निर्णय के साथ की हुई ये तपस्यायें भक्त को आध्यात्मिक झंकार के साथ अपने तनमन की तान को मिला देने में सहायक सिद्ध होती हैं। आत्मानुशासन का अर्थ अपने को यंत्रणा देना नहीं है। तप का महत्तम, उद्देश्य है। सनातन आत्मानंद के बदले क्षण

भंगुर इंद्रिय सुखों को श्रेष्ठ मानने वाली मनुष्य की कुबुद्धि को बदल देना।

आगम तत्व को जानने वाले आर्य लोग जिस कर्म का अनुष्ठान करते हैं। तथा जिसकी प्रशंसा करते हैं उसको धर्म कहते हैं और जिन कर्मों की निंदा करते है। उनको अधर्म कहते हैं। प्रवृत्ति और निवृति जनक दो प्रकार के वैदिक कर्मों का ब्रह्मा ने सृष्टि के आदि में निर्देश किया था। इनमें प्रवृत्ति लक्षण जो कर्म हैं उनको धर्म कहते हैं। ये धर्म गुण भेदानुसार तीन प्रकार के हैं। सात्विक, राजस, तापस। जिन कर्मों में किसी प्रकार की फल कामना नहीं होती ये ही कर्म हमारे कर्त्तव्य कर्म हैं इस प्रकार की बुद्धि से जो कर्म अनुष्ठित होते हैं, उनको सात्विक कर्म कहते हैं। सात्विक धर्म का अनुष्ठान करने से मोक्ष की प्राप्ति होती है। मोक्ष के निमित संकल्प करके जो कार्य अनुष्ठित होते हैं। उनको राजस धर्म कहते हैं। कर्म में विधि की आपेक्षा न करके केवल कर्म बुद्धि से जो कार्य अनुष्ठित होता है। उसको तामस धर्म कहते हैं।

मनुष्य के लिये जो कर्त्तव्य या आचरणीय कहा गया है। वही धर्म है स्मृति शास्त्र से धर्म का यह अर्थ प्राप्त होता है। पुराण शास्त्र में धर्म का एक अर्थ नही देखने में आता। अनेक स्थलों में धर्म शब्द अनेक अर्थों में व्यवहृत हुआ है। मनोवृत्तियों को धर्म कहा गया है जैसे दया, सत्य, अहिंसा, क्रोध, अपकृष्ट धर्म आदि इंद्रियों के कार्य भी धर्म नाम से कंपित होते हैं जैसे चक्षु का धर्म है दर्शन, नासिका का धर्म है आघ्राण, मन का धर्म है चितंन आदि। कर्त्तव्य का नाम भी धर्म है जैसे पिता का धर्म, पुत्र का धर्म, पत्नी का धर्म, आदि गुणों की क्रिया को भी धर्म कहते हैं। जैसे शीत का धर्म संकोचन, ताप का धर्म है संप्रसारण आदि।

मनुष्य हर प्रवृत्ति के बाद विराम चाहता है। वह क्या है? अंतर की ओर गति। शरीर, वाणी और मन की प्रवृत्ति मनुष्य को बाह्य जगत में

ले जाती है किन्तु कुछ समय बाद मन लौटकर भीतर की ओर जाना चाहता है। वाणी मौन होना चाहती है और शरीर की शिथिलता, वाणी का मौन और मन का अंतर में विलीन होना ध्यान है। और यही आत्मा का स्वाभाविक रूप है और यही धर्म है।

धर्म है आत्मा से आत्मा को देखना, आत्मा से आत्मा को जानना और आत्मा से आत्मा में स्थित होना। धर्म का अर्थ है दृव्य का स्वभाव, जो आत्मा का स्वभाव है। वह धर्म है। जो आत्मा का स्वभाव नहीं है। वह धर्म नहीं है। धर्म का अर्थ है वस्तु का स्वरूप।

श्लोक - "शून्यीभवदिदं विश्वं स्वरूपेण घृतं यतः।
तस्माद् वस्तुः स्वरूपं हित्प्राहुर्धर्म महर्षयः।।

यह विश्व पर्यायों से शून्य होता रहता है। पर्याय या अवस्था के नष्ट हो जाने पर भी वह स्वरूप द्वारा धृत रहता है। इसीलिए वस्तु का स्वरूप धर्म कहलाता है। आत्मा ज्ञानमय, दर्शनमय, और आनंदमय, और शक्तिमय है। ज्ञान-दर्शन-आनंद और शक्ति के साथ जो एकरसता है। वह धर्म है। आत्मा की मोह, क्षोभ आदि आवेगों से रहित जो परिणिति है वह धर्म है।

सनातन धर्म के अंदर बहुत से गौण धर्म विदित है। सनातन का अवलंबन करके महान और क्षुद्र नाना प्रकार के परिवर्तन शील धर्म अपने-अपने कर्म में प्रवृत होते हैं। सभी प्रकार के धर्म-कर्म स्वभाव सृष्ट होते हैं। सनातन धर्म जगत के सनातन स्वभाव पर आश्रित है और ये नाना प्रकार के धर्म नानाविध, आधारगत स्वभाव के फल हैं। व्यक्तिगत धर्म, जातिगत धर्म, वर्णाश्रित धर्म, यशधर्म इत्यादि नाना प्रकार के धर्म हैं। ये सब अनित्य होने के कारण ही उपेक्षणीय या वर्जनीय नहीं हैं। बल्कि इन्ही अनित्य परिवर्तनशील धर्मों के द्वारा सनातन धर्म विकसित और अनुष्ठित होता है। व्यक्ति जाति वर्णाश्रित युग धर्म, इत्यादि का परित्याग करने से सनातन धर्म की पुष्टि नहीं होती। बल्कि

अधर्म की ही वृद्धि होती है तथा गीता में जिसे शंकर गहा है सनातन प्रणाली का भंग और क्रमोन्वति की विपरीत गति वह वसुंधरा को पाप और अत्याचार से दग्ध करता है। जब इस पाप और अत्याचार की अतिरिक्त मात्रा से मनुष्य की उन्नति की विरोधिनी, धर्मनाशिनी आसुरिक शक्तियाँ वर्द्धित और बलशाली होकर स्वार्थ-क्रूरता और अहंकार से दसों दिशाओं को आच्छन्न कर देती हैं। जगत अनीश्वर ईश्वर का रूप ग्रहण आरम्भ करता है। तब भारार्त पृथ्वी का दुख कम करने के लिए भगवान के अवतार या विभूति मानव शरीर में प्रकट होकर पुनः धर्मपथ को निष्कंटक बनाते हैं।

जहां धर्म है वहीं साथ में सुख भी है। धार्मिक जीवन बिताइए, और आप सदा सुखी रहेंगे। कोई व्यक्ति त्रिभुवन का स्वामी होकर भी दुखी रह सकता है और दरिद्र से दरिद्र भिखमंगा भी संसार का सबसे सुखी प्राणी हो सकता है। भगवान एक कदम और भी आगे बढ़ गये हैं। उन्होंने कहा है कि "यतोधर्मस्ततोजयः" जहां धर्म है वहीं जय है। जहां धर्म है वहां विजय है। धर्म और विजय को एक दूसरे से अलग नहीं किया जा सकता है। धर्म ही सत्-असत् का निश्चय करने वाला विवेक है। और धर्म ही सद्बुद्धि रूपी प्रकाश है। जब तक हम धर्म पर अटल स्थिर रहते हैं। तब तक हमारा कोई भी अकल्याण नहीं होता। अर्थात धर्म ही मानव समाज को एक सूत्र में बांधने वाली परम वस्तु है। वास्तव में जिसकी सहायता से मानव समाज एक सूत्र में बंधता है। वही धर्म है और जिससे मानव समाज का विघटन होता है। वह धर्म ही मानव जीवन का सार तत्व धर्म ही है।

भारतीय संस्कृति इस संघर्षमय संसार में अपने जिस उपकरण से आदिकाल से लेकर अब तक सत्ताशील रही है। वह परम अभिन्न अंग ही तो धर्म है। मानव जीवन का यही तत्व तो पशुत्व से पृथक कर मानवत्व की कोटि में जाता है। वस्तुतः देश और काल के पथ पर महापुरुषों द्वारा निर्दिष्ट जीवन की वे विशिष्ट प्रक्रियायें जो लौकिक

और परलौकिक सफलताओं का साधन बनती हैं। धर्म कही जा सकती हैं।

जो वृत्तियां मानव को विकृति से प्रकृति और प्रकृति से संस्कृति की ओर ले जाती है। वे ही यथार्थ धर्म है। जो मानव को ईश्वर से जोड़ती है। उनका समवाय धर्म है। वस्तुतः ईश्वर एवं मानव का मिलन जिन गुणों, नियमों, आचारों एवं प्रवृत्तियों से होता है। वही मानव धर्म है। इसीलिये आज मानव धर्म में धर्म उन संकुचित रूपों की अस्वीकृति है। जो मनुष्य मनुष्य के बीच दीवारें खड़ी करते है। खंडित जीवन से ईश्वर वियुक्त जीवन से ईश्वर युक्त जीवन की ओर ले जाना वाला धर्म ही मानव धर्म है। अर्थात मानव धर्म वही है। जो पशु मानव को ईश्वरीय मानव में बदल देता है।

सारे वैष्णव, यति ब्रह्मचारी, पतिव्रतानारी, प्राज्ञ व्यक्ति, वानस्प्रस्थी, भिक्षु, धर्मशील, नृप, सद्वैद्य निज सेवा परायण सूत्र तथा सज्जनों के संसर्ग में रहने वाले लोग इन सब लोगों में धर्म सर्वदा सम्पूर्ण रूप से अवस्थित रहता है, यथा अश्वत्थ, वट, चंदन, देवपूजा के योग्य पुष्पों वाले वृक्ष, देवालय, तीर्थ स्थान, वेद वेदांग, श्रवण करने वाले व्यक्ति जहां वेद पाठ होता है। श्री कृष्ण के नाम गुण जहां कीर्तित होते हों, व्रत, पूजा, तप तथा विधि पूर्वक यज्ञ के साथी, स्थल, दीक्षा, परीक्षा, शयन के स्थान, शोष्ठ, गोष्पद भूमि तथा गोगृह इन सब स्थानों में धर्म अवस्थित रहता है तथा इन सब स्थानों में धर्म निस्तेज नहीं होता।

धार्मिकता अंतःकरण की पवित्रता है। वह धर्म की रुचि होने मात्र से प्राप्त नहीं होती है उसकी साधना से प्राप्त होती है। साधना करने वाले धार्मिक बहुत कम है। अधिकांश धार्मिक सिद्धि चाहने वाले हैं, वे धर्म को इसलिये नहीं चाहते, कि उससे जीवन पवित्र बने किन्तु वे उसे इसलिये चाहते हैं कि उससे भोग मिले। आज का धर्म भोग से इतना आच्छन्न है कि त्याग और भोग के बीच कोई रेखा ही नहीं जान पड़ती। धर्म का क्रांतिकारी रूप तब होता है। जब वह जनमानस को भोग त्याग

की और अग्रसर करे। आज त्याग भोग के लिये अग्रसर हो रहा है। यह वह कीटाणु है। जो धर्म के स्वरूप को विकृत बना डालता है। पदार्थ सुख के हेतु हैं। उनसे सुख की अनुभूति नहीं होती। सुखकारी अनुभूति मन और मन संयुक्त इंद्रियों को होती है। वह तभी होती है। जब मन संतुलित और शांत होता है।

लोक से परलोक व्यवहार से परमार्थ तक, व्यक्ति से समाज तक ऐसा कोई लक्ष्य या उद्देश्य नहीं जो पुरुषार्थ चतुष्टय् के अतंर्गत न आता हो। हमारे धर्म शास्त्रकारों ने धर्म/अर्थ काम और मोक्ष के रूप में पुरुषार्थ चतुष्ट्य को मानव जीवन का लक्ष्य निर्धारित किया। अर्थ और काम को धर्म नियंत्रित कर उन्होंने मानव के लिए उन्होंने धर्ममय जीवन का विधान किया। प्रवृत्ति से विकृति की ओर इस आधार पर उन्होंने जीवन की व्यवस्था की। और मानव को परम पुरुषार्थ की ओर अभिमुख होने की प्रेरणा दी। जीवन के प्रत्येक क्षेत्र में साध्य-धर्म का अनुष्ठान और सिद्धि धर्म का चिंतन करता हुआ, साधक अपने धर्मभूत ज्ञान को पूर्ण रूप से विकसित कर अपने स्वरूपगत धर्म को अनुभव करने में समर्थ होता है।

श्लोक - "विशाल विश्वस्य विधान बीजं,
वरं वरेण्यं विधि विष्णु सर्वैः।।
वसुंधरा व्ाारि् विमान वह्नि,
वायुस्वरूपं प्रणवं विवन्दे।।"

सनातन धर्म का ठीक ठीक पालन करने के लिये, व्यक्तिगत धर्म, जाातिगत धर्म, वर्णाश्रित धर्म, युग धर्म का आचरण सर्वदा रक्षणीय है। परन्तु इन नाना धर्मों में क्षुद्र और महान नाना प्रकार के रूप हैं। महान धर्म के साथ क्षुद्र धर्म को मिलाकर और संशोधित कर उसका पालन करना श्रेयस्कर है। व्यक्तिगत धर्म को जातिगत धर्म के क्रोड़ में रखकर उसका आचरण नहीं करने से जाति नष्ट हो जाती है। एवं जाति धर्म के लुप्त हो जाने से व्यक्तिगत धर्म का क्षेत्र और सुयोग नष्ट हो जाता है।

यह भी धर्म शंकर है। जिस धर्म शंकर के प्रभाव से जाति और संकरकारी गुण दोनों अटल नरक में निमग्न होते हैं। सबसे पहले जाति की रक्षा करनी चाहिए। तभी व्यक्ति की आध्यात्मिक नैतिक और आर्थिक उन्नति निरापद बनायी जा सकती है। वर्णाश्रित धर्म को भी युग धर्म के सांचे में ढालकर यदि उसे गठित न किया जाये, तो महान युग धर्म की प्रतिकूल गति से वर्णाश्रित धर्म चूर्ण -विचूर्ण और नष्ट हो जाता है। क्षुद्र सदा ही महान का अंश और सहायक होता है। इस संबंध की विपरीत अवस्था में धर्म शंकर संभूत घोर अनष्टि होता है। क्षुद्र धर्म और महान धर्म के बीच विरोध होने पर क्षुद्र धर्म का परित्याग करके महान धर्म का आचरण करना ही मंगल प्रद होता है।

समाज भी मानव का कर्म क्षेत्र है। अतः समाज में शांति स्थापन की प्रतिष्ठा सभी को अभीष्ट है। जिस देश या समाज में धर्म चरित्र सम्पन्न नियमानुवर्ती कर्त्तव्य परायण सभ्य लोग रहते हैं। वहां सौभाग्य लक्ष्मी प्रकाशित होती है। वहां समता, सुख, समृद्धि की वृद्धि होती है। अहिंसा, सत्य, संयम, दया, मैत्री, परोपकार, कर्म, कुशलता, स्वार्थत्याग, मुमुक्षा आदि देव दुर्लभ गुण जिस देश के लोगों में रहते हैं। वह देश उन्नति के शिखर पर जा पहुंचता है पर जहां के लोग विलासी, भोगपरायण, आलसी या स्वार्थी हो जाते हैं। वहां सुख शांति की कल्पना वैसी ही निरर्थक है, जैसी मरुभूमि में गंगा जी की और गगन में प्रासाद निर्माण की कल्पना व्यर्थ है। वहां तो सत्वद्वेषी काम, क्रोध, लोभ, दमन, बैर, हिंसा आदि तथा कही पैशाचिक ताण्डव नृत्य दृष्टिगोचर होता है। गीता में इन्हें ही नरक का द्वार कहा गया है।

प्रकृति भी मानो अपनी निस्वार्थ सेवा द्वारा मानव जाति को परोपकार का पाठ पढ़ाने में संलग्न है। सूर्य अपनी ऊष्मा द्वारा जीव जगत को जीवन दान देने में निरंतर रत रहता है। पृथ्वी प्राणियों के उत्पात सहन करके भी उन्हें अपनी गोद में आश्रय देती है। चन्द्रमा, वायु, बादल, वृक्ष, नदियों आदि प्रकृति के नाना उपादान किसी न किसी रूप में संसार

के कल्याण में सचेष्ट हैं किसी ने अपनी सेवा के बदले जीवों से कोई मांग नहीं पेश की है। गाय बैल, भैंस, घोड़े कुत्ते आदि मानवेत्तर प्राणी भी नाना प्रकार से मानव जाति की सेवा सम्पन्न कर रहे हैं। इसीलिये नीतिकार इन्हें परोपकारी विभूति मानकर इनकी गणना परोपकारी संतो के रूप में करता है।

परोपकार के लिये आत्म बलिदान करने वाले ऐसे महामानवों की गौरवगाथा से भारत का इतिहास देदीप्यमान है। नागों की प्राण रक्षा के लिए अपने जीवन का दान करने वाले जीमूत वाहन, कबूतर की प्राण रक्षा के लिए अपने शरीर का मांस देने वाले नरेश शिवि, याचक के लिए अपने शरीर का कवच कुंडल दान करने वाले उदार कर्ण। गौरक्षा के लिए अपना शरीर समर्पित करने वाले नरेश दिलीप। स्वयं भूख की ज्वाला से तड़पते हुए भी भूखी आत्माओं को देखकर अपने अन्न जल का दान करने वाले उन महाराज रंति देव के नाम क्या कभी मानवता के इतिहास से भुलाये जा सकेंगे। जो भगवान द्वारा वर याचना की आज्ञा पाने पर भी यहीं मांगते है कि ये अष्ट सिद्धियाँ, स्वर्ग, मोक्ष आदि कुछ नहीं चाहता मेरी यही कामना है कि मैं समस्त प्राणियों के अंतकरण में स्थित होकर उनका दुख स्वयं भोगा करुं।

श्लोक – न कामयेऽहं गतिमीश्वरात् परामष्टर्द्धि युक्ताम् पुनर्भवं वा।
आर्ति प्रपद्येऽखिल देह भाजा यन्तःस्थितो येनभवत्यदुःखाः:।।
(श्री मद्‌भागवत)

दूसरों की निस्वार्थ सेवा ही मनुष्य का कर्त्तव्य है। सेवा दूसरों का उपकार करने की दृष्टि से नहीं, वरन अपना जीवन धर्म मानकर करनी चाहिए। प्रत्येक व्यक्ति को याद रखना चाहिए, कि उसकी गुह्यतम भावना भी उसके एवं दूसरे के ऊपर प्रभाव डालती है। इसलिए मनुष्य को आत्मनिग्रह का अभ्यास करना चाहिए। जिससे दुर्विचार मन के बाहर रहें और वहां श्रेष्ठ एवं महान विचारों को स्थान मिले। यह भी आवश्यक है कि मनुष्य मन की भांति अपने तन को भी निर्मल और

स्वच्छ रखें क्योंकि कहा है कि स्वच्छता दिव्यता की पहली सीढ़ी है। मनुष्य अपने विचारों का पुतला है। वह जो सोचता है। वही बन जाता है। अतएव बुराई के प्रलोभन को कुचल डालना चाहिए। मन चंचल है। और वायु की भांति कठिनता से वश में आता है। इसको निरन्तर अभ्यास और वैराग्य के द्वारा नियंत्रण में रखना चाहिए। इसका स्वभाव ही चंचल है। सबको अपने नित्य कर्म प्रतिदिन नियम पूर्वक करने चाहिए। और अपने मन को मणि के समान स्वच्छ रखना चाहिए। यह भी आवश्यक है कि मनुष्य को अपने जीवन के इस उद्देश्य का स्पष्ट ज्ञान हो कि भगवान की पूजा ही सर्वोत्कृष्ट उद्देश्य है। भगवान के धर्म का पालन करते हुए उनका काम करना और प्राणिमात्र की निस्वार्थ सेवा करना सबसे ऊंची पूजा है।

धर्म मानव की खोज है, उपज नहीं, खोज सदैव अविनाशी तत्व की होती है। इसलिए धर्म अविनाशी तत्व है। भौतिकवाद की दृष्टि से धर्म प्रकृति का विधान, आध्यात्मवाद की दृष्टि से निज विवेक का प्रयास तथा श्रद्धा पथ की दृष्टि से प्रभु का मंगलमय विधान है। धर्म धारण किया जाता है। अर्थात धर्म की धर्मी के साथ एकता होती है। धर्म के धारण करने से मानव को भयरहित चिर शांति मिलती है। धर्म मानव को रागरहित करने में समर्थ है। राग रहित होते ही साधक स्वतः योगवित् तथा तत्ववित् व प्रेमवित् हो कृतकृत्य हो जाता है। इस कारण धर्म सर्वतोमुखी विकास की भूमि है।

धर्म सर्वप्रथम मानव को यह प्रेरणा देता है कि विवेक विरोधी तथा सामर्थ्य विरोधी कार्य मत करो। सामर्थ्य तथा विवेक के अनुरूप किया हुआ कार्य कर्त्ता को जन्म जन्मांतर के विद्यमान राग से रहित कर देता है। यह धर्म का वाह्यरूप है। नवीन राग की उत्पति न हो इसके लिए धर्म निज अधिकार के त्याग की प्रेरणा देता है। और फिर मानव रागरहित होकर अत्यंत सुगमतापूर्वक मानव जीवन के चरम लक्ष्य को प्राप्त कर लेता है। राग रहित भूमि में ही योगरूपी वृक्ष लगता है और

योगरूपी वृक्ष पर ही तत्वज्ञान रूपी फल लगता है। जो प्रेम रूपी रस से परिपूर्ण है।

शक्ति, मुक्ति और भक्ति धर्म से ही उपलब्ध होती है। धर्मात्मा के जीवन में सतत् सेवा, त्याग, प्रेम की त्रिवेणी लहराती हो। सेवा से जीवन जगत के लिए त्याग से अपने लिये, और प्रेम से सर्वसमर्थ प्रभु के लिए उपयोगी होता है। धर्म के धारण किये बिना जीवन उपयोगी नहीं होता। अनुपयोगी जीवन किसी को अभीष्ट नहीं है और उपयोगी जीवन की मांग सदैव सर्वत्र सभी को रहती है।

इस दृष्टि से धर्मात्मा सभी को स्वभाव से ही प्रिय है। धर्मात्मा में जगत का चिंतन नहीं रहता। अपितु जगत धर्मात्मा की सदैव आवश्यकता अनुभव करता है। कारण कि धर्मात्मा से सभी अधिकार सुरक्षित रहते हैं और वह स्वयं अधिकार लालसा से रहित हो जाता है। यह निर्विवाद सत्य है। प्रत्येक मानव में धर्म का ज्ञान विद्यमान है। पर उसकी खोज वीतराग महापुरुष ही कर पाते हैं। रागरहित होने की स्वाधीनता मानव को जन्मजात प्राप्त है। कारण कि उसे उसके रचयिता ने विवेक रूपी प्रकाश तथा बुद्धि रूपी दृष्टि एवं भावशक्ति प्रदान की है। धर्म मानव को मिले हुए की अर्थात जो प्राप्त है। उसी के सदुपयोग की प्रेरणा देता है। इस दृष्टि से धर्मात्मा होने में मानव सर्वदा स्वाधीन है। यद्यपि धर्म को धारण करना सहज तथा स्वाभविक है। फिर भी मानव अपनी ही भूल से अपने को धर्म से च्युतकर लेता है। जो विनाश का मूल है।

निज ज्ञान का आदर मानव को बल के सदुपयोग की तथा अलौकिक दिव्य चिन्मय अविनाशी जीवन की प्रेरणा देता है। ज्ञान विरोधी कार्य करते हुए धर्म के तत्व को जानना संभव नहीं है राग और क्रोध ने ही हमें धर्म से विमुख किया है। दूसरों के अधिकार की रक्षा बिना किये, राग का नाश नहीं होता, और अधिकार का त्याग करने पर ही मानव क्रोध रहित होता है। राग, जड़ता अभाव तथा नीरसता में आबद्ध करता है और क्रोध, कर्त्तव्य, निजस्वरूप तथा प्रभु की विस्मृति

में हेतु है। अतएव राग तथा क्रोध का अंत करना अनिवार्य है। जो एक धर्म के धारण करने से ही संभव है। कर्त्तव्य की स्मृति और उसके पालन करने की सामर्थ्य क्रोध रहित होने पर स्वतः आ जाती है। कर्त्तव्यनिष्ठ होते ही मानव देहातीत जीवन में प्रवेश पाता है। जिसके पाते ही जीवन परम प्रेम से परिपूर्ण हो जाता है। यहाँ विकास धर्मात्मा का स्वतः हो जाता है। इस दृष्टि से धर्म का धारण करना, मानव मात्र के लिये अत्यंत आवश्यक है। धर्मात्मा प्राप्त परिस्थिति का सदुपयोग करके सभी परिस्थितियों से अतीत दिव्य चिन्मय जीवन से अभिन्न होता है। अतः प्राणों के रहते हुए ही वर्तमान में भूल रहित हो धर्म को धारण करने का अथक प्रयास करना मानव मात्र के लिए परम अनिवार्य है।

मानवता के विशेष रूप, से तुष्टि, पुष्टि, स्वस्ति, सम्पति, धृति, क्षमा, रति, मुक्ति, दया, प्रतिष्ठा, कीर्ति, मैत्री, उद्धिपता, उपेक्षा आदि विश्व धारक प्रवृत्ति के अंश होने से सनातन एवं विश्व में व्याप्त है। पुराण का कहना है कि प्रकृति की पुष्टि धर्म विश्व के पदार्थों की क्षीणता से रक्षा करती है। तुष्टिधर्म, विश्व पदार्थो की स्वरूप च्युति से रक्षा करता है। सम्पति धर्म विश्व के पदार्थों की परिश्रम से रक्षा करती है। धृति धर्म, विश्व के पदार्थों की विकृतियों से रक्षा करता है। क्षमाधर्म, विश्व के पदार्थों की शेष एवं उन्माद से रक्षा करता है। रति धर्म, विश्व के पदार्थो की उद्वेग से रक्षा करता है। मुक्ति धर्म, विश्व के पदार्थो की अनैश्चर्य से रक्षा करता है। दया धर्म, विश्व के पदार्थो की निष्ठुरता से रक्षा करता है। कीर्ति धर्म, विश्व के पदार्थों की संकोच से रक्षा करता है। प्रतिष्ठा धर्म, विश्व के पदार्थो की उच्छेद से रक्षा करता है। मैत्री धर्म विश्व के पदार्थो की द्वेष से रक्षा करता है। मुदिता धर्म, विश्व के पदार्थो की स्पर्धा से रक्षा करता है। उपेक्षा धर्म, विश्व के पदार्थो की कलह से रक्षा करता है।

विश्वव्याप्त अंशाति, वैमनस्य एवं परस्पर अविश्वास के अनेक कारणों में धर्म और मत में अभेद ग्रह भी अन्यतम कारण है। त्रिविक्रम

तीर्थ ने पारानंद सूत्र में धर्म के मत के भेद का स्पष्ट निर्देश करते हुए कहा है कि मत का विषय ईश्वर-प्रकृति-जीव और मोक्ष में चार पदार्थ ही हैं। मत का संबंध उपासना मार्ग से है। उपासना का संबंध मन से है। मन के त्रिगुणात्मक होने से उपासना में भेद हो जाना स्वाभाविक है। धर्म के नियक संस्कारक होने से प्रकृति के नियमों से संबद्ध रखते हैं। जो सभी मत के उपासकों के लिए आवश्यक है। मैत्री, दया, तुष्टि, तितिक्षा आदि सभी उपासकों के लिए आवश्यक है। धर्म नियमों के अनुकूल मत ग्राह्य एवं उपकारक है। धर्म विरोधीमत अग्राह्य एवं विनाशक है।

स्वधर्म कितना ही विगुण हो तो भी उसी में रहकर मनुष्य को अपना विकास कर लेना चाहिए क्योंकि उसी में रहने से विकास हो सकता है। इसमें अभिमान का कोई प्रश्न नहीं है। यह तो विकास का सूत्र है। स्वधर्म ऐसी वस्तु नहीं है कि जिसे बड़ा समझकर ग्रहण करें और छोटा समझकर छोड़ दें। वस्तुतः यह न बड़ा होता है और न छोटा। वह हमारे व्योंत का होता है। दूसरे का धर्म भले ही श्रेष्ठ मूलक हो उसे ग्रहण करने में मेरा कल्याण नहीं है। सूर्य का प्रकाश मुझे प्रिय है उस प्रकाश से मैं बढ़ता रहता हूँ सूर्य मुझे वंदनीय भी है परन्तु इसलिये यदि मैं पृथ्वी पर रहना छोड़कर उसके पास जाना चाहूँगा। तो जलकर खाक हो जाऊंगा। इसके विपरीत पृथ्वी पर रहना भले ही विगुण हो वह स्वप्रकाशीन हो तो भी जब तक सूर्य के तेज को सहन करने की सामर्थ्य मुझ में न आ जायेगी। तब तक सूर्य से दूर पृथ्वी पर रहकर मुझे अपना विकास कर लेना होगा। मछलियों से यदि कोई कहे कि पानी से दूध कीमती है तुम दूध में रहने चलो तो क्या मछलियाँ उसे मंजूर करेंगी। मछलियां तो पानी में ही जी सकती हैं। दूध में मर जायेगीं।

यह स्वधर्म हमें निषगर्तः ही प्राप्त होता है। स्वधर्म को कहीं खोजने नहीं जाना पड़ता। जिन माँ-बाप की कोख से मैं जन्मा हूँ उनकी सेवा करने का धर्म उसे जन्मतः ही प्राप्त हो गया है और जिस समाज में मैंने

जन्म लिया है। उसकी सेवा करने का भी धर्म मुझे क्रम से अपने साथ ही प्राप्त हो गया है। सच यह है कि हमारे जन्म के साथ ही हमारा स्वधर्म भी जन्मता है। बल्कि यह भी कह सकते हैं कि वह तो हमारे जन्म के पहले से ही हमारे लिये तैयार रहता है क्योंकि वह हमारे जन्म का हेतु है। हमारा जन्म उसी पूर्ति के लिए होता है।

स्वधर्म हमें इतना सहज प्राप्त है कि हमसे अपने साथ उसी का पालन होना चाहिए परन्तु अनेक प्रकार के मोहों के कारण ऐसा नहीं होता अथवा बड़ी कठिनाई से होता है और हुआ भी तो उसके विषय में अनेक प्रकार के दोष मिल जाते है। स्वधर्म के मार्ग में कांटे बिखरने वाले इन मोहों के बाहरी रूपों की तो कोई गिनती ही नहीं है। फिर भी जब हम उनकी छानबीन करते हैं तो उन सबकी तह में एक ही बात दिखाई देती है। संकुचित और छिछली देह बुद्धि।

स्वधर्म में स्वदेशी धर्म, स्वजातीय धर्म और स्वकालीन धर्म का समावेश होता है। ये तीनों मिल कर स्वधर्म बनते हैं। मेरी वृत्ति के अनुकूल और अनुरूप क्या है? और कौन सा कर्त्तव्य मुझे आकर प्राप्त हुआ है। यह सब स्वधर्म निश्चित करते समय देखना होता है। तुममें तुमपन जैसी कोई चीज है और इसीलिये तुम हो। प्रत्येक व्यक्ति में अपनी कुछ विशेषता होती है बकरी का विकास बकरी बने रहने में ही है। बकरी रहकर ही उसे अपना विकास कर लेना चाहिए। बकरी अगर गाय बनना चाहे तो यह उसके लिये संभव नहीं है। वह स्वयं प्राप्त बकरीपन का त्याग नहीं कर सकती। इसके लिए उसे शरीर छोड़ना पड़ेगा। नया धर्म और नया जन्म ग्रहण करना होगा। परन्तु इस जन्म में तो उसके लिए बकरीपन ही पवित्र है बैल और मेंढकी की कहानी है न मेंढकी के बढ़ने की एक सीमा है वह बैल जितनी होने का प्रयत्न करेगी तो मर जायेगी। दूसरे के रूप की नकल करना उचित नहीं होता। इसलिये परधर्म को भयावह कहा है।

।। स्वधर्मे निधनं श्रेय: परधर्मो भयावहः।। (गीता)

संसार में जिनका अस्तित्व है, जो अपने अस्तित्व से सुशोभित है। उनमें जो सत्ता रूप से प्रकाशित होता है। चेतना में चैतन्य रूप से शोभा पाता है। तथा आनंद की अनुभूति करने वालों में अखण्ड आनंद बनकर छा रहा है। वह धर्म साक्षात नंदनंदन का रूप है। मैं उन धर्म देवता को सादर प्रणाम करता हूँ। जो अपना रक्षण या पालन किये जाने पर समस्त जीवों की रक्षा करता है। अपने को क्षति पहुंचायी जाने पर उन क्षति पहुंचाने वालों को क्षीण कर देता है तथा अपने ऊपर आघात होने पर उन धर्म द्रोहियों का भी सर्वनाश कर डालता है। जिसके बिना कहीं कोई भी वस्तु टिक नहीं सकती, वह धर्म साक्षात भगवान है। सबको धारण करने वाले उन भगवान धर्म की सदा ही विजय होती है। जो धर्म–अर्थ–काम और मोक्ष चारों पुरुषार्थों का मूल है। परलोक में गये हुए जीव का जो एकमात्र बन्धु है। जो अपना सेवन किये जाने पर सेवक के लिए मंगलमय फल प्रदान करता है तथा जो सब ओर सबसे रक्षा करने वाला अभेद्य, उत्तम कवच है। उस धर्म का मैं वरण करता हूँ। जिनका आश्रय लेकर ही ब्रह्माजी इस सारे जगत की सृष्टि करते हैं। जिनके बल से ही विष्णु भगवान सम्पूर्ण विश्व का भरण पोषण करते हैं तथा महादेव जी जिनकी शक्ति से ही मृत्यु पर विजय पाकर समस्त संसार के संहार कार्य में समर्थ होते हैं। उन पूज्यपाद धर्म देवता की मैं शरण लेता हूँ। पृथ्वी पर जिसकी स्थापना और रक्षा करने के लिए भगवान श्री हरि लोक में नाना प्रकार के अवतार धारण करते, भूतल का भार उतारते तथा दुष्ट दल का दलन करते, साधु जनों की रक्षा करते हैं। उस धर्म की सदा जय हो, भूतल पर धर्म ही धान्य की वृद्धि करता है। अनाज की उपज बढ़ाता, धन की प्राप्ति कराता, मन को प्रिय लगने वाले अभीष्ट पदार्थों को प्रस्तुत करना, दुर्भिक्ष मिटाकर सुभिक्ष लाता, दुश्चिंतायें दूर करता, और समस्त रोग व्याधियों को शांत कर देता है। धर्मात्मा वीर पुरुष ही प्राण देकर भी अपने राष्ट्र की रक्षा करना चाहता है और युद्ध के मुहाने पर सोत्साह आगे बढ़ता है। वह युद्ध से कभी मुंह नहीं मोड़ता, और मृत्यु को गले लगाकर भी कीर्ति का ही वरण करता है। अतः सब

लोगों को धर्म का ही सेवन करना चाहिए, जो उत्साह, शौर्य, धृति, दक्षता और सत्य इन उत्तम गुणों की प्राप्ति कराता, समस्त बाधाओं को दूर हटाता, मृत्यु भय का भेदन करता, और युद्ध से पीछे न हटने का भाव जगाता है। उस धर्म की शरण लेनी चाहिए, इसी से सबका कल्याण है।

हमारा विश्वास है कि वेद स्वयं भगवान की वाणी हैं। सृष्टि के पश्चात भगवान की जगह किसी अन्य उपदेशक के द्वारा बाद में चलाया हुआ कोई धर्म निश्चित रूप से अपूर्ण और अनित्य होगा। वेद ही एक ऐसा मंत्र है। जिस पर समस्त हिंदू समान अधिकार से मिल सकते हैं। प्रस्थान त्रयो में वेद भी एक है। जिसके प्रमाण और अधिकार को अब तक सबने माना है। यह बंधन टूटा कि हिन्दू तितर-बितर हो जायेंगे।

यह संसार रणांगन है। इस समर भूमि में कोई ऐसा नहीं है। जो युद्ध न कर रहा हो। कोई धर्म के साथ, कोई अधर्म के साथ, कोई धन के लिए, कोई काम के लिए और कोई मोक्ष के लिए सब लड़ रहे हैं। नर का काम ही है लड़ाई करना। युद्ध क्षेत्र में आये और लड़े नहीं, समर भूमि में प्रवेश करे और पराङमुख हो, यह हो ही कैसे सकता है। कभी-कभी मोहवश, कृपावश तथा अज्ञानवश नर जुआ डाल देता है। युद्ध में विरत होने की चेष्टा करता है। विषण्ण बदन होकर अस्त्र-शस्त्र डाल देता है। उस समय नर के सनातन सखा उसे युद्ध के लिए प्रोत्साहित करते है। युद्ध को आवश्यक धर्म बताते हैं। और धर्म का मर्म बतलाते हुए उसे लड़ने को प्रेरित करते हैं। नर विषण्ण हो जाता है। नारायण हंसते रहते हैं। जीव का धर्म ही है चिंता करना। विषाद में विफल होना, ईश्वर का स्वभाव है प्रसन्न रहना, हंसते रहना। चिंता में रोना आता है। हंसी में गीत प्रस्फुटित होता है। जीव का धर्म है रोना, और ईश्वर का धर्म है हंसते हुए गीत गाना, भगवद् धर्म होने से भगवान के गीत को भगवद्गीता कहते हैं। भगवद गीता को जिसने समझ लिया उसका मोह नष्ट हो जाता है। मै नारायण का सनातन सखा हूँ। जिसकी

उसे विस्मृति हो गयी थी। उसकी स्मृति पुनः जागृत हो जाती है। यह सब भगवद् प्रसाद से प्रभु कृपा से ही संभव है। जीव अपने पुरुषार्थ से शिव को कैसे समझ सकता है। जिसको वे ही समझाना चाहें वही समझ सकता है। वही भगवद् आज्ञाओं से पालन कर सकता है। उसे जय शील जिसकी सदा जय ही होती रहती हो, जिसकी कभी पराजय न हो, वही कह सकता है। पूछने वाला प्रज्ञा चक्षु होना चाहिए और जिसने बल पूर्वक राष्ट्र पर अधिकार जमा लिया हो अर्थात जो धर्म का मर्म जानता तो हो, किन्तु मोह वश उसका पालन करने में अपने को असमर्थ पा रहा हो। वही पूछता है। (गीता संदेश)

आज संसार में अस्थिरता, आक्रोश, परस्पर अविश्वास और भौतिकता दूरीकरण के लिये साम्राज्यवाद, साम्यवाद और समाजवाद आदि जिन नाना वादों का प्रादुर्भाव हुआ है। वे सब वाद दो विश्व युद्धों को जन्म दे चुके हैं। अब उनकी ही बदौलत प्रलयकारी तृतीय महायुद्ध क्या विश्व संहार का खतरा मुंह बाये सामने खड़ा है। इसलिये उक्तवादों की निस्सारता सब देख चुके हैं। यदि वस्तुतः संसार को बसा रहने देना आज के विचारों को अभीष्ट है। तो उन्हें उचित है कि इन मनः कल्पित वादों के व्यामोह को छोड़कर धर्मवाद का आश्रय लें। वस्तुतः एक मात्र धर्म ही "जियो और जीने दो" इस शाांति सूत्र की आधार शिला भित्ति है। यह तथ्य आज चाहे समझ लिया जाये, चाहे मर मिटने के बाद *"एष! कंटकः पंथाः"* धर्म ही एकमात्र निरापद मार्ग है।

कहा गया है कि धर्म की अवहेलना, करने वाला और शास्त्रों के विपरीत आचरण करने वाला नष्ट हो जायेगा तथा तत्परता पूर्वक धर्म के मार्ग पर चलने वाले की रक्षा होगी। "धर्म एव हतो हन्ति धर्मोरक्षितः" अतः हमने देखा कि धर्म की पुनः स्थापना किये बिना इस भयानक दुख से बचने का दूसरा कोई इलाज नहीं है। अधर्म और उसके तत्व अर्थात दुराचार आदि बहुत जोर पकड़ेंगे। और अपने से जब वे काबू में नहीं आयेंगे, तब भगवान अपने वचन के अनुसार अवतार लेकर धर्म की

स्थापना करेंगे और इस प्रकार दुष्टों का संहार करके धर्म की संस्थापना करेंगे तथा स्वयं अविनाशी होने के कारण अवतार का काम पूरा होने पर अदृश्य हो जायेंगे।

आहार, निद्रा, भय, और मैथुन ये चार बातें पशुओं और मनुष्यों में समान रूप से होती हैं। मनुष्य में यदि कोई विशेषता है तो वह धर्म की है। अतएव जिस देश, समाज, व्यक्ति में धर्म नहीं होता, उसको शास्त्र पशु कहते हैं। पशु के लिए तो ईश्वर ने एक ही नियम बनाया है कि जन्म लेना और प्रारब्ध के अनुसार सुख-दुख भोगकर मर जाना, इन निकृष्ट योनियों में जीव की उन्नति के लिए कोई साधन नहीं होता, अतएव उनके लिए भगवान को अवतार नहीं लेना पड़ता। उनका जीवन तो भगवान के बनाये हुए नियम के अनुसार चलता ही रहता है और इस कारण भारतवर्ष के सिवाय दूसरी जगह कहीं भगवान को अवतार धारण नहीं करना पड़ता।

श्लोक - आहारनिद्रा भय मैथुनं च,
सामान्य मेतत्पशुभिर्नराणाम।।
धर्मो हितेषामधिको विशेषो,
धर्मेण हीना पशुभिः समाना।।

इतिहास साक्षी है कि जब-जब हमारी मान्यताओं पर ठेस पहुंची है। और धर्म क्षीणता की ओर जाने लगा है। तब-तब भगवत्कृपा से कुछ देवी विभूतियां जन्म लेती रही हैं। और उन्होंने आर्यों को धर्म की ओर उन्मुख करने में श्लाघनीय कार्य किया है। अभी सौ वर्ष भी नहीं बीते हैं। जब इस वसुंधरा पर राजा राममोहन राय, महर्षि दयानंद सरस्वती, स्वामी विवेकानंद और भीमराव अम्बेडकर ने जन्म लेकर हमारी सुप्त चेतना को पुनः जागृत किया। पीछे की ओर देखो और आगे बढ़ो। जिस मार्ग का अतिक्रमण कर रहे हो, वह तुम्हारा मार्ग नहीं है। यहां से लौटकर अपने मार्ग पर आ जाओ। जिस वेद ने तुम्हारे भूत को प्रदीप्त किया था वह आज भी तुम्हें सत्पथ का दर्शन करा सकता है। यह ध्वनि

भारत के इस वायुमंडल में गूंजी और हम अपने उसी आध्यात्म पथ पर चलने के लिए पुनः कटिबद्ध हो गये।

श्लोक - धर्म एवं हतोहन्ति धर्मोरक्षति रक्षितः।
तस्माद् धर्मो न हन्तव्यो मा नो धर्मो हतोहवधीत।।
(मनुस्मृति)

नित्य रहने वाला धर्म सनातन धर्म है अतः जब किसी वस्तु का सनातन धर्म जिससे वह वस्तु अपनी सत्ता रखती है। हटा दिया जायेगा, तब वह वस्तु वह नहीं रहेगी क्योंकि धर्म के बिना धर्मी की सत्ता नहीं रह जाती। इसे यों भी कहा जा सकता है कि धर्म के नष्ट करने वाले को धर्म मार दिया करता है और धर्म के रक्षक की धर्म रक्षा करता है।

भूमण्डल पर भारत वर्ष अपने आध्यात्म के लिए विख्यात रहा है। इस आध्यात्म की आधार शिला सत्वानुरुपा श्रद्धा है। हमने भयंकर से भयंकर झंझावात झेले हैं। आंधियों और तूफानों का सामना किया है। पर धर्म को नहीं छोड़ा। अध्यात्मिकता हमारी प्राण बनकर रही है।

परमतत्व में अविचल विश्वास हमें सहन शक्ति देता रहा है। मथुरा में महमूद गजनवी पांच सौ बौद्ध भिक्षुओं को तलवार के घाट उतार देता है और वे बिना उफ किये अपनी जीवन लीला समाप्त कर देते हैं। पर उनके इस मरण से भारत की आध्यात्मिकता बल पकड़ती है। नष्ट नहीं होती। चंगेजखां और तैमूरलंग के हत्याकांड भी इस श्रद्धा को विचलित नहीं कर पाते। पठानों और मुगलों का अद्‌भुत प्रताप भी भारत के प्रताप को पराभूत नहीं कर सका। अंग्रेजों की कूटनीति ने हम पर अकथनीय प्रभाव डाला, और वे हमारे कुछ अंश को अपनी चकाचौंध से प्रभावित ही नहीं परिवर्तित भी कर गये। पर आर्यों (भारतीयों) की धर्म श्रद्धा, ईश्वर विश्वास आदि आज भी जीवित है। तभी तो सृष्टि पटल पर सनातन धर्म की मंडित महिमा आदि से आज तक अक्षय, अभय है।

७

सनातन संस्कृति

हिन्दूधर्म के अपौरुषेय शास्त्र वेद स्मरणातीत काल से घोषणा करते हैं कि समस्त मानव समाज एक अखण्ड सत्ता से सत्तावान है। एक अनंत प्राणशक्ति के द्वारा संजीवित है। एक परम पुरुष का विराट देह है। चारों वर्ण इस विराट देह के चार अवयव हैं। एक जीवित देह के अंग प्रत्यंग की भांति किसी जाति श्रेणी या सम्प्रदाय को दूसरी जाति श्रेणी या सम्प्रदाय से विच्छिन्न करके उसका कल्याण साधन करना संभव नहीं है। इसका कोई भी अंग स्वार्थ निष्ठ होते ही व्याधिग्रस्त हो जाता है। और समस्त देह को कलुषित करने में प्रवृत्त हो जाता है। यदि कोई अंग अपने को श्रेष्ठ समझकर दूसरे अंगों को नीच माने तो वह अपने को ध्वंस के मार्ग में ले जायेगा और साथ ही दूसरों को भी ध्वंस के पथ में गिरा देगा। समाजरूपी शरीर के अंग प्रत्यंग में विभिन्नता जिस प्रकार स्वाभाविक है। भगवान की विश्व लीला में यह विभिन्नता जिस प्रकार अवश्यंभावी होती है। उसी प्रकार सारी विभिन्नताओं में एक जीवित एकत्व ही इसका यथार्थ परिचय है। प्रत्येक अंग अपने-अपने धर्म में निष्ठा युक्त रहकर उस अखण्ड एक ही सेवा में लग जाय, तभी प्रत्येक की सत्ता सार्थक होती है। विभिन्न अंग प्रत्यंगो में प्रतियोगिता, प्रतिद्वन्द्विता, संघर्ष और संग्राम ही इस विराट देह के व्याधि स्वरूप हैं।

सबकी एक प्राणतः में ही इस देह का सौंदर्य, माधुर्य वैभव और आनंद प्रकाशित होता है। यह मानव समाज भगवान का विराट विश्वमय शरीर है। इसके प्रत्येक अंग प्रत्यंग को उन्होंने स्वतंत्रता प्रदान की है। वैशिष्ट्य प्रदान किया है। तथा पृथक-पृथक कर्माधिकार और शक्ति सामर्थ्य दिया है। परन्तु सबके बीच में एकत्व को ही उन्होंने सर्व विजयी बनाकर रखा है। यदि कोई अंग एकत्व का विरोधी होगा, वैषम्य का उपासक होगा। तो वह नाना प्रकार के तापों से संतप्त होता हुआ समाज का अकल्याण करेगा। अपनी-अपनी शक्ति को विकसित करते हुए सारे समाज की सेवा और उसके द्वारा सर्वान्तरयामी भगवान की सेवा करना प्रत्येक श्रेणी के लिये कर्त्तव्य है। यही हिन्दू संस्कृति का अंतर्निहित आदर्श है।

संस्कृति शब्द का उद्‌गम संस्कार शब्द से हैं। संस्कार का अर्थ वह क्रिया है जिससे वस्तु के मल दोष दूर होकर वह शुद्ध सिद्धि साधक बनती है।

सभी जीवों को अपने समान समझना, तथा उनके प्रति प्रेमभाव रखना, और तदनुसार आचरण करना, यह हिन्दू संस्कृति को छोड़कर और किसी संस्कृति में इतने पूर्ण और सच्चे रूप में नही पाया जाता। यह हिन्दू संस्कृति का प्राण है। यह सब हिन्दुओं की नस-नस को उनके दैनिक जीवन के पल-पल को प्रभावित करता रहता है। हम निःसंकोच यह कह सकते हैं कि इस विशेषता में हिन्दू संस्कृति की अन्य सब विशेषतायें गर्भित हैं। एक मात्र इसी को बताने से हिन्दू संस्कृति का सारा और पूरा वर्णन हो जाता है।

हिन्दू संस्कृति का मुख्य गुण विषमता, प्रतिस्पर्धा, और अशांति को दूर कर समता, समानता और शांति का साम्राज्य, स्थापित करना है। और यही उसका गौरव और उसकी उपयोगिता है और इसी महिमा से मंडित होकर आजकल के जगत में और संसार में दुख है। अशांति है। भय है, तब तक एक माता के तौर पर, एक त्राता के तौर पर, हिन्दू संस्कृति

अन्य सब संस्कृतियों की ओर निहार सकती है और निहारती रहेगी। माता के इसी गौरव की रक्षा करना, अपने आपको इसका सुपात्र बनाना, यह प्रत्येक हिन्दू का धर्म है।

संस्कृति हमारे आंतरिक गुणों का समूह है। वह एक प्रेरक शक्ति है। संस्कृति हमारे सामाजिक व्यवहारों को निश्चित करती है। हमारे साहित्य और उसकी भाषा को बनाती है। हमारी संस्थाओं को जन्म देती है। संस्कृति बतलाती है कि हम अपनी सूक्ष्म चित्त वृतियों का कितना विकास कर पाये हैं। पशु जीवन से हम कितना ऊंचा उठ सके हैं। ममता प्राणिमात्र का स्वाभाविक गुण है। पर एक आदमी की ममता अपने परिवार तक ही सीमित रहती है। दूसरे की अपने परिवार से बाहर के भी दुखीजनों तक पहुंचती है और तीसरे की अपने शत्रु से भी सद्व्यवहार करने की प्रेरणा करती है। इससे अवश्य ही एक से दूसरा और दूसरे से तीसरा व्यक्ति अधिक संस्कृत कहा जायेगा।

हिन्दू संस्कृति का प्रथम प्रभात किस पुण्य दिवस को दिखलायी दिया था। यह आज भी गवेषणा का ही विषय है। एक समय सिंधु नदी के तट प्रदेश में फैली हुई एक विशिष्ट सभ्यता की धारा प्रवाहित हुई थी तथा वही सभ्यता क्रमशः समस्त भारत में फैल गई यह अनेक वेद मंत्रों तथा मनु स्मृति धर्म शास्त्रों से ज्ञात होता है। सिंधु, सरस्वती, दृषद्वती, प्रभृति कुछ नद नदियों के सन्निहित बहने वाली धाराओं से प्लावित उत्तर भारत के भूखण्ड में आर्य सभ्यता या हिन्दू संस्कृति की आदि जन्मभूमि है।

हिन्दू संस्कृति भारत को शिक्षा देती है कि परमुखापेक्षी न होकर पूर्णतः अपने भाव से अपने पैरों के बल भारत वर्ष जिससे संसार में खड़ा रह सके वही सर्वापेक्षा बड़ी स्वाधीनता है। हिमालय रूपी प्राचीर तथा समुद्ररूपी दरिया के द्वारा वेष्टित हो यह भारत जिस प्रकार भौगोलिक सत्ता में सब देशों से विच्छिन्न होकर एक वैशिष्ट्य धारण कर रहा है। उसी प्रकार इस भारत में उत्पन्न शिक्षा सभ्यता और संस्कृति

पृथ्वी के दूसरे भागों की अपेक्षा एक असाधारणता रखती है। वह असाधारणत्व कुछ अंशों में विस्मृति के आवरण से छिप जाने पर भी अभी सर्वथा विलुप्त नहीं हुआ है। इसीलिए भारत वैसी कोई भौगोलिक सत्ता नहीं है और न उस प्रकार की जन समष्टि है। जो अचानक पृथ्वी के किसी अंश में आकर पड़ गयी हो। अन्यथा पृथ्वी के किसी प्रांत में पड़ी रह सकती है। भारत ज्ञान का प्रतीक है।

संस्कृति की उत्पति के विषय में कुछ मतभेद हैं। इस बात पर इतिहासकारों को बाद प्रतिवाद करने का अच्छा अवसर मिलता है। फिर भी संस्कृति का रूप और मूल्य इसी की उत्पति के प्रश्न से अलग बात है। कुछ लोगों का कहना है कि ताम्र आरंभ में शुद्ध रूप में उत्पन्न हुआ। और धीरे-धीरे अशुद्ध होकर हरी मिट्टी बना, जिसे फिर संस्कृत करने पर पुनः अपने शुद्ध स्वरूप को प्राप्त हो गया। इसी तरह कहा जा सकता है कि पुरुष आरंभ में देवता के समान था। फिर भी हम लोगों का जहां तक प्रत्यक्ष अनुभव हो सकता है। हम देखते हैं कि मनुष्य जाति के मूढ़ स्थूल समूह से भी संस्कृति द्वारा शुद्ध संस्कृत भाषा एवं विद्वान संस्कृत पुरुष बनते हैं।

संस्कृति शब्द का लक्ष्यार्थ, धर्म, विद्या आदि की उन्नति है परन्तु वाक्यार्थ संस्कृत शुद्ध करने की क्रिया है। प्राकृत वस्तु जिस रूप में साधारणता से प्रारंभ है, उसे संस्कृत नहीं कहा जा सकता किसी स्थूल धातु से सूक्ष्म शुद्ध तत्व निकालने की क्रिया का नाम संस्कृति है। एक हरी मिट्टी को करने से भास्वत ताम्र मिल जाता है। वैसे ही मनुष्य जाति के स्थूल धातु से संस्कृति द्वारा उत्तम मानसिक एवं सामाजिक गुण प्रार्दुभूत होते हैं। सम उपसर्ग पूर्वक 'कृ' धातु से भूषण अर्थ में 'सुट' का आगम करके 'क्तिन' प्रत्यय करने से संस्कृति शब्द बनता है। इसका अर्थ होता है। भूषण भूत सम्यक कृति। इसलिये भूषण भूत सम्यक कृति या चेष्टा ही संस्कृति कही जा सकती है। इस प्रकार भूषण भूत सम्यक् कृतियों का सम्पूर्ण क्षेत्र संस्कृति का क्षेत्र है।

हिन्दू संस्कृति का मूलाधार सनातन अपौरुषेय वेद जिनका अंग भूतनिश्वास भूत तत्व है। वे ही *"कर्त्तुम कर्त्तुमन्यथा कर्त्तुं समर्थ सर्वशक्तिमान"* भगवान हिन्दू संस्कृति के जनक है और वे ही सदा इसके रक्षक रहे हैं। जब-जब हिन्दू संस्कृति के धारक, पोषक, एवं संवर्धक सनातन वैदिक धर्म का ह्रास भारत खण्ड या हिन्दुस्थान में हुआ, तब किसी न किसी रूप में प्रकट होकर उन्होंने अपनी इस प्रतिज्ञा का पालन किया ही है। राम कृष्ण, नरसिंह अवतारों का इतिहास किसी से छिपा नहीं है। बौद्ध काल में हिन्दू संस्कृति का ह्रास होने पर शंकरावतार भाष्यकार भगवान आदि शंकराचार्य का प्रादुर्भाव प्रत्यक्ष ही है। इसलिये हिन्दू संस्कृति के रक्षक स्वयं भगवान है। यह निर्विवाद सिद्धांत है। हिन्दू जाति अतीत काल से इसका अनुभव करती आ रही है। अन्य संस्कृतियों से प्रभावित मस्तिष्कों में यह बात भले ही संगत प्रतीत न हो, किन्तु हिन्दुओं के लिये यह अनुभूत सत्य है।

संस्कृत व्याकरण की पूर्णता के सामने अन्य भाषाओं की रचना विधि अनुपन्न एवं असमाप्त दिखाई पड़ती है और अन्य समाजों का रूप हिन्दू समाज के सामने पशुओं के समान जैसा विदित होता है।

हिन्दू संस्कृति के स्वरूप को बताने के लिए रामायण एक महान आदर्श ग्रन्थ है। उसमें हिन्दू संस्कृति का स्वरूप कूट-कूट कर भरा है। हिमालय का 'हि' और सिंधु 'इन्धु' लेकर हिन्धु शब्द बना है। उसी का अपभ्रंश हिन्दू है। हिमालय से समुद्र तक के स्थान का नाम है। हिन्दुस्थान और उसमें बसने वाली जाति का नाम हिन्दू है। हिन्दू जाति का ही दूसरा नाम है। आर्य जाति, श्रेष्ठ जाति। इस जाति का चाल चलन, रहन सहन, आहार व्यवहार आदि जो स्वाभाविक कल्याणमय आचरण है। उसका नाम है हिन्दू संस्कृति। आर्य पुरुषों की उक्त संस्कृति को सदाचार कहा जाता है। उनका चाल चलन, आहार विहार, खानपान आदि प्रत्येक आचरण, श्रुति, स्मृति, अतएव आत्मा का कल्याण करने वाला होता है। इस लोक और परलोक में कल्याण करने वाला होने के

कारण इस सदाचार को ही हिन्दू धर्म कहते है यह अनादि काल से चला आ रहा है। इसीलिये इसी को सनातन धर्म कहते हैं। महर्षि मनु का वचन है।

श्लोक - वेदः स्मृतिः सदाचारः स्वस्य च प्रियमात्मनः।
एतश्चतुर्विधं ब्राहु साक्षाद्धर्मस्य लक्षणम।।

हिन्दू संस्कृति भारतीय संस्कृति है। और भारतीय संस्कृति सम्पूर्ण जगत की संस्कृति है किसी भी जाति अथवा राष्ट्र के शिष्ट पुरुषों में विचार वाणी एवं क्रिया का जो रूप व्याप्त रहता है। उसी का नाम संस्कृति है। विचार वाणी क्रिया के जिस आदर्श को हिन्दू संस्कृति के नाम से पुकारा जा सकता है। उसका स्वरूप है उपनिषदों एवं इतिहासों में दिये हुए उपदेशों के अनुकूल जीवन बनाना। इसका सार तत्व है ज्ञान, भक्ति और अपने सम्पूर्ण कर्मो में भगच्छरणा गति का भाव। ज्ञान का अर्थ प्रचुर अध्ययन से होने वाला, गंभीर अध्यात्मिक ज्ञान नहीं, अपितु अनुभव तथा गुरुजनों के उपदेश एवं आचरण पर ध्यान देने से प्राप्त होने वाली सम्यक दृष्टि है। सत् क्या है? और असत् क्या है? महान क्या है? और क्षुद्र क्या है? हमें क्या स्मरण रखना चाहिए और क्या भूल जाना चाहिए। इस बात को जानना आवश्यक है। इसी का नाम ज्ञान है। और यह ज्ञान हमारी समस्त क्रियाओं का सूत्रधार होना चाहिए। इससे कर्म में अनासक्ति का भाव आता है। हम कर्त्तव्य से मुंह न मोड़ें। अपितु समस्त प्राप्त कर्म आसक्त होकर तथा इस प्रकार दृष्टि रखते हुए कि किस बात में जगत का हित है और किसमें अहित है कहते रहे। हमारी क्रिया स्वार्थ के लिए अपने लाभ के लिये न हो।

हिन्दू संस्कृति का दृष्टिकोण समन्वय प्रधान है। समन्वय हिन्दुत्व की सबसे बड़ी विशेषता है। विश्व के साथ अविरोध भाव प्राप्त करने की प्रकृति समन्वय है। हिन्दू का मन हिन्दू संस्कृति का एक टुकड़ा है। वह मन उदार, सहिष्णु, नूतन भावों का जागरूकता से स्वागत करने वाला है। अनुशासन या अकुंश की अपेक्षा वह उच्चादर्श, त्याग की

भावना, स्वागत कर्म प्रेरणा से अधिक प्रभावित होता है। उस मन को दृढ़ता से लोकहित में बांधने के लिए, उसमें उद्दात भावों को भरने के लिए, त्याग, तप, यज्ञ का धरातल ही एक मात्र उपाय है। त्याग की भावना को सामाजिक स्तर पर जो उतार सकता है। वही हिन्दू संस्कृति की छिपी हुई मानसनिधि तक पहुंच पाता है। अन्यथा भारतीय मन समाज की ओर से अपने तंतु समेटे हुए पड़ा रहता है।

वेदादि शास्त्र सम्मत आचार-विचार ही हिन्दू संस्कृति का स्वरूप है। मनुष्य का सम्पूर्ण जीवन आचार विचारमयी ही होता है। इसीलिये संस्कृति के क्षेत्र में मानव जीवन के समस्त क्षेत्र आ जाते हैं। अतएव मानव जीवन के प्रत्येक क्षेत्र में वेदादि शास्त्रानुकूल आचार-विचार ही हिन्दू संस्कृति है। जीवन के समस्त क्षेत्रों में वेदादि शास्त्रानुकुलता आचार-विचार की व्यवस्था का सक्रिय रूप वर्णाश्रम धर्म व्यवस्था में प्राप्त होता है। इसीलिए वर्णाश्रामानुकता, आचार-विचार ही हिन्दू संस्कृति का प्रत्यक्ष स्वरूप है। और वैयक्तिक, सामाजिक, आर्थिक धार्मिक तथा कला कौशल भाषा वेषभूषा, उपासना आदि संबंधी समस्त हलचलों या आचार विचार, वर्णाश्रम धर्मानुकूल हों, यही हिन्दू संस्कृति का आदर्श है।

हिन्दू संस्कृति का साध्य त्याग है। भोग नहीं संसार के तुच्छ अल्प सीमित और दुख मिश्रित भोगों में आसक्ति न रखकर जीवन को त्याग मय बनाना, इसमें महत्व की बात मानी जाती है। हिन्दू संस्कृति में स्वाभाविक ही भोगी की अपेक्षा त्यागी का स्थान ऊंचा है। महान सम्राट भी त्यागी महात्माओं की चरणधूलि सिर पर चढ़ाने में अपना सौभाग्य समझता है।

संस्कृति रूपी भूमि में धर्म रूप वृक्ष शोभा पाता है। जिस प्रकार वृक्ष में फल, फूल, पत्ते, शाखा आदि अनेक अंग है। उसी धर्मरूपी वृक्ष के सभी सम्प्रदाय अंग है। सार्वभौम सार्वजनिक साधन का नाम धर्म और व्यक्तिगत साधना का नाम सम्प्रदाय है। संस्कृतियुक्त धर्म ही वास्तव में

हिन्दुत्व है। उस हिन्दुत्व को अपनाने वाला हिन्दू है। हिन्दुत्व अपना लेने पर प्राणी किसी का ऋणी नहीं रहता और उसकी प्रसन्नता किसी अन्य पर निर्भर नहीं रहती। संस्कृति है मानव की जीवन शक्ति। प्रगतिशील साधनाओं की विमल विभूति, राष्ट्रीय आदर्श की गौरवमय मर्यादा, और स्वतंत्रता की वास्तविक प्रतिष्ठा।

बहुधा में एकत्व की पहिचान हिन्दू संस्कृति का प्रयत्न रहा है। एकत्व का आग्रह बहुत्व का नाश करके हिन्दू संस्कृति को इष्ट नहीं है। बहुधा से ही एक को महिमा प्राप्त होती है। *"एकं सद्विप्रा बहुधा वदन्ति"* यह हिन्दू विचारों का अन्तर्यामी सूत्र है।

हिन्दू संस्कृति के प्रवर्तक वे महापुरुष हैं जिन्होंने ईश्वर और प्रकृति के रहस्यों को आदि से अंत तक अनुभव कर लिया था। जो अमरत्व से ब्रह्मत्व को प्राप्त कर चुके थे। इसलिये इस संस्कृति में जीव को परमानंद में लय करने के गुण हैं। अर्थात हिन्दू संस्कृति चैतन्य पर आश्रित होने के कारण व्यक्ति को बांधकर नहीं रखना चाहती। हिन्दू समाज के बंधन स्थित के पोषक हैं। तथा अपने केन्द्र से दाहिने-बायें, आगे-पीछे अटकने को व्यक्ति के लिए अनावश्यक विघ्न माना गया है किन्तु ऊर्ध्वगतिया अपने केन्द्र से मानव जगत में ऊंचे उठना प्रत्येक के लिए प्रत्येक स्थिति में बहुत आवश्यक माना गया है।

हिन्दू संस्कृति लौकिक विजय से उतनी तृप्त नहीं होती, जिसके आध्यात्मिक विजय से आज भी हिन्दू का मन प्रफुल्लित (संतृप्त) और आकर्षित है। लौकिक विजय के भीतर लोभ, स्वार्थ, हिंसा छिपी रह सकती है किन्तु आध्यात्म की जय केवल धर्म पर टिकी रहती है। और चार खूंट जागीरी या सार्वजनिक स्वागत प्राप्त करती है।

सनातन संस्कृति इतर सभी संस्कृतियों से श्रेष्ठ है। तथा अनादि और अनंत भी है। दूसरी संस्कृतियाँ सनातन संस्कृति का अंश लेकर ही जीवित हैं। संस्कृति का जन्म स्थान होने के कारण भारत वर्ष का

महात्म्य विश्व में प्रख्यात है। ऐसी सर्वादरणीय आर्य भारतीय संस्कृति की रक्षा करना प्रत्येक व्यक्ति का कर्त्तव्य है। विशेषतः आज तो उसकी प्रशंसा करने की अपेक्षा रक्षा करने की आवश्यकता अधिक है। अतः उस सनातन भारतीय संस्कृति की रक्षा करने के लिए तथा आत्म कल्याण के लिए संस्कृति के श्रेष्ठ सिद्धांतों का आचरण श्रेयस्कर है।

संस्कृति समष्टिगत समान अनुभवों से उत्पन्न होती है। एक ही जलवायु में पले, एक ही प्रकार के गिरि, निर्झर, नदी, सागर को देखने वाले, एक ही प्रकार के सामाजिक एवं आर्थिक सुख–दुख को भोगे हुए लोगों के चित्तों का झुकाव प्रायः एक सा होगा उनकी सामूहिक आशायें और आकांक्षायें, प्रायः एक सी होगीं। वाङमय हृदय के उद्वेग का सूचक होता है। कवि, नाट्यकार, कथा लेखक लोगों के अंतस्थल में झंकृत होने वाले तारों की स्वर लहरी को वागवद्ध कर देता है। यदि वह ऐसा करने में असफल होता है। तो उसकी कृति कृत्रिम असफल और लोक में अप्रिय रह जाती है। इसका तात्पर्य यह है कि जिन लोगों की अनुभूतियां एक सी होंगी, उनका वाङमय भी एक या एक सा ही होगा।

हमारी संस्कृति विविध रूपिणी एवं बहुमुखी रही है। प्रत्येक मानवी कार्य क्षेत्र में युद्ध और शांति की प्रत्येक कला में, राजनीति एवं शासन व्यवस्था में, संगीत तथा साहित्य में, स्थापत्य और प्रतिभा निर्माण में, नृत्य एवं चित्र कलायें आदि रूप में हमारी संस्कृति विकसित हुई है और उसने ऐसे आदर्श उपस्थित किये हैं।

हिन्दू संस्कृति सर्वकल्याणकारिणी है। इसके द्वारा न केवल अपने अनुयायियों के लिये ही, अपितु समस्त ब्रह्माण्ड के लिए विश्व पोषक मंगलकारी प्रभाव उत्पन्न होता है हिन्दू संस्कृति के इस विश्व पोषकता का रहस्य हृदयगंम हो जाने पर, उसकी समस्त विशेषताओं को समझने के लिए एक आधार प्राप्त हो जाता है। वेद शास्त्र सम्मत समस्त शुभ कर्म कर्त्ता के लिए सर्वविध कल्याणप्रद, फलोत्पादन करते हुए, समस्त

ब्रह्माण्ड पर सृष्टि पोषक प्रभाव डालते हैं। इसीलिये हिन्दू संस्कृति सर्व कल्याणकारिणी मानी गयी है।

हिन्दू संस्कृति अमर है, वह मिट नहीं सकती क्योंकि उसका मूल अमर है। उसकी आधारशिला अमर है। हिन्दू देहात्मवादी नहीं है। वह आध्यात्मवादी है। उसकी दृष्टि से देहाभ्यास, अज्ञान मूलक होता है। जन्म, शिक्षा, दीक्षा, संग, संस्कार वातावरण आदि नाम कारणों से हिन्दू हार्दिक विश्वास रखता है। इस दृश्य-मान स्थूल जगत के मूल में, इसके अणु-अणु में एक अद्वितीय पूर्ण अपरिच्छिन्न आदि और अनंत नित्य अविनाशी आत्मा है और वही मैं हूँ।

"योऽसावसौ पुरुषः सोऽहमस्मि" (यजुर्वेद)

गैरिक ध्वज पुरातन काल से चली आई हुई हमारी इस पुण्य संस्कृति की सनातन धारा का मूर्तिमान प्रतीक है। इस ध्वज का भगवा रंग ब्रह्मतेज और क्षात्रबल का परिचायक है। इन्हीं दो विशेषताओं पर हमारी संस्कृति आडिग खड़ी है। यही वह नींव है। जिसके कारण शत-शत आघात सहते हुए भी हमारी यह संस्कृति की इमारत अचल रूप से स्थिर है। आप से अपना इतिहास अविदित नहीं है। हमारे यहां प्रजा का पालक राजा सर्वदा से क्षत्रिय ही होता आया है। परन्तु वह अकेला ही इस सारे भार को संभालता नहीं आया है। वह सदा ब्रह्मतेज की सहायता से ही व्यवस्था करता आया है। राजा क्षत्रिय होता था। अवश्य, परन्तु उसके गुरु, सलाहकार, उसके मंत्रणा देने वाले उसके मंत्री सर्वदा ब्राह्मण ही होते थे। यह तो हुई हमारे उस परम पवित्र गौरवशाली पुरातन स्वर्ण युग की बात। आज के युग को भी देख लीजिये। यही बात मिलेगी। ब्राह्मतेज के बिना अकेला क्षात्रबल क्या कर सकता है। जिस प्रकार दो चक्रों के बिना रथ नहीं खींचा जा सकता। उसी प्रकार इन दो शक्तियों के बिना यह हमारे राष्ट्र (हिन्दू राष्ट्र) का रथ आगे नहीं बढ़ सकता। हमारी इस पवित्र संस्कृति का रथ सर्वदा इन्हीं दो चक्रों के आधार पर चलता आया है।

हमारी संस्कृति ने सचमुच ही मृत्यु पर विजय पायी है। न जाने इस पर कितने आघात हुए, परन्तु यह अडिग रही, अचल रही, अटल रही, इन आघातों में सबसे बड़े तीन आघात हुए। पहला हुआ सिकंदर के द्वारा जिसने हमारी संस्कृति का आमूल नाश करने का तथा यवन संस्कृति को विश्व की संस्कृति बनाने का प्रण किया था। और दूसरा आघात हुआ प्रातः स्मरणीय गौ ब्राह्मण प्रति पालक महाराज विक्रमादित्य के समय में जिसने आर्यावर्त को आत्मसात करने की ठानकर हमारी इस पवित्र मातृभूमि की स्वतंत्रता पर आक्रमण कर दिया था। और तीसरा आघात हुआ इस्लाम के अनुयायियों (मुसलमानों) के द्वारा जिसने सम्पूर्ण हिन्दू जाति को इस्लाम में बदल डालने की ठान ली थी। इन तीनों ही संकट कालों में चाणक्य, कालिदास, और समर्थ रामदास आदि के ब्राह्म तेज एवं क्षात्रबल में मिलकर सनातन संस्कृति की रक्षा कर उसे अभयता दी।

तपस्या, त्याग तथा तपोबल के कारण स्वयं प्रकाशित ऐसी जो यह हमारी संस्कृति है। इसमें दो विशेषताये हैं। एक है। प्राचीनता–सनातनता। दूसरी है मृत्युजंयता–अमरता, हमारी यह आर्य संस्कृति, यह वैदिक संस्कृति, यह ब्राह्म तेज और क्षात्रबल के कारण अजेय संस्कृति अत्यंत प्राचीन है। पहले लोग इसे नहीं मानते थे, क्योंकि कोई भौतिक प्रमाण उनके सामने नहीं था परन्तु आज उन्हें यह बाध्य होकर स्वीकार करना पड़ रहा है। भूगर्भ से निकला हुआ मोहनजोदड़ो नगर का अवशेष हमारी इस प्राचीन संस्कृति की जय मना रहा है। आज हमारी संस्कृति की प्राचीनता से टक्कर लेने वाली कोई भी संस्कृति जीवित नहीं है। एक हमारी ही संस्कृति है जो विद्यमान है। सबसे प्राचीन होते हुए भी हमारी संस्कृति की परंपरा अखण्ड रूप से चल रही है।

कहने का तात्पर्य यह है कि हमारी संस्कृति इतने प्रबल आक्रमणों के विरुद्ध संघर्षमय जीवन बिताकर अब तक जीवित है। इसका एक मात्र कारण मृत्युंजयता ही है। इस मृत्युंजयता की प्राप्ति हमें केवल हमारे ही ब्राह्म तेज एवं क्षात्रबल के द्वारा हुई है। इसी ब्राह्म तेज एवं

क्षात्रबल के कारण हमारी इस संस्कृति को, राष्ट्र को, भूमि को यह गौरव प्राप्त हुआ है। हमारी समृद्धि देखकर देवता भी यहां जन्म लेने के लिए तरसते थे। देव लोक से देवताओं के मृत्यु लोक में आने की कल्पना लोगों को जरा विचित्र मालूम होती है। परन्तु इसमें कुछ असत्य नहीं क्योंकि देवलोक तो भोग भूमि है। वहां किये हुए पुण्य का कोई फल नहीं, इसीलिए मोक्ष की इच्छा करने वाले देवताओं के इस मृत्यु लोक में इस कर्म भूमि पर अवतार लेने की बात विचार संगत है। यहां जो कुछ भी किया जाता है। उसका फल अवश्य मिलता है। परन्तु इतना बड़ा यह विश्व है। फिर भी देवताओं की इच्छा यहां भारत में जन्म लेने की क्यों होती थी? वह केवल यहां की आध्यात्मिक सुख समृद्धि देखकर ही जाना जा सकता है। हमारी संस्कृति की यह एक बड़ी भारी विशेषता है कि हमारे जितने श्रद्धा के केन्द्र है। मानबिन्दु हैं। उनके पीछे कोई न कोई श्रेष्ठ तत्व है। और अवश्य है। आज हमारे दुर्भाग्य से वे तत्व सुप्तावस्था में है। वे सिद्धांत अमूर्त रूप में हैं और इसी कारण हमारा यह ह्रास दृष्टिगोचर हो रहा है। आज आवश्यकता है उन तत्वों को जागृतवस्था में लाने की, आज आवश्यकता है उन सिद्धांतों को मूर्त रूप में लाने की, उनको अपने आचरण में प्रत्यक्षरूप से कार्यान्वित करने की। इसका केवल एक ही उपाय है। और वह है उन तत्वों को उन सिद्धांतों को बोधगम्य बनाना। ऐसे रूप में सामने रखना कि साधारण जनता उन्हें ठीक प्रकार से समझ ले और हृदयंगम कर ले।

हमारी विशेषतायें मनुष्य मात्र के लिये उपादेय हैं। अद्वैत भावना, अद्वेष, अहिंसा, दया, तपस्या, इंद्रिय निग्रह और कर्म सिद्धांत पर आस्था की आवश्यकता सबको है। इनके अभाव में संस्कृति स्वार्थमूलक पशुता का परिवर्धित और विकृत संस्कार होकर रह जाती है। हमारा यह संदेश हिन्दू संस्कृति का यह सार दिग्दिगन्त में फैले, इससे जगत का कल्याण होगा, यदि मानव समाज का पुनर्निर्माण इन आधारों के साथ आधुनिक विज्ञान को सिद्धतत्वों को मिलाकर किया जा सके तो सचमुच मनुष्य

जाति का भविष्य उसके अतीत और वर्तमान दोनों से उज्जवल और श्रेयस्कर होगा।

हिन्दू दर्शन या वैदिक दर्शन शास्त्र ही हिन्दू संस्कृति की समस्त विशेषआतों के मूल में स्थित है। नाना स्वमय समस्त दृश्य प्रपन्च के प्रत्यक्ष बहुत्ववाद से अलक्ष्य, अगोचर, प्रत्यक्ष, अप्रत्यक्ष से परे, निगुर्ण, निराकार एक तत्ववाद अद्वैत सिद्धांत की प्रतिष्ठा ही हिन्दू दर्शन की मौलिक विशेषता है। साकार निराकार का पूर्ण समन्वय हिन्दू दर्शनों में ही पाया जाता है। यही कारण है कि हिन्दू संस्कृति में व्यावहारिक उत्तमता, पारमार्थिक श्रेष्ठता दोनों पूर्णता की सीमा पर प्रतिष्ठित हैं। जगद् व्यवहार में प्रतिफल व्यवहार करते हुए भी हिन्दू द्वैत प्रपंच से उठकर अद्वैत स्वरूप निष्ठा जीवन मुक्ति की अवस्था प्राप्त करने में समर्थ होता है। मनुष्य को मानव विकास के उच्चतम शिखर पर पहुंचाकर जीवन्मुक्ति की अवस्था में प्रतिष्ठित करा देना ही हिन्दू संस्कृति की सबसे बड़ी विशेषता है।

केवल भारतीय संस्कृति ही आज इस बात का अभिमान कर सकती है कि सहस्त्रों वर्षों से उसका जीवन अविच्छिन्न है और युग युग से वह अपनी विजय पताका फहराती चली आ रही है। नाना प्रकार की संस्कृतियों के आक्रमण इस पर हुए, पर सबको सहकर यह अपने स्थान पर स्थिर रही भारतीय दर्शन के अनुसार संस्कृति के पांच अवयव हैं वे हैं धर्म, दर्शन, वर्ण, इतिहास और रीतिरिवाज। संस्कृति शब्द का यह अर्थ लगाते हुए यदि वर्तमान पश्चिमी संस्कृति का परीक्षण किया जाये तो विदित होगा, कि उसमें इतनी त्रुटियां हैं कि उसे संस्कृति कहने में भी संदेह होगा। दूसरी ओर हम देखते हैं कि हमारी भारतीय संस्कृति अपने मूलरूप में न केवल अभी तक जीवित ही है वरन् निरंतर नव जीवन भी प्राप्त करती रही है। हमें भारत वर्ष में सर्वत्र ऐसे स्त्री पुरुष मिलेंगे, जिन्हें अपनी संस्कृति के प्रतीक और प्रतिनिधि कह सकते हैं।

"स्वधर्मे निधनं श्रेय: परधर्मो भयावह" के सिद्धांत को हिन्दू संस्कृति ने ही आदर्श माना है। संस्कार की अत्यधिक मान्यता हिन्दू संस्कृति की ही विशेषता है। हिन्दू संस्कृति में संस्कारों का इतना महत्व है कि षोडश अष्टचत्वारिंशत आदि संस्कारों के संबंध में प्रयुक्त होने वाला संस्कार शब्द संस्कृति का प्राय: समानार्थी माना जाता है। ये संस्कार हिन्दू संस्कृति की महती विशेषतायें हैं। हिन्दू संस्कृति बड़ी वर्णाश्रम व्यवस्था की उत्कृष्टता सर्वांगीण पूर्णता, एवं उपादेयता के प्रतिपादन में अनंत रहस्मय कोटिश: विशाल ग्रन्थ लिखे जा सकते हैं। यह चार वर्णों और चार आश्रमों की प्राकृतिक व्यवस्था मनुष्य योनि में जीव की क्रमोन्नति का सर्वोत्कृष्ट साधन है। इसके अनुसार चलकर हिन्दू व्यक्तिगत एवं सामाजिक रूपों में मानव विकास की पूर्णता के उत्कृष्ट शिखर पर समासीन होने की सामर्थ्य प्राप्त करता है। मनुष्य को अल्प शक्ति और सीमित सामर्थ्य से अनंत शक्ति अपरिमित सामर्थ्य की ओर अथवा जीवभाव से ईशभाव या ब्रह्मभाव की ओर स्वाभाविक रूप से अग्रसर करने वाली इस वर्णाश्रम व्यवस्था या हिन्दू संस्कृति की प्रत्येक बात रहस्यपूर्ण विशेषतामय है।

मनुष्य जाति का इतिहास समझने के लिए भरत खण्ड एक ही देश है क्योंकि भारतीय संस्कृति को छोड़कर कोई भी ऐसी दूसरी संस्कृति नहीं है जो मनुष्य की उत्पत्ति के समय से आज तक अखंड धारा से चलती आयी हो। सब धर्मों का आधार सनातन धर्म ही है। धर्मानुसार समाज के स्वरूप की रक्षा केवल भारत में हुई है। इससे स्पष्ट होता है कि भारतीय संस्कृति में ऐसे गुण होना अनिवार्य हैं जिनसे संस्कृति की रक्षा होती है।

शुद्धाशुद्ध विवेक स्पृश्यास्पृश्य विवेक हिन्दू संस्कृति की बहुत बड़ी विशेषता है। आत्मा-अन्नमय कोष, विज्ञानमय कोष, प्राणमय कोष, मनोमय कोष, आनदमय कोष से आवृत है। इसलिये उसकी अभिव्यक्ति के लिए इन समस्त कोषों की पवित्रता सम्पादन करने के लक्ष्य से

अतिगंभीर रहस्यों से परिपूर्ण शुद्धाशुद्ध एवं स्पृश्यास्पृश्य की मान्यता है। जीव के आवागमन चक्र और जन्मांतर वाद पर विश्वास भी हिन्दू संस्कृति की विशेषता है। इसी के आधार पर परलोकगामी जीव का पथ सरल रहे, और उसे कष्ट न हो, इसके लिए नित्य नैमित्तिक श्राद्ध, तर्पणादि कर्मकाण्ड की सुव्यवस्था के लक्ष्य से हिन्दू संस्कृति में दायभाग की विशेष व्यवस्था है। और इसी लक्ष्य से पवित्र धर्मनिष्ठ पुत्र की प्राप्ति ही हिन्दू संस्कृति में विवाह संस्कार का पवित्र उद्देश्य ही श्रद्धा, पूजा, हिन्दू संस्कृति की बहुत बड़ी विशेषता है। यहां का सिद्धांत है–

श्लोक – "अभिवादन शीलस्य नित्यं वृद्धोपसेविनः।
चत्वारि तस्य वर्धन्ते आयुर्विद्या यशो वलम।।"

नारी जाति के महान गौरव की मान्यता हिन्दू संस्कृति की ही विशेषता है। नारी को शक्ति का प्रतीक मानकर उसकी पूजा करना हिन्दू जाति ने ही स्वीकार किया है। *"यत्र नार्यस्तु पूज्यन्ते रमन्ते तत्र देवता:"* यह हिन्दू संस्कृति का ही सिद्धांत है संस्कृति है। हिन्दू संस्कृति में घृणा के लिए स्थान नहीं है। यहां तो बसुधैव कुटुंबकम का सिद्धांत हिन्दू संस्कृति का उदात्त सिद्धांत है। *"सर्वखल्विदं ब्रह्म"* की दृष्टि हिन्दू संस्कृति का उच्चादर्श है। अर्थात सत्कार द्वारा समागत प्राणी को ईश्वर तुल्य समझकर उसे यथासाध्य संतुष्ट करना हिन्दू संस्कृति की ही विशेषता है। *"मातृवत परदारेषु"* और *"परद्रव्येषु लोष्ठवत"* दृष्टि रखो का आदर्श हिन्दू संस्कृति की ही विशेषता है।

यदि मनुष्य के पास संसार की प्रत्येक वस्तु है, पर आध्यात्मिकता नहीं है। तो क्या लाभ? वे जानते हैं कि इस भौतिक सृष्टि के मूल में वह सत्य और दिव्य आत्मतत्व निहित है। जिसे कोई पाप कलुषित नहीं कर सकता। कोई दुराचारी भृष्ट नहीं कर सकता और कोई दुर्वासना गंदा नहीं कर सकती। जिसे अग्नि जला नहीं सकती, और जल गीला नहीं कर सकता, जिसे गर्मी सुखा नहीं सकती और मृत्यु मार नहीं सकती।

उनकी दृष्टि में मनुष्य की यहां पराप्रकृति आत्मा उतनी ही सत्य है। जितना कि पाश्चात्य व्यक्ति की इंद्रियों के लिए कोई भौतिक पदार्थ। इसी विचारधारा में यह शक्ति निहित है। जिसने उनको शताब्दियों के उत्पीड़न और वैदेशिक आक्रमण या अत्याचार के बीच अजेय रखा है। आज भी राष्ट्र जीवित है और उस राष्ट्र में भयंकर से भयंकर विपत्ति के दिनों में भी आध्यात्मिक महापुरुष कभी उत्पन्न होने से नहीं चूके हैं। सैकड़ों वर्षों तक लहरों पर लहरें प्रत्येक वस्तु को तोड़ती-फोड़ती हुई देश को आप्लवित करती रही हैं। तलवार चली है और अल्लाह हू अकबर के गगन भेदी नारे लगे हैं किन्तु वे बाढ़ें चली गयीं और राष्ट्रीय आदर्शों में परिवर्तन न कर सकीं। हजार वर्षों के असंख्य कष्ट और संघर्षों में यह हिन्दू जाति मर क्यों नहीं गयी। यदि हमारे आचार-विचार इतने खराब हैं, तो क्यों हम लोग अब तक पृथ्वी पर से मिट न पाये। क्या भिन्न भिन्न वैदेशिक विजेताओं ने हमें कुचल डालने में किसी बात की कमी रखी। तब क्यों न हिन्दू बहुत से अन्य देशों की भांति समूल नष्ट हो गये। भारतीय राष्ट्र मर नहीं सकता। अमर है वह और उस वक्त तक अमर रहेगा। जब तक कि यह विचार धारा पृष्टभूमि के रूप में रहेगी। जब तक कि उसके लोग आध्यात्मिकता को नहीं छोड़ेंगे।

भारतीयता किसी प्रकार का बंधन नहीं विकास है। संसार में जिसे मानववाद कहा जाता है। अर्थात संसार के सभी प्राणियों को आत्मवत मानकर उनके प्रति प्रेम, करुणा, उपकार, क्षमा, अहिंसा और सहिष्णुता का भाव रखना, उनके लिए अपने व्यक्तिगत जीवन के स्वार्थ, सुखों भोग की लालसा, यश और प्रतिष्ठा की चाह का परित्याग करना, दूसरे के विनाश में अपना निर्माण देखने की लिप्सा समाप्त करना, घृणा विद्वेष, असहिष्णुता और मतांधता को अपने जीवन में न आने देना, तथा सामाजिक जीवन में भी उसे न फैलने देना, इंद्रियों को संयम से कसकर अंतःकरण की पवित्रता की ओर बढ़ना, सत्व शुद्धि के लिये ही उपयुक्त जीवन प्रणाली का निर्माण करना और द्वन्द्वों से ऊपर उठते हुए निष्काम

भाव से कर्म करने की क्षमता प्राप्त करना आदि यही हिन्दू भारतीय संस्कृति है। मनुष्य की पशुता मिटाकर उसे मानव बनाना और फिर उसे ईश्वरत्व की ओर अग्रसर करना भारतीय हिन्दू संस्कृति का कार्य है।

संस्कृति किसी देश या जाति की आत्मा है। इससे उसके उन सब संस्कारों का बोध होता है। जिनके सहारे वह अपने सामूहिक या सामाजिक जीवन के आदर्शों का निर्माण करता है। यह विशिष्ट मानव समूह के उन उदात्त गुणों को सूचित करती है। जो मानव जाति में सर्वत्र पाये जाने पर भी इस समूह की विशिष्टता प्रकट करते हैं और जिन पर उनके जीवन में अधिक जोर दिया जाता है।

किसी देश काल की सभ्यता किसी के लिए अहितकारी भी हो सकती है किन्तु संस्कृति सर्वदेश, सर्वकाल में सभी के लिए सर्वथा हितकारी ही होती है। संस्कृति किसी मानव की उपज नहीं प्रत्युत खोज है। इसी कारण वह नित्य है। उसका निरादर पतन का मूल है। उसका आदर विकास का हेतु है।

जिन चेष्टाओं के द्वारा मनुष्य अपने जीवन के समस्त क्षेत्रों में उन्नति करता हुआ, सुख शांति प्राप्त करे। वे चेष्टा में ही उसके लिए भूषण भूत सम्यक चेष्टायें कही जा सकती हैं। या मनुष्य की वैयक्तिक सामाजिक, आर्थिक, राजनैतिक, धार्मिक आदि सभी क्षेत्रों में लौकिक परलौकिक अभ्युदय के अनुकूल देहेनिन्द्रय, मन बुद्धि, चित्तांहकार की चेष्टा ही उसकी भूषण भूत सम्पर्क चेष्टा या संस्कृति है। संक्षेप में कहा सकता है कि मनुष्य के लौकिक, परलौकिक सर्वाभ्युदय के अनुकूल आचार-विचार ही संस्कृति है।

अपना कर्त्तव्य पालन करते चलो, परिस्थितियों को देखकर भय खाने और व्यग्र होने की आवश्यकता नहीं है। परमात्मा सर्वशक्तिमान-सर्वज्ञ और विश्वम्भर है। वही भारतीय संस्कृति के प्राण धर्म का संरक्षक है।

उसने सदा इसकी रक्षा की है। और आगे भी रक्षा करता हुआ, अपने अनुयायियों का सर्वविध कल्याण करेगा।

हर एक युग में, मनुष्य किसी भी रूप में विद्या की खोज में लगा रहता है। एक देश में विद्या या शिक्षा का स्वरूप बड़ी उन्नति तक पहुंचाता है। परन्तु उन्नत अवस्था तक ठहरने के लिए यह आवश्यक है, कि संस्कृति के अन्य अंश भी उन्नत अवस्था प्राप्त करें। यदि कोई एक अंश उन्नत हो और दूसरे अविकसित हैं। तो संस्कृति का नाश अनिवार्य है। इसीलिए यह दिखायी पड़ता है कि अनेक देशों में कितनी ही सभ्यतायें फली-फूली और नष्ट हो गयी हैं। भारतीय सभ्यता एक ही है। जो अनादि समय से चली आ रही है और निःसंदेह आगे भी चलती रहेगी।

आर्य संस्कृति के जीवन व्यापार की प्रधान भावना यज्ञ अर्थात भगवान का भजन है। प्रत्येक जीवन कार्य इसी भावना से करना होता है। अखिल विश्व के कल्याणार्थ यज्ञ किये जाते हैं। इन्हें महायज्ञ कहते हैं। फलतः पाप पुण्य की भावना सभी धर्म ग्रन्थों में है। जो कर्म भगवान के अधिक समीप ले जायें, वह पुण्य और उससे जो विमुख करा दे। वहीं पाप है, अर्थात जो जो कर्म किया जाये, वह परमेश्वर प्रत्यर्थ ही हो, उसमें कोई आसक्ति या कामना न हो।

जीवन के समस्त क्षेत्रों में व्याप्त सनातन परंपरा से चली आती हुई, आध्यात्म प्रधान धर्ममय सुसंस्कृत विचार और आचार प्रणाली का नाम ही हिन्दू संस्कृति है। हिन्दू संस्कृति की यह निर्मल धारा अत्यंत प्राचीन काल से अविच्छिन्न रूप में प्रवाहित है। अतएव हिन्दू संस्कृति सबसे प्राचीन और अपरिवर्तनीय सनातन आर्य संस्कृति है। यही वास्तव में मानव संस्कृति है। इस संस्कृति में मनुष्य जीवन का प्रधान और एकमात्र लक्ष्य है। मोक्ष, ज्ञान और भगवत प्राप्ति।

मनुष्य योनि में ही जीव कर्म करने में स्वतंत्र माना गया है। मनुष्य सम्यक् असम्यक दोनों ही प्रकार की चेष्टायें करने में समर्थ होता है।

इसलिए सम्यक् चेष्टा या कृति संस्कृति का प्रयोग मनुष्य के संबध में ही किया जा सकता है। इसलिए मनुष्य की भूषण भूत सम्यक् कृतियां चेष्टा ही संस्कृति है। मनुष्य को पूर्ण स्वातंत्र्यमय अनंत ज्ञान के क्षेत्र में समासीन कर परमांनद का अनुभव करा देने की सामर्थ्य हिन्दू संस्कृति में ही है। इसीलिये हिन्दू संस्कृति सर्वसामर्थ्यमय सर्वागीण पूर्ण संस्कृति है। संसार में ऐसी कोई विद्या नहीं है जो जिसकी प्राचीन हिन्दुओं के विचारों से तुलना की जा सके। हिन्दू न्याय, सांख्य, वेदांत, व्याकरण, योग, नीति आदि के सामने समस्त वर्तमान पश्चिमी दर्शन निरर्थक दिखाई पड़ते हैं। हिन्दू दर्शन से परिचित किसी भी विद्वान को वर्तमान पश्चिमी दर्शन के गुणगान करने का साहस नहीं हो सकता।

किसी जाति का धर्मशास्त्र अपने दर्शन शास्त्र प्रतिपादित लौकिक पारलौकिक अभ्युदाय में सहायक जिन कर्मों या आचार विचारों का विधान करता है। वे कर्म ही उस जाति के लिये कर्त्तव्य होते हैं और उन्हीं के द्वारा वह जाति अपनी लौकिक, परलौकिक उन्नति मानती है। इससे स्पष्ट है कि किसी जाति के, धर्मशास्त्र द्वारा प्रतिपादित आचार-विचार ही उस जाति की संस्कृति का स्वरूप होता है। अतएव संस्कृति का आधार शास्त्र या धर्मग्रन्थ ही है।

आर्य जाति के इतिहास में अनेक धर्म प्राण ऋषि-महर्षि और राजर्षि हो गये। उन सबमें मर्यादा पुरुषोत्तम भगवान श्री राम का स्थान सर्वोपरि है। वेदों और धर्मशास्त्रों में हमें धर्म का स्वरूप और उपदेश तो प्राप्त होता है किन्तु उस धर्म का प्रयोग कैसे होना चाहिए, इसका उदाहरण भगवान श्री राम की जीवनचर्या में मिलेगा। तैत्तरीय उपनिषदों में कहा है कि जब धर्म या कर्म के स्वरूप में संदेह हो तो धर्मज्ञ पुरुषों के बर्ताव को देखकर उसके स्वरूप का निश्चय कर लेना चाहिए। *"यथा ते तत्र वर्तेरन तथा तत्र वर्तेथा:"* इसके अनुसार यदि हम सम्पूर्ण धर्म और धर्मपूर्ण बर्तावों का आदर्श किन्हीं एक महापुरुष में देखना चाहें तो सर्वप्रथम भगवान श्री राम के जीवन पर ही दृष्टिपात करना होगा।

श्री राम ने जिसे धारण किया वही आदर्श धर्म है, जिसे संस्कार प्रदान किया वही आर्य संस्कृति है और जिसको वे आचरण में ले आये, वही आर्यों का आदर्श सदाचार एवं शिष्टाचार है इसीलिये कहा गया है कि *"रामो विग्रहवान धर्मा:"* श्री राम धर्म के साक्षात विग्रह हैं।

हमारे धर्म में, हमारी समाज व्यवस्था में हमारे शिक्षा क्रम में, हमारे चिकित्सा शास्त्र में, हमारे साहित्य और हमारी कला में, जीवन की इसी उदात्त कल्पना और संस्कृति की धारा है। अंधकार से उठकर प्रकाश, असत्य से सत्य और मृत्यु से अमरत्व के स्रोत की ओर यात्रा करने की वृत्ति, जीवन की सार्थकता, त्याग में, आत्मार्पण में, अपने को देने में है। यही संदेश हमारी संस्कृति का संदेश है।

यदि संसार में ऐसा कोई देश जिसमें सभ्यता के सूर्य का सर्वप्रथम उदय हुआ। जिसमें ज्ञान महोदधि की उत्ताल तरंगें अनादि काल से सुदूर कोनों को भी आप्लावित करती रही हैं। जहां सदा से धर्म, त्याग वैराग्य की अविरल वाहिनी धाराओं में लोगों को मनसा, वाचा, कायेन पावन किया है जहां कर्म-ज्ञान और भक्ति की परम पवित्र त्रिवेणी पूर्व ऐतिहासिक काल से दुख दावानल दग्ध प्राणियों के संतप्त हृदयों को शांतिसुधा पिलाती रही है। जिसको युग युग में संख्यातीत संत महापुरुष और अवतारों को प्रकट करने का गौरव प्राप्त है। जहां आध्यात्मिकता रूपी लता खूब घनी फली-फूली है तो वह पुण्य भूमि भारत वर्ष है। यदि समस्त में कहीं ऐसी कोई जाति है। जिसने सर्वप्रथम मानव सभ्यताओं और संस्कृति को जन्म दिया। जिसने जीवन की अत्यंत उलझी हुई तमोमय ग्रन्थियों को त्याग स्नेह पूर्ण आलोकशाली ज्ञान प्रदीप के सहारे सुस्पष्ट रीति से सुलझा कर मनुष्य जाति का परम कल्याण किया। जिसने गंभीर विचार-पूर्ण दर्शनों की प्रौढ़ रचना के द्वारा ज्ञान सागर को गागर में भर दिया। जिसने विश्व को अठारह विद्या और चौंसठ कलाओं के आलोक से चकाचौंध कर दिया। जिसको जीव-ईश्वर, ईश्वर और जगत संबधी, अशेषवादों के प्रवर्तक होने का अनन्य

साधारण सौभाग्य प्राप्त है जिसको दुख सहना सिखाया गया है। दुख देना नहीं, जिसने सदा से अन्य धर्मालम्बियों के प्रति सहिष्णुता की भावना रखी है और उनकी पीड़ित असहाय अवस्था में उन्हें शरण दी हो, जिसमें ईश्वर दर्शनकारी संतों का सदा तांता बना रहा है। जिसकी सभ्यता प्रारम्भ से आज तक चली आयी है और विधर्मी प्रादेशिक शासकों के क्रूर और कपटमय मूलोच्छेदी प्रहारों को एक हजार वर्ष तक ढकेलती हुई जीवित रही है। जो आत्मा की अमरता के गीत गाती हुई तन्मय होकर अपने लक्ष्य आत्मा के समान अमर हो गयी तो वह पुण्य भूमि भारत वर्ष की आर्य (हिन्दू) जाति है।

वर्तमान शताब्दी के प्रारम्भ में जब कि पाश्चात्य प्रभाव भारत में आने लग पड़ा था। जबकि पाश्चात्य विजेता लोग हाथ में तलवार ले ऋषियों की संतानों को वह प्रत्यक्ष दिखलाने आये थे कि वे असभ्य हैं। ये स्वप्न देखने वाले लोगों की एक जाति है। उनका धर्म कोरी दन्तकथा है, आत्मा-परमात्मा और प्रत्येक वस्तु जिसके लिए वे प्रयास करते रहे हैं। निरे निरर्थक शब्द हैं। साधना और अनंत त्याग के हजारों वर्ष व्यर्थ रहे हैं। तब विश्व विद्यालयों में पढ़ने वाले नव युवकों के बीच यह प्रश्न उठने लगा। क्या इस समय तक का राष्ट्रीय जीवन असफल रहा है। क्या उनको पाश्चात्य प्रणाली के आधार पर पुनः श्री गणेश करना होगा। अपनी प्राचीन पुस्तकों को फाड़ डालना होगा, दर्शन शास्त्रों को जला डालना होगा, धर्मोपदेशकों को भगा देना पड़ेगा और मंदिरों को बाड़े में डालना होगा। क्या पाश्चात्य विजेता जिसने अपने धर्म का तलवार और बंदूक के द्वारा प्रदर्शन किया था। नहीं कहने लगा था। तमाम पुरानी बातें निरा रुढ़िवाद और मूर्ति पूजा है। पाश्चात्य पद्धति के अनुसार परिचालित नये स्कूलों में शिक्षा-दीक्षा पाये हुए बालकों में ये विचार बचपन से समाने लगे। फिर संदेहों के उत्पन्न होने में आश्चर्य ही क्या था? परन्तु रुढ़िवाद को दूर डाल सत्य की खोज करने के स्थान में सत्य की कसौटी यह हो गयी। पश्चिम क्या कहता है। ब्राह्मण विदा हों, वेद जला

दिये जायें, क्योंकि पश्चिम ने ऐसा ही कहा है। ओह! कितना घोर विषाक्त प्रचार और प्राणघाती प्रहार था। अंग्रेजी शिक्षा और पाश्चात्य संस्कृति ने ऐसे हिन्दुओं को तैयार किया, जिनको संसार में हिन्दुत्व और भारतीय संस्कृति के अतिरिक्त सब बातें पंसद आयी। हिन्दू धर्म, धर्मग्रन्थ, और आचार-विचार को तिलांजलि दे उनको विदेशी शासकों के नक्काल बनने में गौरव का अनुभव होने लगा। उनकी मौलिकता समाप्त हुई।

हिन्दू राष्ट्र और हिन्दू संस्कृति ने एक हजार वर्ष की अग्नि परीक्षा द्वारा अपनी योग्यता और अजेयता को सिद्ध कर दिया है। मुसलमानों के अमानुषिक अत्याचारों को सदियों तक सहकर क्रूर शासकों द्वारा दिये गये भय, वैभव और जीवन सत्ता की अवहेलना कर हिन्दू जाति ने अपनी संस्कृति की रक्षा की क्योंकि वह उन्हें अपने प्राणों से भी प्रियतर थी। उसके नाम पर मरकर उसने अपने आप को अमर माना। स्वधर्म और संस्कृति का हिन्दुओं को गौरव था और वह भी इतना अधिकाधिक उसके समझ सम्पूर्ण ऐहिक सुख सम्पति तिनके के समान थी। मुसलमान शक, हुण, यवन आदि अन्य आक्रमणकर्ताओं की भांति केवल लूट खसोट और राज्य करने नहीं आये थे उनके पास अपना निजी धर्म, और संस्कृति थी। जिनका प्रचार करना उनके जीवन का चरम लक्ष्य था। हिन्दू संस्कृति पर उनके अभूतपूर्व क्रूर और घातक प्रहार हुए। पर उसकी परम दृढ़ जड़ को काटते-काटते मुसलमानों की तलवार भोंटी होकर जीर्ण शीर्ण और छिन्न भिन्न हो गयी। संस्कृति की इस घायल दशा में ही देश पर एक दूसरा विदेशी शासन अग्रेंजी राज्य आ लदा। वह और भी विचित्र था। उसके पीछे शक्ति, वैभव सभ्यता, शिष्टाचार और कूटनीति और आदि भौतिक विज्ञान का सामर्थ्य था। अंग्रेजों ने भली भांति देश की परिस्थिति का अध्ययन कर लिया था। वे हिन्दू संस्कृति से संशक थे क्योंकि वह पहले कई दूसरी संस्कृतियों को अपने में विलीन कर चुकी थी और उसे कोई मिटा न सका था। देशीय दृष्टि से हिन्दू हार चुका था। पर सांस्कृतिक दृष्टि विचार कोण से वह अपने

आप को उन गौरांग महा प्रभुओं से उत्कृष्ट मानता था। यह बात शासन को बहुत अखरती थी। पर वे मुसलमानों की गलती को नहीं दोहराना चाहते थे। उन्होंने अपने चालाक दिमाग से ऐसा मायामय षडयंत्र रचा कि जिससे हिन्दू संस्कृति पर उसी के अंदर से आक्रमण होने लगे। हिन्दू ही उसके प्रति घृणा और विरोध की भावना रखने लगे। उन्होंने देशभर में अंग्रेजी शिक्षा पद्धति का जाल फैलाया और उसके फंसने वालों को बड़े-बड़े प्रलोभन मिले। जिन्हें देखकर लोगों का प्रवाह उस ओर चल पड़ा। शिक्षा क्या थी। सनातन भारतीय संस्कृति के शरीर में शिथिल संचारी विष का इंजेक्शन था। उस मोहमयी मदिरा को पीकर युवकों के दिमाग बदल गये और उन्मत हो गये हैं।

इतना समृद्धिशाली हमारा देश था। परन्तु आज हमारी स्थिति अत्यंतहीन है। इस हीन स्थिति से निकलने का केवल एक ही मार्ग है। वह है अपनी संस्कृति को पुनः गौरवशाली बनाने का दृढ़ निश्चय लेकर समस्त हिन्दू समाज को सुसंगठित करना। यह तभी हो सकता है जब हमारी संस्कृति हमारी परंपरा का हमें हर समय ध्यान रहे। इसी के लिए हमने अपना पुरातन भगवद् ध्वज अपनाया है। इसे देखते ही हमें अपने पूर्व गौरव का ध्यान हो आता है। अपनी परंपरा का अपनी आँखों के सामने चित्र उपस्थित हो जाता है। इसी ध्वज के नीचे हुए असंख्य बलिदानों का स्मरण हो जाता है। जिनके कारण आज हम अपने को हिन्दू के रूप में जीवित देखते हैं। यह ध्वज हमारे हिन्दू राष्ट्र की आशाओं-आकांक्षाओं का स्वरूप है। इसी के कारण हम एक है। अतः इसका सम्मान रक्षण हमारे जीवन का आद्य कर्त्तव्य है। यह बात प्रत्येक हिन्दू के मन में जागृत हो तथा इस ध्वज के पीछे जो हमारी संस्कृति का अमूर्त गौरव छिपा है। उसे मूर्तरूप देने में वह कार्यशील हो। यही जगदीश से प्रार्थना है।

ब्राह्म तेज और क्षात्रवल के आधार पर सुचारु रूप से चलने वाला यह हमारा सांस्कृतिक रथ दुनिया में, सारे विश्व में सर्वश्रेष्ठ है। इसका

निर्माण संसार के ही नहीं अपितु अखिल विश्व के सर्वश्रेष्ठ तत्वों के संयोग से हुआ है। वे तत्व प्रकार से ही प्रारंभ होते हैं। तपस्या, त्याग और तपोबल तपस्या युग युग की तपस्या, ऋषि महार्षियों की तपस्या, विष्णु के अंश राजाओं की तपस्या, प्रजा की तपस्या, सारे हिन्दू समाज की अपने ध्येय की ओर अग्रसर होने की तीव्र लगन, हमारे इतिहास में प्रखर रूप से प्रकाशित हो रही है। त्याग के लिये तो कुछ कहने की आवश्यकता ही नहीं। यह तो हमारी समाज व्यवस्था का एक मुख्य अंग है। इसके बिना हमारी संस्कृति का अमर होना, अत्यंत असंभव था। तपस्या और त्याग से कमाई हुई प्रचण्ड शक्ति का ही नाम तपोबल है। इसी के बल के आधार पर हमारी संस्कृति ने सम्पूर्ण विश्व के हृदय पर विजय प्राप्त की। यह ऐतिहासिक सत्य है। इसमें शंका के लिए स्थान नहीं। इसी बल के कारण समस्त विश्व ने भारत को अपना गुरू, अपना पथ प्रदर्शक माना।

धर्म और ईश्वर की श्रद्धामय और निष्ठा युक्त भावना को ही आध्यात्मिकता कहते हैं। वही हिन्दू का जीवन है। वही हिन्दू संस्कृति की आधार शिला है। उससे सब कुछ है। हिन्दू कहता है कि जीवन की समस्या का एक ही हल है। वह है धर्म और ईश्वर, यदि ये सत्य है तो जीवन सार्थक है। सह्य है, सुख है। अन्यथा वह केवल निरर्थक भार है यह है हमारा विचार। समाज के प्रत्येक वर्ग का आदमी चाहे वह विद्वान हो या मूर्ख योद्धा हो व्यापारी–कृषक हो, कारीगर हो, दार्शनिक इस अमर भावना को किसी न किसी रूप में या अंश में अपने साथ लिये रहता है। इस विचारधारा को प्रारंभ में वैदिक साहित्य ने जन्म दिया। बाद में आर्ष धर्मग्रन्थों ने पल्लवित किया। हिन्दू संस्कृति अमर आधार शिला–आध्यात्मिकता पर स्थित रही है। और यदि भविष्य में आधार शिला रहेगी। तो सदा के लिए यह अमर रहेगी। पूर्वजों की अमूल्य निधि आध्यात्मिकता का उपार्जन और संरक्षण प्रत्येक हिन्दू का पवित्र कर्त्तव्य है। उसी से आत्म कल्याण और विश्व शांति होगी। और

उसी से भारतभूमि का गौरव फिर पूर्ववत होगा। और पुनः विश्व गुरू बनकर मार्ग दर्शन करेगा।

हिन्दू संस्कृति के कुछ महत्वपूर्ण लक्षणों का यहां दिग्दर्शन कराया गया है। वस्तुतः हिन्दू संस्कृति आध्यात्म प्रधान है। व्यावहारिक लोकहित का पूरा ध्यान रखते हुए सत्य और न्यायपूर्ण साधन से अनासक्त होकर लौकिक उन्नति करना और उसमें भी जीवन के चरम लक्ष्य भगवान को कभी न भूलते हुए क्रमशः भगवान की ओर बढ़ते रहना, इसका प्रधान स्वरूप है। पवित्र भारतवर्ष में इस महान संस्कृति का उदय हुआ, इसी से भारत धन्य है और धन्य रहेगा। ऐसा देवों तक ने भी गुणगान किया है।

श्लोक - गायमि देवाः किल गीतिकानि,
धन्यास्तुते भारत भूमि भागे,
स्वर्गापवर्मास्पदमार्ग भूते,
भवन्ति भूयः पुरुषः सुरत्वात्।। (विष्णु पुराण)

परिणामतः उपर्युक्त जाज्वल्य आलोक से स्पष्ट है कि सनातन आर्य संस्कृति का सनातन प्रवाह आदि से आज तक और आगे भी ऐसा ही सतत् पुनीत एवं सनातन रहेगा।

८

हिन्दुत्व्

भाषा विज्ञान के अनुसार "स" और "ह" परस्पर बदला करते हैं। आर्यो के सप्त सिंधु प्रदेश को सिंधु नदी के उस पार पश्चिम में स्थित प्राचीन फारस की भाषा "जेंद" में "हफ्त हेन्दू" कहा गया है। जो कालांतर में हिन्दू हो गया। इस प्रकार हिन्दू शब्द सिंधु शब्द का तद्भवरूप है। संस्कृत शब्द से निर्मित फारसी शब्द "हिन्दू" ग्रीक भाषा में "इन्डो" और इन्डोस बन गया। जिसे लैटिन भाषा में "इंडिया" और "इंन्डस" (सिंधु नदी) के रूप में अपनाया गया। लैटिन शब्द इंडिया ही हमारे देश के लिए अंग्रेजी भाषा में प्रयुक्त होने लगा।

हिन्दू शब्द की परिभाषा भौगोलिक एवं परम्परागत सांस्कृतिक आधार पर निम्न श्लोक में व्यक्त है।

श्लोक - आ सिंधु सिंधुपर्यन्ता यस्य भारत भूमिका।
पितृभूः पुण्यभूश्चैव सवै हिन्दुरिति स्मृतः।।

अर्थात वही व्यक्ति हिन्दू है जो सिंधु नदी से समुद्र पर्यन्त की भारत भूमि को अपनी पितृभूमि स्वीकार करे।

एक राष्ट्र, एक प्रजाति तथा एक संस्कृति। वही व्यक्ति हिन्दू है। जो सिंधु स्थान (हिन्दुस्थान) को केवल पितृभूमि ही नहीं अपितु पुण्यभूमि

भी स्वीकार करता है। हिन्दुत्व के प्रथम दो लक्षणों राष्ट्र तथा प्रजाति का समावेश, पितृभूमि शब्द में हो जाता है। और तृतीय लक्षण एक (समान) संस्कृति की अभिव्यक्ति पुण्यभूमि शब्द से होती है क्योंकि संस्कृति में ही सब संस्कार समाविष्ट हैं और वही किसी भूमि को पुण्यभूमि का रूप प्रदान करती है। इस प्रकार हिन्दुत्व अवधारणा की फलश्रुति मातृभूमिनिष्ठ सांस्कृतिक राष्ट्रवाद है।

भारतीय के साथ "ता" प्रत्यय लग भारतीयता शब्द तथा हिन्दू के साथ "त्व" प्रत्यय लग हिन्दुत्व बनता है। दोनों शब्दों से यहां की गुणात्मकता आध्यात्मिक दृष्टि से परिभाषित होती है। इसी प्रकार हिन्दुत्व भारतीय चिंतन की गुणात्मक श्रेष्ठता है। इसकी संस्कृति है। इसकी जीवन शैली है।

हिन्दू इस देश के वासी का नाम है। सम्पूर्ण हिन्दुस्थान में रहने वाला प्रत्येक व्यक्ति जीवन से हिन्दू है। हिन्दु के नाम पर इस देश का नाम हिन्दुस्थान है। इसके लिए ब्राहस्पत शास्त्र का प्रसिद्ध श्लोक है।

श्लोक - हिमालयं समारभ्य यावद् इन्दुसरोवरम्।
तम् देव निर्मितम देशं हिन्दुस्थान प्रचक्षते।।

हिमालय का "हि" और इन्दुसागर का इन्दु मिलकर हिन्दू शब्द बना, देवताओं द्वारा बनाये गये इस देश को हिन्दुस्थान के नाम से जाना जाता है। हिन्दू इस देश के वासी का नाम है।

इस चराचर जगत में चार इकाई या सत्तायें हैं। पहली इकाई तो मनुष्य या व्यक्ति है। दूसरी इकाई समाज या राष्ट्र है। तीसरी प्रकृति तथा चौथी सत्ता ईश्वर है। व्यक्ति और समाज के बीच एक महत्वपूर्ण इकाई परिवार भी है। व्यक्ति परिवार समाज (राष्ट्र) प्रकृति और ईश्वर नाम की सत्तायें यदि एक दूसरे का ध्यान रखते हुए परस्पर समन्वय रखते हुए सामंजस्य के साथ रह सकें, तो निश्चित रूप से सभी सुखी हो सकते हैं। भारत में इस पर गहन शोध हुआ और दीर्घ काल के शोध के बाद

ऐसे शाश्वत सिद्धांत खोज निकाले गये। जिनके आचार पर व्यक्ति समाज (राष्ट्र) प्रकृति तथा ईश्वर में सामंजस्य स्थापित हो सकता है। इन अपरिवर्तनीय व शाश्वत सिद्धांतों को आचार व्यवहार में लाने के लिए आवश्यकतानुसार बदले जा सकने वाले नियम भी बनाये गये। अर्थात समस्त प्राणि जगत को सुखी कर सकने वाले इन शाश्वत सिद्धांतों व इन पर आधारित आचार संहिता को धर्म का नाम दिया गया। यह सभी मानवों का कल्याण करने में सक्षम इसलिए इसे "मानव धर्म" कहा गया है। शाश्वत सिद्धांतों पर आधारित होने के कारण इसे "सनातन धर्म माना गया। और हिन्दू समाज का आविष्कार होने के कारण इसका नामकरण "हिन्दू धर्म" हो गया। हिन्दू धर्म जो सनातन और मानवधर्म भी है। का ही दूसरा नाम "हिन्दुत्व" है।

हम हिन्दुओं ने परमात्मा को अपने सम्पूर्ण अस्तित्व का आधार माना है और इसीलिए यह संभव है कि हिन्दू समाज का विकास एक सर्व समावेशक ढंग से हुआ है। जिसमे अवस्थाओं एवं आकारों की आश्चर्य जनक विविधता है किन्तु विपुल भाव व्यंजनाओं एवं अभिव्यक्तियों में एक अंतर्जात एकता का सूत्र बना रहता है।

हमारा अस्तित्व उस काल से है। जब किसी भी नाम की आवश्यकता भी नहीं थी। हम आर्य प्रबुद्ध लोग थे। हम लोग प्रकृति एवं आत्मा के नियमों के ज्ञाता थे। हमने एक महान सभ्यता, महान संस्कृति तथा एक अनुपम समाज व्यवस्था का निर्माण किया था। हम ऐसी सभी वस्तुओं का जीवन में समावेश कर चुके थे। जो मानव के लिए हितकर थी।

अनादि काल से हमारे ऋषि मुनियों ने अपनी साधना एवं तपस्या से जगत को सुखी एवं कल्याणकारी बनाने के सत्य सिद्धांतों की खोज की। जो उनके हजारों वर्षों के अनुभव का निचोड़ है। उन्हें हम धर्म के दस लक्षणों के रूप में जानते हैं।

श्लोक - धृति क्षमा दमोस्तेयं शौचं इंद्रिय निग्रहः।
धीर्विद्या सत्यम क्रोधो दशकं धर्म लक्षणम्। (मनुस्मृति)

धैर्य क्षमा कामनाओं का दमन, अस्तेय (चोरी करना) शौच (अंतर्वाह्य शुद्धि) इंद्रियों पर नियंत्रण, बुद्धि, विद्या, सत्य तथा अक्रोध, इन सिद्धांतों के आधार पर जीवन जीते हुए मनुष्य अपना ही नहीं वरन् अपने परिवार समाज तथा सम्पूर्ण मानवता का कल्याण कर सकता है। ये सिद्धांत शाश्वत है सार्वजनिक है। परम कल्याणकारी ये सूत्र ही मानव धर्म कहलाये। कालक्रम में जगत की अन्यान्य विचार धाराओं, समाजों के अविर्भाव के साथ ही यह "मानव धर्म" अपनी विशिष्ट पहिचान बताने के लिए "हिन्दू धर्म" के रूप में जाना जाने लगा। क्योंकि इसकी खोज हिन्दू ऋषियों ने की थी। अतः हिन्दू धर्म उपासना पद्धति का द्योतक नहीं है। अर्थात हिन्दुत्व का परिचायक है।

हिन्दुत्व अनादि है। हिन्दूजाति ने अपना धर्म वेदों से प्राप्त किया है। वेदों की रचना भिन्न-भिन्न काल में आविष्कृत आध्यात्मिक तत्व है। सृष्टि अनादि है। इसलिए वेद भी अनादि है। तभी तो हिन्दुत्व अनादि है।

हिन्दुत्व भारत की आत्मा है। स्वस्फूर्त, स्वनियंत्रित, प्रेरणादायी, पूर्ण निरपेक्ष व वैज्ञानिकता लिए मानवता रूपी आदर्श जीवन शैली हिन्दुत्व है। हिन्दुत्व का उद्‌गम स्रोत वेद हैं। तथा उद्‌गम स्थान हिन्दुस्थान है।

हिन्दुत्व विश्वशांति का सर्वोपरि सर्वोत्तम मार्ग है। वसुधैव कुटुंम्बकम का उदार सूत्र हिन्दुत्व ने ही दिया। सारे संसार को एक नीड़ बताकर विश्व बंधुत्व का अनुपम संदेश हिन्दुत्व ने ही दिया। हिन्दुत्व के संस्थापन-संरक्षण में ऋषि, मुनि, साधु, संत, साहित्यकारों ने अपना जीवन समर्पित किया है। कोटिक लोगों ने हिन्दू सन्यासी के रूप में प्रतिष्ठित होकर आधुनिक बुद्धिजीवियों तक को हिन्दुत्व का ज्ञान कराया है।

हिन्दुत्व कोटिक वर्षों की लम्बी परंपरा एवं साधना की गहराई से प्रकट एक दर्शन है। हिन्दू दर्शन का संदेश एवं प्रतिपादन विभेद नहीं है। बल्कि हमारी आत्मविस्मृति एवं निष्ठाहीनता ही विभेद को जन्म दे रही

है। हिन्दुत्व तो एकात्मतायुक्त एकता का सम्पर्क है। जगत में एक ही सत तत्व सर्वत्र व्याप्त होने से मूलतः सभी जीव मात्र दया प्रेम के पात्र हैं। भेद में अभेद, अनेकता में एकता का बोध हिन्दुत्व के ही द्वारा होता है।

श्लोक - विद्याविनय सम्पन्ने ब्राह्मणे गविहस्तिनि।
शुनि चैव स्वपाके च पंडिता समदर्शिनः।।

ज्ञानी लोग विद्वान और विनयी ब्राह्मणों में, हाथी में, कुत्ते में, चाण्डाल में समभाव से देखते हैं। वे जानते हैं कि उसके भीतर एक ही परमात्मा विराजमान है। अर्थात "आत्मवत सर्वभूतेषु" कहकर हिन्दुत्व सर्वत्र एक आत्मा का प्रतिपादन करता है। इसीलिए तुलसीदास जी ने कहा कि -: "सिया राम मैं सब जग जानी, करहु प्रणाम जोरि जुगपानी" हिन्दुत्व के द्वारा ही इतने व्यापक पैमाने पर मानवीय एकता को स्वीकार एवं प्रतिपादित किया गया है।

हिन्दुत्व कोई वाद नहीं यह वादातीत सत्य है। यह एक लम्बे काल से चली आई साधना की अनुभूति का उद्घाटन है। हिन्दुत्व अलौकिक, अकल्पित तथा अंसभव की काल्पनिक रचना नहीं है। अपितु यथार्थ को धरा पर सत्यम-शिवम-सुन्दरम का दिग्दर्शन है। हिन्दुत्व केवल निवृति मोक्ष, और आध्यात्म मात्र नहीं है। वह तो समग्र एवं सर्वागपूर्ण श्रेय एवं प्रेम प्रवृति-निवृति युक्त जीवन दर्शन है। हिन्दुत्व सनातन अर्थात चिर पुरातन, व नित नूतन रहने वाला सनातन धर्म है। हिन्दुत्व एक से अनेक, लघु से महत, ब्रह्म से सम्पूर्ण ब्रह्माण्ड की धारणा का विज्ञान है। हिन्दुत्व पंथ पूजा का सम्प्रदाय नहीं अपितु यह तो सबको सम्मानित करते हुए सर्वसमावेशक विधि स्वरूप है। हिन्दुत्व यथार्थ धरा पर खड़ा पूर्ण का परिपूर्ण योगदर्शन है। हिन्दुत्व परिभाषातीत एवं वादातीत ईश्वरीय विभूतियों का विराट् रूप है।

हिन्दुत्व का अर्थ है। प्रखर राष्ट्र भक्ति, हिन्दुत्व भारत को ईष्टदेव मानकर उसकी आराधना है। अनंतकाल से जिन्हें इस भूमि पर आराध्यदेव

मानकर मंदिरों मे पूजा गया। उन्हें सम्मान देना, उनके मंदिरों का सरंक्षण, निर्माण, संवर्धन हिन्दुत्व है। हिन्दुत्व उन सभी ऐतिहासिक महापुरुषों का आदर सम्मान है। जिन्होंने विदेशी आक्रांताओं के विरुद्ध लोहा लिया। हिन्दुत्व पुनः सभी विदेशी आक्रामक अत्याचारियों को अस्वीकार करता है। जिन्होंने इस देश पर आधिपत्य किया। हिन्दुओं का वध किया। उनका धन्र्मातरण किया। मंदिरों और मूर्तियों का विखण्डन किया। देश को खंडित किया। धर्म निरपेक्षता, नपुंसक शांति और अहिंसक समर्पण हिन्दुत्व नहीं है। हिन्दुत्व तो हिन्दुओं की प्राणप्रण सरंक्षा है। अपने-अपने पंथ पर चलकर भी हिन्दू हितों की रक्षा करता है। वह हिन्दुत्ववादी है। देश के स्वयंभू शिल्पियों ने हिन्दुत्व को सर्वाधिक विकृत किया। पंडितों ने हिन्दू धर्म को पूजाघर में बंदी बनाकर उपासक के निजी मनोरथ प्राप्ति का साधन मात्र बनाकर रख दिया। परिणामतः हिन्दू अंतर्मुखी, आत्मसंतोषी, राष्ट्र कर्त्तव्य विमुख हुआ। यही दीनहीन होने का कारण बना। अब पुनः हिन्दुत्व का नया सवेरा होने वाला है। सभी वास्तविकता समझने लगे हैं। तथा गर्व से कहो हम हिन्दू हैं। जैसी गर्वोक्तियां जगह-जगह सुनाई दे जाती हैं।

हिन्दुत्व सहजीवन का प्रतिपादन करता है। मनुष्य रागद्वेष छोड़कर साथ-साथ जीवन बनाकर चले। कर्म करे व यश एवं श्रेय को सहकार द्वारा प्राप्त करें। विघटन को छोड़ एकता के सूत्र में बंधकर कर्मप्रवण हो। यही हिन्दुत्व का उपदेश एवं उसकी घोषणा है। और रागद्वेष से परे मानवीय मूल्यों का प्रतिपादन करते हुए प्राणिमात्र के कल्याण का मार्ग प्रशस्त करता है। जगत में सभी सुख को प्राप्त करें। यही इसका केन्द्र बिन्दु है।

श्लोक - संगच्छध्वं संवध्वं सं वो मनांसि जानताम्।।

श्लोक - सहनाबवतु सहनौभुनक्तु सहवीर्यं करवावहै।
तेजस्विना वधीतमस्तु माविद्विषा वहै।।।

श्लोक - सर्वे भवन्तु सुखिनः सर्वेसन्तु निरामया।
सर्वे भद्राणि पश्यन्तु मा कश्चिद्दुःख भागभवेत।।

श्लोक - लोकाः समस्ता सुखिनो भवन्तु।।

श्लोक - सर्वे कर्णेभिः श्रुणुयाम् देवा।
भद्रं पश्चेमाक्षाभिर्जयत्राः।।

कल्याण! कल्याण!! कल्याण!!! यही विचारधारा है हिन्दूदर्शन की अर्थात हिन्दुत्व की।

हिन्दुत्व एक जीवन पद्धति है न कि पूजा पद्धति हिन्दुत्व एक ऐसी जीवन शैली है। जिसमें दया प्रेम, सहिष्णुता, मानवता को प्रमुखता दी गई है। एक व्यक्ति को जो भारत देश को अपनी मां समान पूजनीय मानता हो यहां के समस्त महापुरुषों का सम्मान करता हो। तथा जिसके आस्था के केन्द्र भारत भूमि पर हों। फिर वह भले ही मूर्ति पूजक आस्तिक है अथवा नास्तिक है। वह हिन्दू है तथा उसका जीवन हिन्दुत्व पर आधारित कहा जायेगा। मानव शरीर का जो आत्मा से संबंध है वही संबंध भारत का हिन्दुत्व से है। हिन्दुत्व भारत की आत्मा है। भारत सिर्फ तब तक ही वर्तमान स्वरूप में रहेगा। जब तक इस देश में बहुसंख्यक हैं। अर्थात हिन्दुत्व की प्रतिष्ठा है।

हिन्दुत्व भोग प्रधान जीवन के स्थान पर संतुलित उपभोग का पक्षधर है। इसलिए गृहस्थ जीवन के पालन का आग्रह है। प्राचीन समय से गृहस्थ ही ब्रह्मचर्य, वानप्रस्थी, संन्यासी का लालन-पालन करता रहा है। गृहस्थ जीवन ही कर्मप्रधान जीवन है। संसार में जो सौंदर्य दिखाई देता है। वह सब गृहस्थों के कारण ही है। भौतिक एवं आध्यात्मिक सभी प्रकार की प्रवृतियों को पालित गृहस्थ ही करता है। आज भी यदि जगत में सेवा पूज्य एवं त्यागमय जीवन की प्रधानता निर्माण करनी है। तो सद्गृहस्थ निर्माण करना होगा। इस गृहस्थाश्रम को श्रेष्ठाश्रम में परिणित करने हेतु युगानुकूल व्यवस्था को जन्म देना होगा।

भारतीय तत्वज्ञों ने नारी में मां का दर्शन किया। इसलिए "मातृवत परदारेषु" "जननी सम जानिअ पर नारी" कहकर नारी में मां का रूप देखने को कहा है। इस देश की परंपरा में नारी में लक्ष्मी, सरस्वती, दुर्गा की प्रतिष्ठा की गई है।

श्लोक – यत्र नार्यस्तु पूज्यन्ते रमन्ते तत्र देवता:।
यत्रैतास्तु न पूज्यन्ते सर्वास्तत्रा फलाक्रिया।।

भारतीय जीवन दर्शन जिओ और जीने दो से भी आगे आकर कहता है। एक-दूसरे के लिए जिओ। मैं केवल अपने लिए नहीं बल्कि दूसरों के लिए जिऊं। इसमें मेरी धन्यता है। मेरी शक्ति, बुद्धि, योग्यता अन्यों के विकास एवं सेवा मे लगे, अपने जीवन को सुगंधित करने की सार्थकता अन्यों के जीवन को श्रेष्ठ बनाने में है। पूजा भाव से अपने जीवन की सुगंध को अन्यों के लिए उड़ेल देने में ही जीवन का आनंद है। मेरा जीवन अकेला जीवन नहीं है। इस जगत में अनेक दीन-हीन अभाव ग्रस्त प्राणी हैं। उन सभी को जीने की लालसा है। मैं अपनी शक्ति, बुद्धि, धन, दौलत से उनके लिए ऐसा वातावरण तैयार करूंगा कि वे भी मेरे सहजीवन बनकर जी सकें। मानवी मन से इन्ही श्रेष्ठता के भावों को अपने शास्त्रों ने स्थापित करते हुए कहा था "परस्परोपग्र हो जीवनाम्" अर्थात हम परस्परावलंबी होकर जिंए। मै आपके लिए जिऊं और आप मेरे लिए जियें। यदि इस प्रकार की मानसिकता एवं भाव भूमि तैयार होती है तो मानव अपनी सम्पूर्ण शक्तियों को एक दूसरे के श्रृंगार में लगायेगा। राग, द्वेष, मिटकर सर्वत्र दैवी भाव स्थापित हो जायेगा। एक दूसरे के लिए जीना, यह दैवीभाव है। जैसे:

"असुरा स्वेष्ये वास्येषु जुहवाति अन्योन्य स्मिन हवै देवा"

असुर वृति अपने आप में जीने में है और देववृति एक दूसरे के लिए हवन करने अर्थात जीने में है। और यह भाव हिन्दूभाव है हिन्दू दर्शन है। हिन्दू तत्वज्ञान है। अर्थात यही हिन्दुत्व है। आज पुनः इस भाव के प्रतिष्ठा की महती आवश्यकता है।

हमारे मनीषियों ने जीवन को यज्ञ कहा। यहां यज्ञ का अर्थ भी केवल भौतिक अग्नि होत्र तक सीमित नहीं है। हमारा व्यष्टि (व्यक्तिगत), समष्टि, समाज तथा परमेष्ठि (परमात्मा) के प्रति कर्त्तव्य का निस्वार्थ बुद्धि से निर्वहन ही यज्ञ है। यदि सभी मानव अपना कर्त्तव्य ठीक प्रकार से करते रहें तो समस्यायें उत्पन्न नहीं होगी। पर्यावरण के संतुलन हेतु हमें अपने कर्त्तव्यों को इसी परिप्रेक्ष्य में देखना होगा।

इस सनातन धर्म में जीवन का अंतिम लक्ष्य मोक्ष, अनेकों प्रकार (रास्ते) से प्राप्त किया जा सकता है। इस अंतिम लक्ष्य के आधार पर ही हिन्दुत्व (आदर्श जीवन शैली) अनंत विस्तार लिए है। ज्ञानमार्ग, भक्तिमार्ग, कर्ममार्ग में से कोई भी अपनाया जाये सभी का सार एक परमात्मा की प्राप्ति है। यह हिन्दुत्व की ही विशेषता है कि भारत की वर्ण व्यवस्था, परिवार संस्था, यज्ञ, योग, साधना, आश्रम व्यवस्था आदि शेष विश्व के लिए पहेली बने हुए हैं। हिन्दुत्व की हमने उपेक्षा की तो हमारी दुर्गति हो गई।

इस धर्म में, इस हिन्दुत्व में, समाज जीवन के प्रत्येक पक्ष का गहन विचार हुआ। राजनीति कैसी होनी चाहिए इसका विचार हुआ है, न्याय व्यवस्था कैसी हो इस पर मंथन हुआ है। पर्यावरण, श्रम श्रमिक वर्ग अर्थव्यवस्था, देश की सुरक्षा, व्यापार, कला, कृषि, विज्ञान, तकनीकी आदि जीवन के सभी पक्षों पर विस्तृत और विशद् विचार हुआ है। इसलिए यह एक समग्र जीवन पद्धति है और आधुनिक काल की राजनैतिक, सामाजिक, आर्थिक और नैतिक, समस्याओं का हल करने में सक्षम है।

हिन्दू धर्म ही संसार में सबसे प्राचीन धर्म है। यह एक प्रसिद्ध और प्रत्यक्ष सच्चाई है। कोई भी इतिहास वेत्ता आज तक इससे अधिक प्राचीन किसी धर्म ही खोज नहीं कर सके हैं। इससे यही सिद्ध होता है कि हिन्दू धर्म ही सब धर्मों का मूल उद्‌गम स्थान है। सब धर्मों ने किसी न किसी अंश में हिन्दू मां का दुग्धामृत पान किया है। जैसा तुलसीदास

ने कहा है कि "बुध किसान सर वेद निज मते खेत सब सींच" अर्थात वेद एक सरोवर है। (भिन्न भिन्न मतमतांतरो के समर्थक) पंडित रूपी किसान लोग अपने-अपने मत (सम्प्रदाय) रूपी खेत को सींचते रहते हैं।

हिन्दू एक सम्प्रदाय नहीं यह एक विचारधारा है। एक संस्कृति है। एक मानवीय परम्परा है। हिन्दू धर्म का कोई निर्माता नहीं रहा। हिन्दू तो स्वप्रगट पूर्ण विचारधारा है। यह परिवार के उस पिता के समान है। जिसके अनेक पुत्र है और जो स्वयं को विचारों के अनुरूप ढालकर अपना स्वयं का घर बना लेते हैं। पुत्र भी दो प्रकार के होते हैं या देखने को मिलते है। एक वे जो पूर्णता मत भिन्नता रखते हैं और किसी भी प्रकार से अपना सामंजस्य नहीं रख पाते और स्वयं का अस्तित्व अलग ही बना लेते हैं। तथा दूसरे जो सांमजस्य बनाये रखते हैं। अर्थात हिन्दुत्व सब का पिता है। तथा अन्यान्य पंथ सम्प्रदाय इसके पुत्र समान है। छद्म निरपेक्षतावादियों ने हिन्दुत्व की संकीर्ण एवं विकृत व्याख्या कर हिन्दू संस्कृति को अपमानित करने की नीति अपनाई हुई है।

हिन्दू किसी उपासना पद्धति का नाम नहीं है किसी भी सम्प्रदाय के लिए तीन बातें आवश्यक होती है। एक पुस्तक, एक पैगम्बर, एक पूजा की पद्धति, या पूजा का स्थान, इस दृष्टि से विचार करें तो ईसाई एक सम्प्रदाय है। ईसामसीह एक पैगम्बर, बाइबल एक पुस्तक, चर्च एक पूजा का स्थान। ये तीनों बातें ईसाईयत से निकाल दी जायें तो वहां कुछ नहीं बचेगा। इसी प्रकार इस्लाम एक मजहब है। उसमें से पैगम्बर मोहम्मद साहब, कुरानशरीफ, मस्जिद-नमाज ये तीनों बातें निकाल दी जायें तो वहां भी कुछ भी नहीं बचेगा। पर जब हम हिन्दू का विचार करते हैं। तो ध्यान में आता है कि यह कोई सम्प्रदाय नहीं है। यह किसी एक पैगम्बर, एक पुस्तक, एक पूजा पद्धति से बंधा हुआ समाज नहीं है। इस देश के जितने महापुरुष, अवतार हुए है। सब हिन्दू महापुरुष हैं। इस देश के सब ग्रन्थ, वेद, पुराण, उपनिषद से लेकर जैन बौद्ध, सिख,

समाज के सब ग्रन्थ हिन्दू ग्रन्थ हैं। सब पूजा के स्थान हिन्दू पूजा के स्थान हैं। स्वास्तिक, ॐ, पुर्नजन्म, गाय, गंगा, गीता, हिन्दू समाज के सब पंथों को स्वीकार्य हैं इसलिए हिन्दू जब सम्प्रदाय नहीं तो उसे साम्प्रदायिक कहना अपराध है। इस देश के सब पंथ हिन्दू जीवन दर्शन को मानते हैं।

भारत भूमि से बाहर जिन मजहबों का जन्म हुआ उनको भी भारत में पूरी सुरक्षा और सम्मान दिया गया। इस्लाम से पीड़ित पारसी, और ईसाइयत से त्रस्त यहूदी भारत में आये तो उन्हें सम्मान यहां रखा गया। अपने पूजा स्थल बनाने के लिए जमीन दी गई। ईसाइयत और इस्लाम के उदय के साथ ही इनके मजहबी प्रचारकों ने भारत की धरती पर कदम रखा, तो उनको भी पूर्ण सम्मान, और सुरक्षा के साथ अपने मजहब का प्रचार करने की छूट दी गई। यहां की धरती पर मस्जिद और गिरजे बनाने को भूमि दी गई। भारत में मजहबी स्वतंत्रता यहां तक रही है कि प्रत्येक व्यक्ति का एक अलग मजहब होने और तेंतीस कोटि देवी देवता होने की बात मानी गई है। इसके साथ ही कहा गया है कि "सर्व देव नमस्कारम् केशवं प्रतिग्रच्छति" सब देवों की पूजा उस केशव तक पहुंचती है।

हिन्दुत्व में मजहबी सामंजस्य बनाये रखने के लिए एक शाश्वत और अपरिवर्तनीय सिद्धांत दिया गया। "एक सद्विप्रा बहुधा वदन्ति" अर्थात सत्य एक ही है। विद्वान उसे कई प्रकार से बताते हैं यानि व्यक्ति जिस भी पद्धति से ईश्वर की उपासना करे, वही श्रेष्ठ पद्धति है। इसका अर्थ है कि सभी मजहब श्रेष्ठ हैं और प्रत्येक व्यक्ति को अपना मजहब चुनने की पूरा स्वतंत्रता होनी चाहिए। भारत में या हिन्दू समाज जीवन में उपासना पद्धति (मजहब) की यह स्वतंत्रता हजारों वर्षों से है। कालक्रम में अनेकों मजहबों की स्थापना भारत में हुई, दूर न जायें तो सिख, आर्यसमाज, लिंगायत, दादू, निरंकारी, आदि मजहबों का प्रारंभ तो हाल ही की बात है। इसके पूर्व भी शाश्वत, वैष्णव, बौद्ध आदि

सम्प्रदाय भारत में पनपे सभी मजहबों का सम्मान करने की भी हिन्दू परम्परा है।

हिन्दुत्व या हिन्दूवाद ब्राह्मणत्व पर आधारित किसी ईश्वर दर्शन से बहुत आगे की बात है। इसका ध्येय हमेशा परिस्थितियों से सामंजस्य बैठाने का रहा है और इसने अपने में आत्मसात करने की प्रक्रिया हजारों वर्षों से भी ज्यादा समय से जारी रखी है।

हिन्दुत्व या हिन्दूवाद एक सहिष्णु विश्वास है। यही वह सहिष्णुता है। जिसके कारण इस्लाम, ईसाइयत, यहूदीवाद, पारसीवाद, बौद्ध, जैनवाद, बौद्धवाद और सिखवाद ने इस धरती पर शरण और सहयोग प्राप्त किया।

हिन्दुत्व शब्द भारतीयकरण अर्थात देश में सहवर्ती सभी संस्कृतियों के मध्य मतभेदों को मिटाते हुए एक समान संस्कृति का विकास के समानार्थक समझा जाता है। और प्रयोग में लाया जाता है।

वस्तुतः हिन्दुत्व एक सामंजस्यपूर्ण एवं समग्र जीवन पद्धति है। हजारों वर्ष पहले हिन्दू समाज ने सर्वेऽपिसुखिनः संतु अर्थात सम्पूर्ण चराचर जगत को सुखी करने की कल्पना कर इस लक्ष्य की साधना की। इस चर और अचर जगत में मनुष्य के साथ समस्त प्राणि जगत और वनस्पति जगत भी आ जाता है। ये सब सुखी कैसे हों? तथाकथित प्रगत और आधुनिक पश्चिम तो कहता है कि अधिक से अधिक लोगों के अधिक से अधिक सुख Greatest good of greatest numbers का लक्ष्य ही प्राप्त किया जा सकता है। उन्नत और सभ्य पश्चिम के लोग मानते है कि जीवित वही रह सकता है। जो सर्वाधिक सक्षम है। survival of the fittest ऐसे में सभी सुखी कैसे हो सकते हैं।

स्वहित को गौण मानकर परहित का उपदेश हिन्दुत्व के द्वारा हुआ स्व के लिए करना यह तो स्वभाविक है। पर अपने हित को भी भुलाकर दीन दुखियों की सेवा करना यही श्रेष्ठता व बड़प्पन है।

श्लोक - अष्टादश पुराणेषु व्यासस्य वचनद्वयम्।
परोपकाराय पुण्याय पापाय परपीडनम्।।

चौपाई - परहित सरिस धरम नहि भाई।
परपीडा सम नहि अधमाई।।

अपने द्वारा दूसरों का उपकार यह धर्म है। दूसरों को पीड़ा देना यह पाप है नीचता है। यह शरीर परोपकार के लिए ही है। यह प्रतिपादन भारतीय शास्त्रों का, भारतीय, तत्व ज्ञान का, हिन्दुत्व का है।

हिन्दू आस्थाओं में वेद ईश्वरीय देन माने गये हैं। अतः हिन्दू दर्शन, में सिद्धांत विधि भी ईश्वर प्रदत्त मानी गई है। ईश्वरीय ज्ञान होने के कारण धर्म अर्थात विधि अपरिवर्तनीय, अतार्किक, व पवित्र मानी गई है। इस प्रकार ईश्वरीय तत्व और लोकतत्व में अद्भुत सामंजस्य हिन्दू विधि में दिखाई देता है। हिन्दू चितंन का यह पक्ष हिन्दू विधि को विशिष्ट बनाता है और इसे यथा स्थितिवादी होने से बचाता है। इस प्रकार स्पष्ट है। हिन्दू दर्शन में विधि को सर्वोच्च स्थान प्राप्त है। यह माना गया कि धर्म का पालन करने पर ही जगत का कल्याण होगा। हिन्दू ऋषियों के अनुसार विधि का उद्देश्य इस सम्पूर्ण चराचर जगत व ब्रह्माण्ड में व्यवस्था बनाये रखना व सामंजस्य स्थापित करना ही था।

भारतीय (हिन्दू) चिंतन वर्ग संघर्ष को मान्यता नहीं देता। भारतीय मनीषी व ऋषि प्रकृति व समाज में भी संघर्ष के बजाय सर्वत्र समन्वय का दर्शन करते हैं। शुक्र नीति कर्मकारों को उनका वास्तविक अधिकार अर्थात पर्याप्त वेतन पदोन्नति व मानवीय तथा गरिमामय, व्यवहार की जहां चर्चा की गई है। वहीं यह भी कहा गया है कि कर्मचारी को अपने नियोजक के साथ सहयोग करना चाहिए। और नियोजक यदि समस्या ग्रस्त है। तो ऐसी स्थिति में उसे छोड़कर नहीं जाना चाहिए। साथ ही नियोजक को भी निर्देश दिया गया है कि उसे अपने कर्मचारी के हितों की रक्षा हेतु अपने हितों का त्याग करना चाहिए। तभी वह एक आदर्श

संयोजक माना जायेगा। इस प्रकार हम देखते हैं कि प्राचीन भारतीय चिंतन में संयोजक-कर्मकार संबंधों पर पर्याप्त विचार किया गया है। उस चिंतन की आज भी अत्यधिक प्रासंगिकता है।

हिन्दू समाज के पास हिन्दुत्व के रूप में विश्व का कल्याण करने वाली एक धरोहर है। परन्तु जिस जीवन पद्धति को अपनाकर सम्पूर्ण मानव जगत सुखी हो सकता है। उस पद्धति से पहले भारत का सुखी होना आवश्यक है। हिन्दुत्व में भारत को उन्नत और सुखी बनाने की अद्‍भुत शक्ति है। इस जीवन शैली से ऊर्जावान् और सामर्थ्य सम्पन्न भारत जब दुनिया के सामने खड़ा होगा तभी शेष मानव जगत भी इस पद्धति को अंगीकार करने को तैयार होगा। *"कृण्वन्तो विश्वमार्यम्"* की यात्रा दुनिया को श्रेष्ठ बनाने की यात्रा, भारत को श्रेष्ठ बनाने से ही प्रारंभ होगी। इसीलिए हिन्दुत्व पर इतना जोर है और इसीलिए यह देश का वैचारिक केन्द्र बिन्दु बन गया है।

मनुष्य की मूल प्रकृति को समझ कर "पंथ अनेक-गंतव्य एक" तथा "मार्ग अनेक लक्ष्य एक" की भावना के कारण अनेक मत पंथ, सम्प्रदाय फले फूले। सर्वपंथ समादर का उदात्त विचार ही हिन्दुत्व का परिचायक है। हिन्दुत्व ही भारत की आत्मा है। अर्थात राष्ट्र धर्म है। संसार भारतीय (हिन्दू) समाज एक उन्नत समाज के नाते पहिचाना जाता है तो इसके मूल में हिन्दुत्व ही है। आज लोकतंत्र, समाजवाद, पंथनिरपेक्षता जैसे मन को अच्छे लगने वाले शब्द इस देश में तभी तक अस्तित्व में है। जब तक इस भारत देश का संबंध हिन्दुत्व से है।

हिन्दू जीवन दर्शन के अनुसार प्रकृति को परमेश्वर का रूप माना गया है। वनस्पतियां भी प्राणवान हैं। इन्हें अकारण कष्ट पहुंचाना या तोड़ लेना वर्जित किया गया किसी पेड़ को काटना पुत्र हत्या के जैसा पाप बताया गया। इसलिए भारत में पहले कभी पर्यावरण की समस्या उत्पन्न नहीं हुई। प्रकृति से खिलवाड़ या उपेक्षा विनाश का कारण बनेगी। देश की धरती को विष्णु पत्नी कहा गया है। साथ ही वीर भोग्या वसुन्धरा

भी कहा है। अर्थात अकर्मण्यता, निष्क्रियता, भारतीय संस्कृति में अपेक्षित नहीं है किन्तु अतिभौतिकता की ओर मनुष्य उन्मुख न हो इसलिए *"ईशावास्यमिदं सर्व यत्किंचित जगत्यां जगत"* भी कहा है।

हिन्दू जीवन पद्धति में जलाशय, नदी, तालाब, कूप, झरने आदि के निकट मलमूत्र विसर्जन करना निषिद्ध रहता है। कम से कम सौ गज दूर करने को कहा है। ताकि हवा, वर्षा या अन्यान्य कारणों से भी ये पदार्थ तथा प्रदूषण दृव्य जलाशय में न पहुंच सकें। नदियों के प्रति पवित्र भाव श्रद्धा एवं मोक्षदायी भावना, उनके श्रेष्ठ गुणों की रक्षा की प्रेरणा भक्ति भावना के कारण सहज उत्पन्न होती है। गंगा का जल कभी खराब नहीं होता तथा उसका कीटाणुनाशक गुण तो विलक्षण है। अन्य पवित्र नदियों का जल भी वर्षभर खराब नहीं होता। बल्कि विश्व की अनेक नदियों का जल नदी से निकलने के १० मिनट बाद खराब हो जाता है।

हम पृथ्वी पर रहते हैं। पृथ्वी, जल, वायु आदि को श्वास, मलमूत्र आदि से प्रदूषित करते है। उसे ठीक करने का पहला उपाय है। परमपिता द्वारा प्रदत्त इन सभी सुविधाओं का त्यागपूर्वक उपभोग करना। यहां उपलब्ध सभी वस्तुएं परमेश्वर ने समस्त जीव धारियों (पशु पक्षी) के उपयोगार्थ बनाई है।

आज इसी प्रकार के प्रदूषण रोकने तथा पर्यावरण को शुद्ध पवित्र एवं लोक कल्याणकारी बनाने के लिए भारतीय चिंतन धारा तथा तथ्यों का प्रचार आवश्यक है। उसकी पुनः प्रतिष्ठा करना चाहिए। श्रद्धा की भावना के साथ आधुनिक वैज्ञानिक तथ्य भी बतायें जायें। लोक कल्याणकारी योजनाओं में भवन, सड़क बनाने के साथ-साथ नदी, तालाब की शुद्धता, घाटों की स्वच्छता को प्राथमिकता देना चाहिए। अपनी संशयास्पद स्थिति को तोड़कर संकल्प शक्ति से खड़े होकर स्थूल, सूक्ष्म, पर्यावरण प्रदूषण ही नहीं भावनात्मक वैचारिक प्रदूषण को भी समाप्त करने के लिए कहें। (वयं राष्ट्र जागृयाम)

आर्य विचार, आर्य अनुशासन, आर्यचरित्र, आर्य जीवन को पुनः प्राप्त करो। वेदांत गीता और योग को फिर से प्राप्त करो। उन्हें केवल बुद्धि या भावना से ही नहीं अपितु जीवन में उतारकर पुनः जीवित कर दो। उन्हें जीवन में लाओ। और तुम महान दृढ़ शक्तिशाली, अजेय तथा निर्भय हो जाओगे। तब तुम्हें न तो जीवन भयभीत कर सकेगा न मृत्यु। कठिन और असंभव शब्द तुम्हारे शब्द कोषों से विलुप्त हो जायेंगे। और तुम्हें सब कुछ आ मिलेगा।

अब संसार में इस पर मंथन हो रहा है कि कौन सी व्यवस्था हो सकती है। जिसमें व्यक्ति और समाज दोनों ही प्रसन्न रह सकते हैं। हिन्दू जीवन दर्शन इस मंथन का उत्तर है। यहां व्यक्ति को पूर्ण स्वतंत्रता है। भारत में व्यक्ति को जितनी स्वतंत्रता रही है। उतनी किसी अन्य समाज या व्यवस्था में कभी नहीं रही। पश्चिम वैचारिक उदारता की छलांग लगाकर भी "जिओ और जीने दो" तक ही पहुंच पाया। भारत में कहा गया कि हमें एक दूसरे के लिए जीना है। व्यक्ति को असीमित स्वातंत्र्य देकर उसे समाज के प्रति कर्त्तव्य बोध से बांध दिया गया। कहा गया कि समाज परिवार का और परिवार व्यक्ति का परिवर्तित रूप है। इनके हितों में कोई टकराव नहीं है। और यदि कोई टकराव हो भी जाये तो एक और शाश्वत सिद्धांत *"त्यजेदेकं कुलस्यार्थे, ग्रामस्यार्थे कुलं त्यजेत, ग्रामम् जनपदस्यार्थे आत्मार्थे पृथिवीं त्यजेत"* के आधार पर इसका हल निकाला जाये। यदि राष्ट्र का हित सामने हो, तो जनपद का हित, जनपद के लिए ग्राम का, ग्राम के लिए परिवार का और परिवार के लिए, व्यक्ति का हित त्याग देना चाहिए।

सामंजस्य स्थापित करने के लिए व्यक्ति के सामने लक्ष्य भी रख दिया कि *"कामये दुःख तप्तानां प्राणिनाम आर्त नाशनम्"* कष्टों से तप्त प्राणियों के कष्ट दूर करता रहूँ। यही मेरी कामना या लक्ष्य है। यह एक और सनातन सिद्धांत है। इसी त्याग और सेवा को प्रमुखता देने के लिए आश्रम व्यवस्था की आचार संहिता बनाई गई। ताकि प्रत्येक व्यक्ति

जीवन का आधा भाग तो वानप्रस्थी और सन्यासी के रूप में समाज की सेवा में लगाये ही। गृहस्थ रहते हुए भी किस तरह समाज के हित में काम करना है। इसकी भी आचार संहिता बनाई गई। इन नियमों को पाप और पुण्य से जोड़ा गया। *"आत्मवत् सर्वभूतेषू"* का एक और सनातन सिद्धांत प्रस्तुत किया। व्यक्ति में इतना दायित्व बोध उत्पन्न किया गया कि व्यक्ति और समाज परस्पर पूरक और एक दूसरे के उत्थान कर्त्ता बन गये। और समाज जीवन में जहां कहीं दीनता, दुर्बलता दिखी उसे नारायण सेवा, प्रभु सेवा, मानकर दूर करने हेतु जुटना आश्रमों का कर्त्तव्य बन गया। यही हिन्दू दर्शन, चिंतन, परम्परा, एवं हिन्दुत्व की पराकाष्ठा है और आगे यहां तक कहा गया कि केवल तभी तुम हिन्दू कहलाने योग्य होगे जब हिन्दू शब्द को सुनते ही हृदय में बिजली दौड़ने लग जायेगी। केवल तभी तुम सच्चे हिन्दू कहला सकोगे जब तुम किसी भी प्रांत के कोई भी भाषा बोलने वाले प्रत्येक हिन्दू नाम के व्यक्ति को एकदम सगा और स्नेही समझने लगोगे। केवल तभी तुम सच्चे हिन्दू माने जाओगे जब किसी भी हिन्दू कहलाने वाले का दुख तुम्हारे हृदय में तीर की तरह आकर चुभेगा। मानो तुम्हारा पुत्र ही विपत्ति में पड़ गया हो। केवल तभी तुम यथार्थ हिन्दू नाम के होगे जब तुम उनके लिए समस्त अत्याचार और उत्पीड़न सहने के लिए तैयार होगे।

दूसरा उदाहरण व्यक्ति समाज और प्रकृति के संबंधों को है। विश्व की अन्य विचारधारायें प्रकृति के असीमित उपभोग में विश्वास करती है। अर्थात प्रकृति का अनियंत्रित शोषण, अशांति, कष्ट और संघर्ष का जनक है। जबकि हिन्दू जीवन दर्शन में प्रकृति को ज्ञानरूप मानकर उसके मर्यादित दोहन पर जोर दिया। इसके लिए शाश्वत सिद्धांत बताया गया।

श्लोक - ईशावास्यमिदम् सर्वम् यत्किचंजगत्याम जगत्।
तेन त्येक्तेन भुञ्जीथाः मागृधः कस्यास्विद्धनम्।।

यह सार जगत ईश्वरमय है। सभी में ईश्वर का वास है। अतः त्याग के बाद उपभोग करना चाहिए किसी के धन की इच्छा नहीं करनी

चाहिए। अतः आवश्यक एवं न्यूनतम उपभोग और प्रकृति को मां मानकर उसका मर्यादित उपयोग ही सामंजस्य पूर्ण व्यवस्था है।

ये कुछ उदाहरण हैं कि किस तरह हिन्दू जीवनशैली में व्यक्ति समाज (राष्ट्र) प्रकृति और ईश्वर में सामंजस्य स्थापित किया गया और किस तरह तथाकथित आधुनिक विचारधारायें इसमें असफल रहीं। इसी धर्म आधारित, हिन्दुत्व आधारित जीवन रचना के कारण हिन्दू समाज चिरंजीवी बना हुआ है। जब भी धर्म का सूत्र कमजोर हुआ। भारत में भी अशांति और संघर्ष उत्पन्न हुए किन्तु कोई न कोई महापुरुष ऐसे समय में धर्म की पुनःप्रतिष्ठा के लिए अवतरित हो गया। जब भी धर्म की ग्लानि हुई कोई न कोई श्रेष्ठ महापुरुष धर्म की व्यवस्था करने के लिए उपस्थित हो गया।

भारत का हिन्दुत्व सामाजिक व्यवस्था की एक जीवन पद्धति है। जीवन जीने का एक ऐसा तरीका है। जिसमें प्रेम मानवता एवं सभी पंथों के प्रति सहिष्णुता होती है। इस जीवन पद्धति में व्यक्ति पूर्ण स्वतंत्र रहकर स्वयं की आस्था एवं भावना के अनुरूप कर्त्तव्यों का पालन कर बहुजनहिताय की ओर अग्रसर होता है। हिन्दुत्व जीवन शैली सनातन है। भारत में अभी तक इसका अस्तित्व, प्रकार मौजूद है। यह जीवन पद्धति भारत में ही प्रकटी, विकसित हुई एवं इसका अस्तित्व जन-जन में समाया है। अतः हिन्दुत्व भारत का अभिन्न अंग है।

हिन्दुत्व का प्रकटीकरण सूत्रों और मूल्यों से होता है। उन सूत्रों और मूल्यों को संस्कारों से जागृत व ढाला जाना है। भारत में संस्कारों की लम्बी परम्परा रही है। मानव संस्कार का पुतला एवं परिणाम है। *"जन्मना जायते शूद्रो संस्कारात् द्विज उच्यते"* संस्कारों के कारण मनुष्य के अवस्था में विद्यमान सद्‌भावों को उद्‌घटित किया जाता है। मनुष्य की श्रेष्ठता का रहस्य उसके संस्कार ही हैं।

मनुष्य योनि प्राप्त होने पर भगवान की ओर से कर्म करने का स्वातंत्र्य है। जो जैसा कर्म करेगा, उसे वैसा फल प्राप्त होगा।

"कर्म प्रधान विश्व करि राखा", "जो जस करही सो तस फल चाखा" कर्मों के कारण जन्म-मरण का यह चक्र अनंत काल तक चल सकता है।

श्लोक - पुनरपि जननं पुनरपि मरणं पुनरपि जननी जठरे शयनम्।
इह संसारे खलुदुस्तारे कृपयाऽपारे याहि मुरारे।।
(आदिशंकर)

भारतीय जीवन दृष्टि का भवन अद्वैत वेदांत की एकात्मता के अधिष्ठान पर खड़ा है। भारतीय अद्वैत ज्ञान की खोज का अंतिम सोपान है। एक परम चेतन सत्ता ही अखिल ब्रह्माण्ड की उत्पति का कारण तत्व है। सृष्टि उसकी इच्छा का परिणाम है। सृष्टि का उदय-विलय दोनों उसी में है। जड़चेतन केवल नाम भेद भर है। इसी भाव से भारतीय सम्पूर्ण वसुधा को एक नीड़ एक कुटुंब मानता है। यह बहुसंख्य या अल्पसंख्य हित की बात न कर (सर्वे भवन्तु सुखिनः) का विचार लेकर चला है। सर्व ही उसकी एकात्मता का विस्तार है। एकात्म मानव दर्शन में मानव-मानव के बीच न तो विभेद की कल्पना शेष रहती है। न शोषण की, तब सृष्टि ही एक परिवार लगने लगती है। न वहां कोई श्रेष्ठ न कोई निकृष्ट। सब एक अभिन्न और एकात्म हैं। जहां एकात्मता का भाव है वहां दया, ममता, करुणा, सहानुभूति परोपकार, दान, त्याग जैसे नैतिक भाव सहज उद्भूत हो आते हैं। वहां शोषण वंचना जैसे दुर्भाव जन्म ही नहीं लेते। यही हिन्दुत्व का वैशिष्ट्य है। यही एकात्म मानव दर्शन की विशुद्ध परिकल्पना है। भारतीय विचार ने इसीलिए दण्ड से अधिक संस्कार को महत्व दिया है। इसे हम हृदय परिवर्तन कह सकते हैं। हिन्दुत्व में एकात्म मानव दर्शन है। अतः वैचारिक धरातल पर एकात्म मानव दर्शन तथा हिन्दुत्व "एक" और "अभिन्न" है।

विश्व मानव यह ईश्वर की अनुपम कृति है। सम्पूर्ण सृष्टि का सृष्टा प्रभु एक ही है। तत्वतः सभी अभेद हैं।

भारत *"कृण्वन्तो विश्वमार्यम्"* के द्वारा सम्पूर्ण जगत में श्रेष्ठ मानव को स्थापित करना चाहता है। ऐसा मानव जो गुणवान संवेदनशील व निष्कामी है। इन गुणों के बिना कोई श्रेष्ठता को प्राप्त नहीं हो सकता है। यह सामर्थ्य तो हिन्दुत्व या हिन्दू दर्शन में ही है।

हिन्दू समाज एक जीवन सत्य है। जिसे हम सब रक्त की बूंद-बूंद में अनुभव करते हैं। यद्यपि हम उसकी परिभाषा नहीं कर सकते फिर भी हमें उसके उन विशिष्ट लक्षणों को समझ सकना चाहिए और अवश्य समझने का प्रयत्न करना चाहिए। जो हिन्दुओं को एक विशिष्ट समाज के रूप में व्यक्त करते हैं।

आध्यात्म हमारा जीवन प्राण है। पर उस जीवन प्राण की रक्षा के लिए स्वस्थ सुहृद तन भी तो चाहिए इस मूलमंत्र की हिन्दुत्व के समग्र चितंन की विराट स्वरूप की अतीत में हमने जब-जब उपेक्षा अवहेलना की है। तब-तब हमने दुष्परिणाम भुगते हैं यह इतिहास का सबक है।

हिन्दुत्व की इसी समग्रता का ध्यान करेंगे तो हम जान पायेंगे कि शान्त, सौम्य और उदार हिन्दुत्व को, कठोर-कठिन-उग्र हिन्दुत्व को अलग करके देखने या यूं कहे कि तथाकथित कठोर कठिन उग्र हिन्दुत्व को शान्त-सौम्य उदार हिन्दुत्व से अलग करके देखने का प्रयास हिन्दू जीवन-हिन्दू मानस, हिन्दू सामाजिकता और हिन्दू धर्म को देखने का प्रयास है। उपनिषदों के इस देश में यदि गीता को सब उपनिषदों का सार माना जाता है। रामायण यदि इस राष्ट्र का सर्वाधिक संपूज्य धर्म ग्रन्थ है। तो इसलिए कि इन ग्रन्थों में कृष्ण की वंशी के साथ चक्र सुदर्शन भी है। राम मातृ-पितृ-गुरु भक्ति के साथ उनका धनुष भी है। और यह चक्र यह धनुष शरीर पर आभूषणों की तरह धारण करने के लिए नहीं है।

भारतीय मानस में सहस्त्राब्दियों से रमे हुए राम की बात जब नारद जी ने महर्षि वाल्मीकि को सुनायी तो उनके गुणों का उल्लेख करते हुए

उन्होंने कहा था कि राम सौम्य है, शांत है। सत्य उनका पराक्रम है, क्रोध उन्हें नहीं आता, पर जब उन्हें क्रोध आ जाये तो वह क्रोध कालाग्नि जैसा होता है। वाल्मीकि ने ही लिखा है कि रावण की सभा में हनुमान जी ने श्री राम और लक्ष्मण का उल्लेख करते हुए कहा था कि देवताओं और असुरों में कोई ऐसा नहीं है। तो श्री राम के क्रोध करने पर और लक्ष्मण के धनुष से छूटे बाण के सामने ठहर सके। तो जिस श्री राम को हम सौम्य, शांत मर्यादा महामानव के रूप में जानते हैं। उन्हीं की पूजा हम इसलिए करते हैं कि उनका जन्म अन्याय और अधर्म का नाश करने के लिए होता है। ऐसा ही विभिन्न रसों से ओत प्रोत विराट हिन्दू जीवन है। आध्यात्मिकता हिन्दू जीवन का स्वत्व है। पर हिन्दू जीवन को केवल उसके आध्यात्मिक परिप्रेक्ष्य में ही देखेंगे तो यह एकांगी दृष्टि होगी। इस आध्यात्मिक चिंतन को असंख्य वर्षों के अंतराल में अक्षुण्य बनाये रखने में यदि शास्त्रों का योगदान रहा है तो आवश्यकता पड़ने पर शस्त्रों का आश्रय लेने पर भी इंकार नहीं किया गया।

सच तो यह है कि जब हम अर्जुन बनकर युद्ध से विमुख हो बैठे तब योगेश्वर श्री कृष्ण ने ही हम से कहा था कि उठो, यदि यश लाभ चाहते हो तो युद्ध करो। सच यह भी है कि हमारी जिस अवतार परंपरा में वामन और बुद्ध हैं उसी में नृसिंह और परशुराम भी हैं तथा जिस कृतज्ञता से यह स्वतंत्र राष्ट्र महाराणा प्रताप, शिवा, गोविन्द सिंह आदि बलिदानियों को स्मरण करता है। उसी कृतज्ञता से सम्राट अशोक, गोखले, गांधी को स्मरण करता है एवं उनसे भी पूर्व उग्र एवं सौम्य दोनों ही आत्म बलिदानियों को प्रणाम करता है।

हमने जब-जब इस समग्र चिंतन के प्रति उदासीनता बरती है। तब-तब हमारा समाज दुर्बल हुआ है। पराधीन हुआ है। ऐसे में चाणक्य को चन्द्रगुप्त तथा समर्थ गुरु रामदास को शिवाजी को निर्माण करना पड़ा है। अशोक हमारे महान इतिहास पुरुष हैं। पर भारत के स्वर्णयुग

का जिक्र आयेगा तो विक्रमादित्य, चन्द्रगुप्त और समुद्रगुप्त ही हमारी अस्मिता के प्रतीक के रूप में स्मरण आयेंगे। सौम्य, शुभ्र, वस्त्रावृता, सरस्वती की पूजा हम जिस श्रद्धा से करते हैं। उसी श्रद्धा से लक्ष्मी और महिषासुर मर्दिनी को भी प्रणाम करते हैं। गुरुनानक की प्रार्थनामयी वाणी हो या गुरु गोविन्द सिंह की तेजस्विनी कविता दोनों ही हमारे लिए प्रेरणा का स्रोत हैं। हमारी कविता में सूर और मीरा ही नहीं भूषण को भी आदर का स्थान प्राप्त है।

राष्ट्र को अभ्युदय और निःश्रेयस दोनों की जरूरत होती है। और उसके लिए तपस्वियों और संतों की, पंडितों और विद्वानों की, उद्योगपतियों और व्यवसायियों की, शस्त्रधारियों और रक्षकों की, कर्मचारियों और सेवा समर्पित व्यक्तियों की सबकी जरूरत होती है और यह जरूरत राष्ट्र की परिस्थितियों के अनुकूल किसी क्षेत्र में कभी कम, किसी क्षेत्र में कभी ज्यादा, घटती-बढ़ती भी रहती है। यह समग्र चिंतन हिन्दुत्व को परिभाषित करता है।

यह सच है कि हिन्दू चिंतन, हिन्दू संस्कृति, आध्यात्मिक प्राण, आध्यात्म मूलक हैं। वेदों, उपनिषदों से लेकर विवेकानंद तक हमारी विचारधारा आध्यात्मिकता से अनुप्राणित है। और स्वामी विवेकानंद जी ने कहा भी था कि जब तक यह आध्यात्मिकता हिन्दू मानस में बसी हुई हैं। तब तक हिन्दू जाति अमर्त्य है। पर उतना ही महत्वपूर्ण सच यह भी है कि जीवन के जितने अन्य पहलू हैं। उन सबसे भी हमारे मनीषी कभी बेखबर नहीं रहे। जिस प्रकार आत्मा के अस्तित्व की अभिव्यक्ति के लिए शरीर का होना आवश्यक है। उसी प्रकार हिन्दू आध्यात्मिकता की अभिव्यक्ति उसके भौतिक कलेवर के द्वारा होती है। तथा इस कलेवर में उन सभी तत्वों का समावेश है, जो किसी समाज, किसी जाति को, साकार रूप में देखने के लिए अनिवार्य होती है।

भारतीय राष्ट्र जीवन का मूल हिन्दुत्व है। राष्ट्रीय चिति का कोई उपयुक्त नाम हो सकता है। तो वह हिन्दुत्व ही है। इस राष्ट्र की

राष्ट्रीयता का नामकरण भी हिन्दुत्व से ही हुआ है। हिन्दुत्व से ही भारतीयता का दर्शन होता है। देश के सम्पूर्ण वाङमय को यदि एक ही नाम देना हो तो वह हिन्दुत्व ही है। उस देश की सम्पूर्ण ऊर्जा इस (हिन्दुत्व) राष्ट्र में निहित है। भारत का प्राण एवं उसकी गति प्रगति का रहस्य हिन्दुत्व ही है। हिन्दुत्व ही इसकी पहचान और जान है। हिन्दुत्व का विस्मरण भारत के पतन का कारण है। हिन्दुत्व से भटक कर भारत औधेंमुह गिरने के अलावा कुछ भी नहीं कर सकता है। आज देश, समाज में जो विकार, विकृत का रोग वृद्धिगत होता दिखाई दे रहा है। इसका कारण अपने स्वत्व का विस्मरण ही है। कोई भी राष्ट्र स्वत्व को भुलाकर सामाजिक अवस्था में नहीं रह सकता है। आज जो सन्निपात जैसी अवस्था दिखाई देती है। वह सब आत्म विस्मरण का ही परिणाम है। विडम्बना है कि हिन्दू ही हिन्दुत्व की दुर्दशा कर रहा है। दुर्भाग्य से इसे शत्रु-मित्र का बोध नहीं है। यह समाज स्व को संकुचित करते हुए नकार रहा है और पर की स्वीकृति देते हुए उसे गले लगाकर महिमामंडित कर रहा है। यह समाज इस समय अपने को जानने को तैयार नहीं है। बल्कि अपनी हर चीज को कोसने में लगा हुआ है। स्वयं ही स्वयं को नष्ट करने का खेल खेल रहा है।

यदि तुम देश की भलाई करना चाहते हो तो तुम में से प्रत्येक को आत्म बलिदानी बनना होगा। तुम्हें अपने देशवासियों में भले ही हजारों दोष दिखाई दें, पर तुम उनकी रग-रग में बहने वाले हिन्दू रक्त की ओर ध्यान दो तुम्हें पहले अपने स्वजातीय या नर रूप देवताओं की पूजा करनी होगी भले ही वे तुम्हारी बुराई के लिए लाख चेष्टा किया करें इनमें से प्रत्येक व्यक्ति यदि तुम पर शाप और निंदा की बौछार करें तो भी तुम इनके प्रति प्रेम पूर्ण वाणी का ही प्रयोग करो। यदि ये तुम्हें त्याग दे, पैरों से ठुकरा दें, तो तुम उसी वीर केसरी आत्म बलिदानी की भांति समाज से दूर जाकर नीरव भाव से मौत की राह देखो जो ऐसा कर सकता है। वही सच्चा हिन्दू है। और जो ऐसा करने की संस्कारों की पद्धति हो वही हिन्दू पद्धति है। अर्थात हिन्दुत्व है।

यह वही भूमि है जो पवित्र आर्यावर्त में पवित्रतम मानी जाती है। यह वही ब्रह्मावर्त है। जिसका उल्लेख हमारे महर्षि मनु ने किया है। यह वही भूमि है। जहां से उसकी वेगवती नदनदियों के समान आध्यात्मिक महत्वाकांक्षा में उत्पन्न हुई और धीरे-धीरे एक धारा में सम्मिलित होकर शक्ति सम्पन्न हुई और अंत में संसार की चारों दिशाओं में फैल गयी। तथा वज्र गंभीर ध्वनि से उन्होंने अपनी महान शक्ति की घोषणा समस्त जगत में कर दी। यह वीर भूमि है जिसे भारत पर चढ़ाई करने वाले शत्रुओं के सभी आक्रमणों तथा अतिक्रमणों का आघात सबसे पहले सहना पड़ा था आर्यावर्त में घुसने वाली बाहरी बर्बर जातियों के प्रत्येक हमले का समाना इसी वीर भूमि को अपनी छाती खोलकर करना पड़ा था यह वही भूमि है जिसने इतनी आपत्तियां झेलने के बाद भी अब तक अपने गौरव और शक्ति को एक दम नही खोया है। इसका मूल कारण भी हिन्दुत्व की गहरी जड़ें ही है। जो सब कुछ करने/ सहने के लिए विवश करता है।

व्यक्तिशः शुद्ध चारित्र्य, धर्मनिष्ठा, स्वत्वाभिमान, सम्पन्नता, व तदनुरूप कर्त्तव्यरत के साथ ही समाज निष्ठा से प्रेरित संगठित शक्ति की प्रस्थापना, साथ ही चरित्र सम्पन्न नीतिमान, समाजाभिमुख व्यक्तियों का निर्माण कर ऐसे व्यक्तियों को एक सूत्र में गूंथकर समाज को अभेद्य, अजेय, सामर्थ्य से युक्त करना ही हिन्दू तत्व ज्ञान, दर्शन, चिंतन, परंपरा एवं वास्तविक एवं मौलिक हिन्दुत्व है।

यह भावात्मक दृढ़ विश्वास है कि यह हमारा हिन्दू राष्ट्र है, यह हमारा धर्म है, यह हमारा दर्शन है। इसके अनुरूप हमें जीना है और जिसका हमें अन्य राष्ट्रों के अनुसरण के लिए एक प्रतिमान स्थापित करना है। हां, हिन्दू के उस पुनर्संगठित समाज के लिए यही ठोस आधार होना चाहिए।

६

सदाचार

सत् आचार-सदाचार (सन् चासौ आचार:) इस विग्रह वाक्य के अनुसार सदाचार का अर्थ है। उत्तम आचरण या अच्छा व्यवहार। स्मृतिकार हारीत ने सदाचार या शील के तेरह भेद बतलाये हैं। "ब्रह्मण्यता, देवा, पितृभक्ति, सौम्यता, अपरोपिता, अनुसूयता, मृदुता, अपारुष्य, मैत्री, मधुर-भाषण, कृतज्ञता, शरण्यता, कारुण्य, प्रशान्ति", इन भेदों में युक्त शीलाचार का महत्व शास्त्रों में वर्णित है।

सत् और आचार के योग से सदाचार शब्द निष्पन्न होता है। आचार शब्द का अर्थ है। व्यवहार-चारित्र। आचार व्यक्ति की कसौटी है। उसकी पहिचान है। आचार का स्रोत है विचार, किन्तु विचार सब समय लक्ष्य में नहीं आता। इसलिए किसी का आचरण या आचार ही स्पष्ट कर देता है कि वह कैसा व्यक्ति है। आचार ही किसी को असुर बनाता है किसी को देव, किसी को अधम, किसी को उत्तम।

सत् वही है। जो नित्य है। निरन्तर है। जो असत् का, अनित्य का, अथवा क्षण-क्षण परिवर्तनशील इंद्रिय गोचर दृश्य का परमाश्रय है। उसे ही परमात्मा कहते हैं। वही आनंदमय है। परम शान्तिमय सर्वशक्तिमान है। वह सत् परमात्मा उत्पति, विनाश तथा परिवर्तन से रहित अखण्ड अनंत परम तत्व है। उस सत् परमात्मा को ध्यान, ज्ञान में रखते हुए जो

आचरण मनुष्य द्वारा आचरित होता है, उसे ही श्रुति, स्मृति में सदाचार ही कहा गया है। सदाचार की पूर्णता में शाश्वत शांति एवं अखण्ड आनंद की अनुभूति है।

सदाचार शब्द से ऋषि, मुनि, देवता एवं मनुष्यों के सत् आचरणों का समुदाय ही अभीष्ट है। दूसरे शब्दों में धर्मानुकूल शारीरिक मानस बौद्ध, एवं आत्मीय क्रियाकलाप को सदाचार कहते हैं। अर्थात प्रात: काल से लेकर रात्रि सोने तक जिन शारीरिक, मानस बौद्ध एवं आत्मीय चेष्टाओं के करने से शरीर, मन, बुद्धि और आत्मा की यथार्थ उन्नति हो सकती है। उनका नाम सदाचार है।

रागद्वेषादि से शून्य महापुरुष ही सत् या संत है। आचार के संबंध में इतना ही कहा जा सकता है कि बिना किसी विशेषण के भी आचार शब्द अच्छे आचरण के लिए ही व्यवहार में आता है। जैसे *"आचार परमोधर्म"*, आदि में है। आचार की शिक्षा देने वालों को आचार्य कहा जाता है। *"आचारहीनं न पुनन्ति वेदां"* आदि केवल आचार शब्द से स्मृतियों में प्रतिपादित आचरण का ही ग्रहण होता है। शास्त्र प्रतिपादित व्यवहार आचार है और परम्पराओं के रूप में चला जाने वाला श्रेष्ठ व्यवहार, सदाचार है।

सदाचार एक विशिष्ट गुण है, जिसमें दैवी सम्पति, अभय, सत्व, संशुद्धि, ज्ञान, योग व्यवस्थित इत्यादि सभी गुणों का समावेश है। लोक मंगल की कामना, जियो और जीने दो की भावना और सह अस्तित्व की साधना, शील का स्वरूप है।

सदाचार वह स्नेहयुक्त दीपक है। जो मानव को घने अंधकार से निकाल असभ्यता के पंक से खींचकर बर्बरता की सीमा का अतिक्रमण कराकर संतों की कोटि में ला बैठाता है। यह मनुष्य को ऊंचा उठाता है। नर से नारायण बनाता है। अर्थात आचार ही सर्वोत्तम धर्म है। आचार ही सर्वोत्तम तप है, आचार ही सर्वोत्तम ज्ञान है। यदि आचार का पालन

हो तो असाध्य क्या है। शास्त्रों में आचार का ही सर्वप्रथम उपदेश हुआ है। धर्म भी आचार से उत्पन्न है। आचार ही धर्म का माता-पिता है। और एकमात्र ईश्वर ही धर्म का स्वामी है। इस प्रकार आचार स्वयं ही परमेश्वर सिद्ध है।

जब सदाचार प्रकाश की ओर अग्रसर कराता है, तब वह अमरत्व की ओर ले चलता है। देवत्व के पथ की ओर आगे बढ़ता है। अभ्युदय और निःश्रेयस प्रदान करता है। सुख, शांति, सम्पन्नता देता है। मोक्ष का कारण होता है और भव बंधन से मुक्त कराता है। सदाचार से मात्र सदाचारी व्यक्ति का ही कल्याण नहीं होता है। अपितु उसके परिवार प्रतिवेश का गांव का, समाज का, राष्ट्र का और मानव मात्र का कल्याण होता है किसी राष्ट्र की वास्तविक शक्ति उसके अस्त्र शस्त्रों में नहीं बल्कि उसके सदाचारी नागरिकों में सन्निहित है।

सदाचार आत्मोत्थान का मूल कारण है। जिस साधन से इस लोक में उन्नति और परलोक में कल्याण या मोक्ष की उपलब्धि है वही धर्म या सदाचारी है। जो मनुष्य अपने सुरा आनंद से प्रसन्न नहीं होता दूसरे के दुख को देखकर हर्षित नहीं होता है। वरन दुखी होता है। दान देकर पश्चाताप नहीं करता, वह सज्जनों में सदाचारी कहलाता है। और सदाचार की कसौटी पर जो मनुष्य खरा उतरता वस्तुतः वही सत्पुरुष है। और वही महात्मा है। सदाचार से सत्पुरुष की पहिचान होती है। अर्थात श्रुत, शीलयुक्त सदाचार निकष पर मानव का खरा उतरना है। उसकी आदर्शोन्मुखता है, और सदाचार के फलस्वरूप मनुष्य ईश्वर का प्रिय भाजन बन जाता है।

सदाचार व्यक्ति समाज और राष्ट्र के अभ्युदय का मूल स्रोत है। यदि समाज में सदाचार अप्रतिष्ठित हो जाता है। तो राष्ट्र में कदाचार संभवता बढ़ जाता है। सदाचार का परिणाम परस्पर विश्वास, सोमनस्य सुख और शांति है। शास्त्रों के अनुसार सज्जनों के आचार का नाम सदाचार है।

अर्थात जिन आचरणों के करने पर आत्मा, मन, वाणी, तथा शरीर को सुंसस्कृत कर सत्चित् आनंद रूप परमात्मा की उपलब्धि की ओर उन्मुख कर असत् रूप जगत के राग, द्वेष, कलह आदि असुर भावों से विमुक्त होकर प्राणी अभ्युदय तथा शांतिमय वातावरण का निर्माण करता है, कर सकता है। वे कर्म, आचरण व्यापार सदाचार हैं।

वस्तुतः सदाचार एक व्यापक और सार्वभौमित्व है। देश काल की सीमायें इसे न तो विभक्त कर सकती हैं, और न इसकी मौलिकता को नकार सकती हैं। जिस प्रकार सूर्य का प्रकाश सबके लिए है। उसी प्रकार सदाचार के मूलभूत तत्व मानवमात्र के लिए उपयोगी है। कुछ व्यक्ति अपने राष्ट्र, कुल या परम्परागत आचार को विशेष महत्व देते हैं किन्तु यह "स्व-पर" का व्यामोह है। जो कुछ भी मैं कर रहा हूँ। वही सदाचार है। इस धारणा की अपेक्षा व्यक्ति को ऐसी धारणा सुदृढ़ करनी चाहिए कि जो सत् आचरण है, वह मेरे लिए करणीय है। सदाचारी व्यक्ति नीतिनिष्ठ होता है। वह किसी भी स्थिति में नीति के अतिक्रमण के लिए अपनी स्वीकृति नहीं दे सकता। अर्थात जिस व्यक्ति में, अभय, मृदुता, स्वशासन, सत्य, सरलता करुणा, धैर्य, अनासक्ति, स्वावलंबन, सहिष्णुता, कर्त्तव्यनिष्ठा, व्यक्तिगत संग्रह का संयम, और प्रमाणिकता होती है। वह नीतिमान कहलाता है। यही नीति मान ही सदाचारवान पुरुष होता है।

सदाचार का मूल विनय है। जो उदात्त न हो, नम्र हो व चपल न हो स्थिर हो, शिष्ट हो वही सदाचारी है। सदाचारी में सहृदयता, सज्जनता, उदारता, श्रद्धालुता और सहिष्णुता अपना स्फुटरूप लिए प्रत्यक्ष होती है। सदाचारी को अपने प्रति पूर्ण विश्वास होता है। उसमें आत्म गौरव होता है। वह दीन दुखियों की दीनता पर अपने को अर्पण करता है। वह सहृदय और उदार होता है। वह सभ्य और शीलवान होता है। वास्तव में जिसका चित्त शांत है। जो सबके प्रति कोमल भाव रखता है। जो अपना अपमान होने पर भी भेद नहीं करता, जो मन वाणी और क्रिया द्वारा

कभी दूसरों से द्वेष करने की इच्छा नहीं रखता, जिसका चित्त दया से द्रवित हो जाता है। द्वेष और हिंसा से जो सदा ही मुंह मोड़े रहता है। जिसमें क्षमा की क्षमता हो, उसका जीवन सदा उज्ज्वल, निष्कलंक बना रहता है। वह अपने आचार द्वारा, अपने व्यवहार द्वारा, दूसरों को प्रसन्न रखने की कला जानता है। जो कुछ वह अपने प्रति चाहता है। वैसा ही दूसरों के प्रति भी करना, वह अपना धर्म मानता है।

सदाचार और सद्‌गुणों का परस्पर अन्योन्याश्रित संबंध है। सद्‌गुण से सदाचार प्रकट होता है। और सदाचार से सद्‌गुण दृढ़ होते है। प्रकट वही तत्व होता है जो पहले से रहता है। और अंत: करण के श्रेष्ठ भाव को साधुवाद कहते हैं। वह परमात्मा की प्राप्ति का हेतु होने से परमेश्वर के सत् नाम का वाचक हो जाता है। जितने भी श्रेष्ठभाव अपने अंत: करण में दीखें उन्हें दैव की सम्पत्ति मानने से अभिमान नहीं होना चाहिए। क्योंकि सदाचार के उद्‌गम स्थान के आधार परम कृपालु परमात्मा ही हैं। सद्‌गुण सदाचार को अपना मानने से अभिमान हो जाता है कि मेरे समान दूसरा कौन है। अभिमान आने से श्रेष्ठ भाव सदाचार भी दुर्गुण दुराचार का कारण बन जाता है। जो आसुरी सम्पत्ति है।

सदाचार मनुष्य जीवन का शतदल कमल है। और उसका चतुर्दिक फैलता हुआ सौगन्ध्य मानव समाज की प्राण शक्ति है। पर वह विद्युत की तरह क्षणिक कौंध कर और चमत्कृत कर लोगों को अंधेरे में नहीं डालता। उसके सौंदर्य की उरुज्योति विराट विश्व को वशीकृत करने में समर्थ है। वह अंधेरी गलियों में भटकते हुए जीवों को सार्थकता प्रदान करता हुआ विश्व को महाकल्याण के मार्ग तक पहुंचाने वाला महासेतु है। उसी ज्योतिशिखा से प्रकाशित, प्रज्ज्वलित जीवन के जाज्वलमय क्षण इतिहास की धारा को बदलते तथा उसे गति प्रदान करते हैं। इस प्रकार भक्ति और सदाचार का अविच्छिन्न संबंध है। बस यही सदाचार का फल है। भगत्कृपा अंतिम लक्ष्य है, उसके प्राप्त कर लेने पर कुछ भी प्राप्तव्य शेष नहीं रह जाता।

सदाचार मानव जीवन के उस कीर्ति स्तम्भ के समान है, जो मनुष्य को उसके जीवन काल में तथा मृत्यु के पश्चात भी उसके यशस्वी शरीर को अमर बनाये रखता है। वस्तुतः सदाचार के आदि स्रोत वेद ही हैं। अथर्ववेद में ऋषियों ने कहा है कि परमपिता परमात्मा ने अपने पुत्र मनुष्य को आदेश दिया है कि वह परस्पर सहानुभूति, उदारता और निवेरता धारण करें और उच्च शिखरारूढ़ राष्ट्रों एवं जातियों के मानवों को उचित है कि वे बड़ों का सम्मान करें, सोच विचार कर कार्य करें, कार्यसिद्धि पर्यन्त अथक परिश्रम करने वाले हों, अपने लक्ष्य के प्रति दत्तचित्त हों, परस्पर बैर विरोध का भाव न रखें। प्रेम पूर्वक भाषण करें तथा सभी मानवों को ऐसा ज्ञान दें, कि जिससे सबके मन शुद्ध हों। अतः वसुधैव कुटुम्बकम की भावना सदाचार का प्रधान अंग है। हमारी वैदिक मान्यतायें और आदर्श निःसंदेह मनुष्य को सदाचारी बनने तथा अपना गंतव्य सुधारने की दिशा में बहुत ही सक्रिय और महत्वपूर्ण भूमिका प्रस्तुत करती रही है। उनका पालन करना प्रत्येक भारतीय का परम कर्त्तव्य है।

सदाचार मानव का स्वाभाविक धर्म है। संसार में जितने भी जीव है उनमे धर्म का विवेक केवल मनुष्य में ही है मानव को भगवान की यही सबसे बड़ी देन है। इसी विवेक के कारण वह अन्य प्राणियों की अपेक्षा श्रेष्ठ माना जाता है। इस संसार में अविकृत मस्तिष्क का ऐसा एक भी मनुष्य नहीं मिलेगा। जिसमें यह विवेक हो, किन्तु विवेक का आदर करने वाले बहुत कम मनुष्य मिलते हैं। विवेक का आदर करना ही साधन है। और इसका आदर न करना ही असाधन है। ये साधन और असाधन मनुष्य में ही पाये जाते है। मनुष्येत्तर जितने प्राणी है, वे न साधक है न असाधक। अन्य प्राणी अपनी-अपनी प्रकृति के अधीन हैं। और उसके अनुसार उन्हें जो करना चाहिए वही करते हैं। स्वाधीनता पूर्वक अच्छा या बुरा समझ कर कुछ भी करने या न करने की उनमें योग्यता नहीं है। इसलिए उनकी भोग योनियां कही जाती है। मनुष्य योनि कर्मयोनि कही जाती है।

भारतीय धर्म के सदाचार को अत्यधिक महत्व प्राप्त है। यदि इसे नेक जीवन का, देवोमय जीवन का, धर्ममय जीवन का, मूलाधार कहें तो अत्युक्ति न होगी। सदाचार शब्द के अर्थ कई प्रकार से किए जा सकते हैं। यदि सत् का अर्थ अच्छा लें तो सदाचार का अर्थ होगा अच्छा आचार, अच्छा आचरण, यदि सत् का अर्थ सज्जन लें तो सदाचार का अर्थ है सत्याचरण और सत्य पर आश्रित व्यवहारी। यदि सत् का अर्थ सच्चिदानंद ब्रह्म लें तो सदाचार का अर्थ है वह आचार जो सत् की ब्रह्म की प्राप्ति करा सके। वह आचार जो मोक्ष प्रद हो, मोक्ष दायक हो, इनमें से अन्यतम अर्थ में सदाचार युगों से भारतवासियों का उज्ज्वलतम प्रकाशस्तम्भ रहा है। यह इस भव सागर पथ में सनातनधर्मियों का सर्वश्रेष्ठ मार्गदर्शक रहा है।

भारतीय जीवन दर्शन जीवन के उच्च मूल्यों को महत्व देता है। भारतीय मन जिस उच्च जीवन की कामना करता है। उसमें शील और सदाचार को, सत्य अहिंसा को, सेवा सद्भाव को, करुणा और दया को, क्षमा और शांति को, प्रेम और चरित्र को, सबसे ऊंचा स्थान दिया जाता है। हमारा दर्शन, धन, वैभव, ऐश्वर्य, समृद्धि तथा भौतिक सुख-सम्पदा को महत्व नहीं देता, बल्कि जीवन के उच्चतम मूल्यों को महत्व देता है। धन तो आने-जाने वाली वस्तु है। धन के समाप्त होने पर भी हम मनुष्य रह सकते हैं। पर शील-चरित्र और सदाचार के विनष्ट होने पर हम मानवता से सर्वदा के लिए गिर जाते हैं। यही कारण है कि ऋषियों ने शील, सदाचार और चरित्र के रक्षण पर सबसे अधिक बल दिया है। अर्थात जीवन में शील सदाचार और चारित्रिक धर्म नीति को प्रतिष्ठित करें। अपने जीवन को पवित्र बनायें। व्यक्ति पवित्र बन जाये तो समाज सात्विक हो जाये और विश्व विमल बन जाये तो फिर हम आर्य सदाचार और शील को अपनाकर अपना राष्ट्र का और विश्व का कल्याण करें।

भारतीय संस्कृति का आधार उसकी आध्यात्मिकता है। यहां ऐहिक तथा पारलौकिक सभी विषयों पर आध्यात्मिक दृष्टिकोण से ही विचार

किया जाता है। यहां के धर्म, आचार, व्यवहार, यहां की राजनीति, समाजनीति, युद्धनीति, समाज व्यवस्था, शिक्षा पद्धति, शासन पद्दति, रहन सहन, वेशभूषा, आहार-विहार सब कुछ आध्यात्मिक नीति पर स्थित है। हमारी आध्यात्मिकता का आधार जीवन का सदाचार है। अतः मनुष्य को अपना जीवन सदाचारमय बनाना चाहिए। यह मानव जीवन बड़ा ही अमूल्य है। यदि इसे हम सदाचारमय बनाकर अपना उद्धार नही कर लेते तो हम अपने शत्रु हैं। यदि हम अपना पतन नहीं होने देना चाहते तो हमें अपना उद्धार अपने आप करना चाहिए। वस्तुतः हम अपने आपके मित्र और शत्रु भी हैं।

भारतीय संस्कृति वंदनीया है। यह प्रत्येक भारतीय के लिये गौरव की बात है कि वह उस संस्कृति का अविभाज्य अंग माना जाता है। जिसे विश्व संस्कृतियों का मुकुटमणि कहा जाता है। इस संस्कृति की अनुपम विशेषताओं में एक विशेषता सदाचार ही है किसी देश की उन्नति वहां के सदाचार से जानी जाती है। समष्टि और व्यष्टि दोनों में सदाचार की महत्ता है। सदाचारी व्यक्ति विद्वान हो तो महान है पर वह विद्वान न भी हो किन्तु सदाचारी हो तो भी वह सम्मान्य होता है। सदाचार केवल लोक की वस्तुमात्र है ऐसी बात नहीं, अपितु वह वेद वर्णित महिमामंडित है।

संस्कृति का मूल शास्त्रों में सदाचार ही बतलाया गया है। प्रकृति, प्रवृत्ति, गुण और धर्मभेद से संस्कृतियों की सृष्टि हुई है। अपनी-अपनी संस्कृति के अनुसार सदाचार पालन करने से उसकी रक्षा होती है सांस्कृतिक जीवन का मेरुदण्ड सदाचार ही है। सदाचार पालन किए बिना कोई राष्ट्र अपने जातीय जीवन को अक्षुण्ण और क्रमोन्नत नहीं रख सकता। अतः अपने राष्ट्रगत, संस्कृतिगत भावों की रक्षा करना, प्रत्येक मनुष्य का कर्त्तव्य है।

सत्संग की महिमा अपार और अचिन्त्य है। यह सदाचार की आधार शिलाओं में शीर्ष स्थानीय है। सत्संग की ही तरह सदाचारमय जीवन के

लिए सद्विचार का भी असाधारण महत्व है। ध्येय साधना ही नहीं, किसी भी तरह के धर्मपालन, सदाचार और अभ्यास के पथ पर सद्विचार की पद–पद पर महती आश्वयकता है। सदाचार का पक्ष लिए बिना मन, योग साधना में सफलता नहीं पा सकता है। सदाचार मन, और हृदय की शुचिता का साधन है। आज का विश्व मानव, मानसिक तनाव से पीड़ित होकर हिमालय की ओर आशान्वित दृष्टि से देख रहा है। वह सदाचार की ज्योत्सना से आत्मतृप्ति के लिए व्याकुल और उद्विग्न है। अपरोक्षानुभूति अथवा सत्य के साक्षात्कार के लिए सदाचार के पथ पर चलने का उपाय सद्विचार है अर्थात आचरित सदाचार स्वतः सिद्ध प्रकाश से प्रकाशित परमपद की प्राप्ति का एकमात्र सुगम उपाय है।

जीवन में सदाचार का महत्वपूर्ण स्थान है। उसके पालन से व्यक्ति सभ्य और सुसंस्कृत होता है और परिवार समाज में सुव्यवस्था शांति लाने में सफल होता है। भारत में सदाचार का अत्यधिक प्रचार रहा है। यही वह भूमि है। जहां श्रुति सेतु के रक्षार्थ भगवान भी अवतार लेते हैं। और सबकी प्रतिष्ठा करते हैं। अच्छे संस्कार और सद्आचरण ही श्रेष्ठ जीवन की नींव होते है।

हमारे देश के अतीत काल के इतिहास में जीवन चरित्रों में सदाचरण एवं संयम के बल से अद्भुत शौर्य और पराक्रम दिखाने तथा अनेक भंयकर परिस्थितियों पर विजय प्राप्त करने की अद्भुत गाथायें प्रसिद्ध है। सदाचार से ओतप्रोत गाथायें हमारे लिए कितनी प्रेरणास्पद हो सकती है। इस बात को हमारे राष्ट्रनायक तथा समाज सुधारक अच्छी तरह जानते थे किन्तु जनसाधारण को उपदेश देने से पूर्व उन्हें स्वयं को पूर्व सदाचारी तथा चरित्रवान बनना होगा। क्योंकि उनके आदर्शो का ही जनसामान्य अनुशीलन तथा अनुगमन करते हैं। वस्तुतः सदाचरण से मानव जीवन का जो सर्वतोमुखी विकास होता है। उसमें एक–दो नहीं अनंत गुणों की प्रतिभा प्रकट होती है। और जिसका चमत्कारी प्रभाव सर्वसाधारण लोगों के जीवन को प्रभावित करता है। भारतीय जीवन

दर्शन की यह विशेषता है कि मनुष्य का प्रत्यक्ष सदाचरण ही जनमानस के मन मस्तिष्क को स्वेच्छा पूर्वक बदल देने का सामर्थ्य रखता है। सदाचारी व्यक्ति अपनी ओजस्वी विचारधारा से जन जीवन में जिन उत्साह, शक्ति, सामर्थ्य, त्याग एवं कर्त्तव्य परायणता की भावनाओं को जागृत कर देता है। वे समाज एवं राष्ट्र जीवन को महान पवित्र एवं उच्चतर स्तर पर पहुँचा देती हैं।

भारत सदा से चारित्र प्रधान देश रहा है। उसकी आस्था इन्द्रियों को वश में रखकर चरित्र की रक्षा में रही है। केवल शारीरिक सुखोपभोग को उसने अनार्यगुण माना है पर बाहरी लहर के आने पर इसमें कुछ अंतर पड़ा। अपने देश की संस्कृति और सुख-समृद्धि की रक्षा के लिए हमें अपने सदाचार का सहारा लेना चाहिए। भारतीय शास्त्रों में इसे ही विराट् पुरुष कहा जाता है। जब मनुष्य का व्यक्तिगत मन, विराट् मन से सामंजस्य स्थापित कर लेता है। तो सदाचार के लिए प्रयास करना शेष नहीं रह जाता है। जो मनुष्य अंहभाव को जितना अधिक छोड़ता है। वह उतना ही अधिक सर्वव्यापी मन के समीप पहुंचता है। सर्वव्यापी मन सर्व हितैषी है। अतः मैत्री भावना के अभ्यास से हम अपने वैयक्तिक जीवन को समष्टि जीवन में मिला देते हैं। यह है सदाचार के अति उत्कृष्ट प्रभावी रूप का दर्शन। इसको मन का सबसे ऊंचा सोपान कहें चाहें आत्मा कहे, चाहे सच्चिदानंद। वहीं सभी साधनों का प्राप्तव्य लक्ष्य एवं अंतिम गति है।

विचार पूर्वक जो आचार किया जाता है। वही सदाचार कहलाता है। हिन्दू जाति और हिन्दू धर्म में सदाचार का बहुत ही महत्वपूर्ण स्थान है। सदाचार ही हिन्दू धर्म और हिन्दू जाति का जीवन है। सदाचार के बिना उसकी रक्षा सर्वथा असंभव है। आज की विकट परिस्थिति में भी हिन्दू धर्म और हिन्दू जाति जीवित और रक्षित रहने का एक मात्र कारण यही है कि हिन्दू जाति के सभी कार्य सदाचार परक और धर्मपरक होते हैं। वस्तुतः सदाचार का क्षेत्र बहुत विस्तृत है। जैसे सूर्योदय से पूर्व प्रातः

प्रवोध, स्नान, संध्या, तर्पण, वेदस्वाध्याय, देवदर्शन, तीर्थ यात्रा, ईश्वर भक्ति, मातृ पितृ सेवा, गुरुसेवा, अतिथि सेवा, गो सेवा, परोपकार, सत्यभावना, मधुर भाषण, मित भाषण, और आश्रम धर्मपालन आदि सदाचार के अंतर्गत ही कहे गये हैं। अतः मनुष्य को इस क्षेत्र के अंतर्गत सभी सदाचारों का यथा नियम, यथाविधि और यथाशक्ति पालन करना चाहिए। जो मनुष्य सदाचार के समस्त नियमों का पालन एवं रक्षण करता है। उसे जीवन में कभी किसी वस्तु की कमी नहीं रहती, और न उस पर कभी किसी प्रकार की आपत्ति ही आती है।

सदाचार पालन करने से आयु तथा कान्ति की प्राप्ति होती है। सदाचारी इहलोक और परलोक में कीर्ति को प्राप्त करता है। यदि कोई विशेष गुण न भी हो परन्तु असूयारहित भगवदीय विधान पर श्रद्धालु हैं, सदाचारी हैं तो ऐसा व्यक्ति शतवर्ष जीवी होता है। अर्थात सदाचार के बिना प्राणी का ऐहिक एवं पारलौकिक अभ्युदय सर्वथा अवरुद्ध रहता है। निश्रेयस अंनतकोश दूर है। जिस कर्म या व्यवहार से व्यक्ति, समाज तथा राष्ट्र में राजस तामस वृत्तियां समाप्त हों। भय, कलह, विद्वेष आदि न रहें, सज्जनों द्वारा परिपालित वे सब कर्म या व्यापार सदाचार हैं।

सदाचार को पूर्ण करना अपने आप तथा जगत के प्रति भी कल्याण करना है। सदाचार के द्वारा ही आसुरी वृत्तियों का दमन किया जाता है। और शक्ति को नष्ट करने वाले वेगों का शमन किया जाता है। सदाचार के सहारे ही क्रमशः क्रोध को क्षमा से तथा लोभ को उदारता से एवं मोह को विवेक से, अभिमान को विनम्रता से, और अनित्य सुख के प्रभाव को नित्य सद्ज्ञान से पराजित किया जाता है। सदाचार ही मानव जीवन में उन्नति, सद्गति, परमगति, परमशांति प्राप्त करने के लिए भूमिका है। सदाचार की पूर्णता में ही दिव्यता का आवरण होता है। सदाचार मनुष्य को शांति के सम्मुख करता है। परिणामतः सदाचार की पूर्णता के बिना समाज को सुंदर बना पाना कठिन ही है। और सदाचार के बिना हृष्टपुष्ट, बलवान पुरुष भी पशु के समान है। सदाचार के बिना

धनवान पुरुष राक्षस के समान दूसरों का शोषण करता है। सदाचार हीन पदाधिकारी सत्तावान दानव के समान निर्बलों को सताने वाला होता है। सदाचार में तत्पर धर्मात्मा मानव समाज का हितैषी होता है। अर्थात सदाचारी वही है। जो भाग्यवश सुलभ होने वाली शक्ति, सम्पति, योग्यता और पदाधिकारी द्वारा प्राणिमात्र की सेवा में तत्पर रहता है। इसलिए दया, क्षमा, उदारता, विनम्रता, सरलता तथा सद्आनंद धर्माधर्म का विवेक एवं निष्काम प्रेम आदि दैवी सम्पदा सदाचारता में नित्य सहायक है। और परमात्मा ज्ञान, प्रेमरूप तथा सभी सद्‌गुणों से परिपूर्ण है। इसके योग से साधक को भी पूर्णता प्राप्त होती है। और यह पूर्णता प्राप्ति जीवन का परम लक्ष्य है। यही सदाचार की सिद्धी है।

शील, सदाचार जीवन का परम आभूषण है अर्वाचीन युग के दार्शनिक और वैज्ञानिक भी जीवन के इस शाश्वत सत्य बिन्दु पर समान रूप से आ रहे हैं कि जीवन काल सुख सुविधा नहीं, भौतिक ऐश्वर्य और बाह्यसमृद्धि नहीं परन्तु जीवन के आंतरिक सौंदर्य को जगाना है। शील सदाचार ही मोक्ष का सोपान है। सदाचार का पालन ही मानव जीवन की आधारशिला है। मनुष्य के पास विद्वता हो या न हो, उसके पास लक्ष्मी हो या न हो, परन्तु उसके पास चरित्र तो होना ही चाहिए। जिन आत्माओं ने जीवन में सदाचार के महत्व को समझा वे उन्नति के उच्चतम शिखर पर आकर खड़े हुए, और संसार में वे अजर-अमर हो गये।

काम, संकल्प, संदेह, श्रद्धा-अश्रद्धा, धृति-अधृति, लज्जा, अधर्म ये सब मन के ही आवर्त है। श्रद्धा के साथ जब अलौकिक प्रेम परिपक्व होता है। हृदय की उसी रसमयी स्थिति में इंद्रियां सात्विक विषयों में प्रवृत्त होकर सदाचार को जन्म देती हैं। उसी द्रवित हृदय के वातावरण में समस्त दैवी प्रकृति जागरूक हो जाती है। और आसुरी वृत्तियों का उन्मूलन हो जाता है। वास्तव में भक्ति और सदाचार एक दूसरे पर

आश्रित हैं। धर्मराज के अनुसार जो सदाचारी है वही भक्त बन सकता है और जो भक्त है वही सदाचारी हो सकता है।

सद्‌विचार के प्रकाश में प्राणी मन की प्रतिकूलता और अनुकूलता में हर्षित और क्षुब्ध हुए बिना ही अमृतपद में सदाचार के ही सहारे स्वस्थ रहता है। निर्मल मन और सदाचार से युक्त प्राणी सत्व, रज और तमोगुण से विवर्जित, पाप पुण्य से परे, परम सिद्धि को प्राप्त कर लेता है। सत्संग और सद्‌विचार से उपोद्वलित सदाचार जीवन को अवदात बना देता है। दोनों का माणिकांचन योग हमें पाप से दूर रहना, सदापुण्य संचय करते रहना, साधु सज्जन पुरुषों के व्यवहार को अपनाना सिखाकर कल्याणकारी जीवन में रहने का अभ्यासी बना देता है। यही जीवन सदाचार की आधारशिला होकर आदर्श बन जाता है।

अहिंसा-मन वाणी कर्म से किसी प्राणी को दुख न देना, सत्य सच्चा व्यवहार रखना, अस्तेय-दूसरों की वस्तु को न चुराना, न छीनना, शौच-तन मन से पवित्र रहना, इंद्रिय-निग्रह इंद्रियों को वश में रखना दान-सत्पात्र को सात्विक दान देना, दया-प्राणि मात्र पर कृपाभाव रखना, यम-मन को वश में रखना, शांति-सहनशील होना, ये नौ गुण सर्वसाधारण के लिए धर्म या सदाचार के साधन हैं।

जो कुछ भी अनिन्दित कर्म हों उन्ही को करना चाहिए और जो निन्दित कर्म हो उन्हें नहीं करना चाहिए क्योंकि लोक में अनिन्दित कर्म करने वाला सुयश तथा सत्कार को और निंदित कर्म करने वाला अपयश तथा तिरस्कार को पाता है। जिसकी लोक में निंदा नहीं होती ऐसा सदाचार अनिन्दित है, और उसके विरुद्ध जो सदाचरण है वह निंदित कर्म कहा जाता है। अर्थात सदाचार की प्रवृत्ति सहसा उत्पन्न नहीं होती है यह एक ऐसी निर्मल शीतलधारा है। जिसका उद्‌गम मानव की बाल्यवस्था से ही संभव है। साथ ही समाज की उस स्थिति से संबंधित है जिसमें सत्प्रवृत्तियों का निर्माण होता है। यदि कोई यह प्रयास करे कि सदाचार की विजयिनी पताका मात्र एक दिन में फहरा दी जा सकती है।

तो यह अतिरंजना है। समाज में सदाचार का व्यापक प्रभाव हो अथवा सामाजिक चेतना सदाचार के अविच्छिन्न प्रवाह से आप्लावित रहे, एतदर्थ सम्पूर्ण समुदाय को त्याग, परोपकार, सात्विकता, अनाविलचिंतन् विनम्रता एवं सदाशयता का समावेश अपने चरित्र में करना आवश्यक है। इसी धरती पर ऐसे अनेक महापुरुष अवतरित हुए हैं। जिन्होंने अपनी दिव्य वाणी एवं अपने सत्प्रयासों से अनेक प्रकार के संघर्ष, विरोध सहते हुए, भी समाज को सदाचार की सुदृढ़ नींव पर प्रतिष्ठापित करने का प्रयास किया है।

मनुष्यों को सदा ही सदाचार का पालन और दुराचार का परित्याग करना चाहिए। आचारहीन दुराचारी प्राणी का न इस लोक में कल्याण होता है। न परलोक में, असदाचारी प्राणियों द्वारा अनुष्ठित यज्ञ, दान, तप आदि सभी व्यर्थ जाते हैं। कल्याणकारी नहीं होते। इधर सदाचार के पालन से अपने शरीर आदि में भी वर्तमान अलक्षण दूर होते हैं। अपना फल नही देते। सदाचार वृक्ष चारों पुरुषार्थों का देने वाला है। धर्म ही उसकी जड़ अर्थ उसकी शाखा, काम उसका पुष्प और मोक्ष उसका फल है।

मनुष्य का सहज धर्म कर्त्तव्य अर्थात सदाचार ही है। स्वस्थ सामाजिक अथवा आध्यात्मिक जीवन व्यतीत करने के लिए सदाचार और सद्विचार ये दोनों ही रथ के द्विचक्र की भांति अत्यावश्यक तथा परम उपयोगी हैं। विचार और आचार की समरसता एवं समरूपता से ही मानव जीवन के अभीष्ट लक्ष्य की प्राप्ति होती है। सद्विचारों को सदाचार में परिणत करके ही सुदृढ़ व्यक्तित्व का निर्माण और राष्ट्र का सर्वांगीण कल्याण किया जा सकता है। इसीलिये यह हमारा पुरातन सत्य सनातन धर्म सद्विचार और सदाचार से सम्पूरित होकर ज्ञान और कर्म भी समान रूप से शिक्षा देता है।

मानव का मन वचन और कर्म द्वारा सत्य और प्रेम युक्त ही सदाचार है। शिष्ट चरित्र के सभी गुण विनय, धैर्य, संयम, आत्मविश्वास, निर्भीकता, दानशीलता, उदारता आदि सदाचार में समहित हैं। अच्छे गुण

वस्तु या सदाचार को प्राप्त करने का भी एकमात्र साधन सत्संग ही है। सदाचार का संबल विवेक ही है। निष्कर्ष रूप से कहना चाहिए कि सदाचार की प्रेरणा भूमि सत्संग ही है। इस लोक में यश और परलोक में परम सुख देने वाला एवं मनुष्यों का कल्याण करने वाला आधार ही प्रथम आचार है। आचार से ही श्रेष्ठता प्राप्त होती है। आचार से ही धर्म लाभ होता है। आचार से ज्ञान और भक्ति तथा इन दोनों से मोक्ष एवं भगवद् प्राप्ति होती है। आचार ही चारों के धर्म का प्रहरी है। आचार भ्रष्ट पुरुषों से धर्म विमुख हो जाता है। बुद्धिमान पुरुष सदाचार के पालन करने से ही संसार के बंधन से छूट सकता है। सदाचारी विद्या और विनय से युक्त रहता है। तथा पापी पुरुष के प्रति भी पापमय कष्टप्रद व्यवहार नहीं करता। वह महाकुटिल और अपने साथ अनुचित व्यवहार करने वाले पुरुष से भी हित और प्रिय व्यवहार तथा मधुर भाषण करता है सदाचारी पुरुष मैत्री भाव से द्रवित अंत:करण वाले होते हैं। उनके लिए मुक्ति हस्तगत रहती है। जो वीतराग महापुरुष कर्म, क्रोध, लोभ के वशीभूत नहीं होते उनके प्रभाव से ही यह पृथ्वी टिकी हुई है। अर्थात समस्त लक्षणें से हीन होता हुआ जो सदाचारी और श्रद्धालु है, और जो दूसरों पर दोषारोपण नहीं करता, वह सौ वर्षो तक जीवित रहता है। इस प्रकार स्पष्ट है कि सदाचार मानव जीवन का बहुत बड़ा संबल है। जो मनुष्य सदाचार रूपी पाथेय लेकर इस विशाल संतृप्त पथ की यात्रा करता है उसे कहीं भी क्षुधा, तृषा, आदि से परिपीड़ित नहीं होना पड़ता, और वह पूर्ण बल, उत्साह, एवं आनंद के साथ अपने गंतव्य लक्ष्य तक निश्चित पहुंच जाता है।

यदि मानव के जीवन में सदाचार न हो तो उसका जीवन पशु तुल्य ही है। केवल मानव जीवन को प्राप्त कर लेना ही इत्यलम नही है। जबतक मानव का समग्र जीवन वेदपुराणादि, शास्त्र प्रतिपादित सदाचार से संबलित न होगा। वह एक मात्र केवल मानवाभास रूप ही रहेगा। सदाचार ही मानव का महनीय भूषण है, सर्वस्व सम्पति है और वही

मानवता की आधार भिति एवं उत्तमोत्तम ऊर्ध्वलोक प्राप्ति की मूल सारणि है अथ च श्री भगवद् प्राप्ति में भी वह अध्यावश्यक पालनीय कर्त्तव्य है। श्रुति-स्मृति-सूत्रतन्त्र पुराणादि शास्त्रों में सदाचार पर सर्वाधिक बल दिया गया है। इसके अतिरिक्त अन्य साम्प्रदायिक प्राचीन अर्वाचीन ग्रन्थों में भी सदाचार को परमावश्यक परिपालनीय कर्त्तव्य माना गया है। वस्तुतः सदाचार सम्पन्न मानव अत्र-परत्र एवं सर्वत्र सुख समृद्धि का अनुभव करता है। उसका सर्वत्र समादर है। वह सभी का श्रद्धाभाजन अर्चनीय एवं अभिनंदनीय हो जाता है। अतः समग्र दृष्टया सदाचार, नितांत संसेवनीय, आचरणीय और अनुकरणीय है।

हमारे लोक जीवन का अनुभव हमें बताता है, कि व्यवहार के प्रत्येक पग पर सदाचार और शिष्टाचार की आवश्यकता है। जहां हमने व्यवहार में सदाचार का ही सहारा ढीला किया, अथवा उसे छोड़ दिया, तत्काल वहीं पतन हो गया। यहां तक कि उच्च कोटि के विद्वान अथवा प्रचुर धन से सम्पन्न व्यक्ति को भी सदाचार विहीन व्यवहार के लिए समाज क्षमादान नहीं देता। इस सदाचार के बिना सामाजिक व्यवस्था ही भंग होने लगती है। इसके विपरीत जो व्यक्ति अन्य लक्षणों से हीन होने पर भी सदाचारी होता है। वह कल्याण प्राप्त कर लेता है। अर्थात प्रिय वचन बोलना, वाणी द्वारा सामाजिक शिष्टाचार का पालन, वाचिक सदाचार है। इस प्रकार वेदोक्त एवं स्मृतित्व सदाचार मोक्षरूप साध्य की प्राप्ति का साधन नहीं कहा जाना चाहिए। सदाचार के द्वारा हमें अपने मन-वाणी और शरीर पर कोई ऐसा विवेकपूर्ण नियंत्रण रखना चाहिए। जिससे कि हम सामाजिक जीवन में घुल-मिल कर भी दण्डी के समान राग-द्वेष से शून्य रहते हुए सर्वभूत हितैषी तथा सर्व हितकारी बन सकें। सदाचार का सर्वोत्तम फल यही है कि समाज के सभी लोग सुखी, स्वस्थ एवं कल्याणदर्शी बन सकें।

मानव जीवन सेवा, त्याग और प्रेम का प्रतीक है। इसीलिए मनुष्य के जीवन में केवल दूसरों की सेवा या परोपकार को ही सबसे श्रेष्ठ

माना गया है। मानव दर्शन का केन्द्र बिन्दु परहित है। परसेवा या परहित के लिए मनुष्य में कल्याणकारी विचार होना चाहिए। कल्याणकारी विचारों से तात्पर्य मानव द्वारा असद् विचारों का त्याग और सद्विचारों को ग्रहण करना है। विचार के अनुरूप मानव में आचरण की प्रक्रिया का प्रस्फुटन होता है। सदाचारी जीवन के लिए मनुष्य में सद्विचारों का होना अनिवार्य है। सदाचार से रहित मनुष्य को सही अर्थों में मानव की संज्ञा नहीं दी जा सकती। मानव जीवन की सफलता सदाचार पर ही अवलंबित है। सदाचारी जीवन सभी को अभीष्ट है। इसकी आवश्यकता हमें अपने कल्याण के साथ-साथ समाज के कल्याण के लिए भी अपेक्षित है। सदाचारी मनुष्य की समाज को सदैव आवश्यकता रहती है। सदाचारी समाज में पूजा जाता है।

आचारहीन व्यक्ति को वेद या ज्ञान पवित्र नहीं करता, उसे ऊंचा नहीं उठा सकता। जब ज्ञान क्रियाशीलता में परिणत होता है। और आचरण की शान पर चढ़ता है। तब वास्तविक चरित्र का निर्माण होता है। मनुष्य चाहे परम ज्ञानी हो पर सदाचारी न हो तो उसके ज्ञान का कोई मूल्य नहीं। सदाचार के अभाव में ज्ञान विष के समान भयंकर हो सकता है। सदाचार आत्मगुण है। इसके द्वारा हृदय मंथन से जो सत्य प्रकट होता है। वह है जीवन का अमृत और असत्य है विष / धन्य है सदाचारी जो विष का शमन और अमृत की निरन्तर वर्षा करते रहते हैं।

मानव सभ्यता का इतिहास इस बात का साक्षी है, कि जब और जहां भी सदाचार के नियमों की अवहेलना हुई और निरंकुश और स्वच्छन्द आचरण प्रारंभ किया गया तभी वहां संघर्ष, विघटन और युद्ध हुए हैं। व्यक्तिगत सुखोपभोग एवं स्वार्थ परायणता की भावना, मनुष्य की बुद्धि और विवेक को कुंठित कर देती है। जिससे वह असदाचारी भोग परायण एवं दुराग्रही बनकर पतन तथा विनाश के मार्ग पर अग्रसर हो जाता है। भारतीय ऋषि, महर्षियों ने मानव मात्र के कल्याण के लिए सुंदर समाज रचना के उद्देश्य से सदाचारी जीवन अपनाने पर विशेष

जोर दिया है। और आचार परमोधर्म का सिद्धांत प्रतिपादित किया। जिसके अनुसार मनुष्य की मानसिक एवं बौद्धिक योग्यताओं से बढ़कर सदाचरण को विशेष महत्व दिया गया है।

विकृति के कारण उपस्थित होने पर भी जिनके चित्त विकार ग्रस्त नहीं होते, वास्तव में वे ही धीर हैं। यही है सदाचार। धीरज, सहनशक्ति, क्षम, चोरी से दूर रहना, पवित्रता, इंद्रियों का संयम, बुद्धि, विद्या, सत्य, क्रोध न करना, में धर्म के दस सामान्य लक्षण हैं। सदाचारी इन्हीं धर्मों का अंग हुआ करता है। और आचरण में आ जाने पर ये ही सदाचार हो जाते है। अर्थात जो इस संसार में सुप्रसिद्ध और सुखी है, उनकी प्रसिद्धि एवं सुख का कारण सदाचार ही है।

सदाचार की रक्षा सर्वोपरि और सर्वातिशय कठिन साधना है। जो इस साधना को अपने जीवन की साध बना लेता है। जो इस साधना में संसिद्धि प्राप्त कर लेता है। वह सत्य को प्राप्त करता है। सत्य रूप में संस्थित होकर विश्व में सत्य और सदाचार की ज्योति जगाता है। और शरीर त्यागने पर ब्रह्म निर्वाण प्राप्त करता है।

मनुष्यत्व की रक्षा, दिव्यत्व की जागृति और पशुत्व की निवृति के लिए एक ऐसे निर्दिष्ट पथ की आवश्यकता है जो केवल मन को प्रिय लगने वाले विषयों की परिधि में ही सीमित न हों, प्रत्युत ज्ञान के विश्वव्यापी आलोक से देदीप्यमान हों, और जिसमें पद-पद पर दिव्य भाव की झांकी एवं उसकी ओर अग्रसर होने में प्रत्यक्ष निदर्शन प्राप्त होते हों यही सदाचार वह दिव्य राजपथ है। जिस पर चलते रहने से यह आत्मा सुपुष्ट, चरित्र मनोबल एवं आत्म बल के सहारे सत्य, ब्रह्मचर्य, तप तथा सभ्य ज्ञान से प्राप्त हो जाता है। अर्थात सदाचार रूपी महान वृक्ष का मूल धर्म है। काण्ड (तना) आयु है। शाखा धन है। पत्र कामना है। पुष्प यश है और फल पुण्य है। इस प्रकार यह कल्पतरु महान ही महान है।

अंत समय सुधारना हो तो प्रतिक्षण सुधारो, जीवन की अंतिम श्वांस तक सत्कर्म करते रहो, दृष्टि को ऐसी गुणमयी बनाओ, जिससे किसी को दोष दीखे ही नहीं, तन और मन दोनों को सदैव सत्कर्म प्रवृत रखो, द्वेष पर प्रेम पर विजय प्राप्त की जा सकती है। संसार में दूसरों को मत रुलाओ, रुलाने वालों को स्वयं रोना पड़ता है। जिसका स्वभाव अत्यधिक सुंदर होता है। वह भगवान को प्यारा होता है। दूसरे का अपमान करने वाला स्वयं अपना ही अपमान करता है। अधिक कुछ न बन सके तो उदास बैठे हुए को हंसाओं, शरीर को निरोगी रखने के लिए कम खाओ, अतिशय सादा जीवन व्यतीत करो, जिसका जीवन सादा है। वही सच्चा साधु है। दूसरे को ठगने वाला स्वयं ठगा जाता है किसी का अपमान मत करो, मान धन सबको प्रिय है। सात्विक आहार के बिना सहनशक्ति नहीं आती, निंदा और निद्रा पर विजय प्राप्त करके ही भजन किया जा सकता है। यदि कोई निंदा करे तो शांति से सहन करो, सेवा करने वाले पर संत और भगवान की कृपा बरसती है। जहां नीति वहां नारायण, जहां परोपकार वहां प्रभु कृपा है, काम करते समय भगवान को मत भूलो, किसी से आशीर्वाद प्राप्त करो तो हानि नहीं, परन्तु किसी का अंत करण दुखितकर शाप तो मत लेना इसके अनुसार जीवन यापन ही सदाचरण है।

सदाचार ने मनुष्यों की सब श्रेणियों को, जीवन की प्रत्येक अवस्था को, प्रत्येक वर्ण को, प्रत्येक आश्रम को, प्रत्येक धर्म को, प्रत्येक सम्प्रदाय को, मनुष्य के प्रत्येक कार्य क्षेत्र को, व्याप्त कर रखा है। और सब देशों में, सब राष्ट्रों में इसे सर्वोपरि स्थान प्राप्त है। उच्च महत्व प्राप्त है, सदाचार की भावना का विश्वव्यापी प्रसार आवश्यक है। विश्व की परिवर्तमान परिस्थितियों में इसकी महत्ता एवं आवश्यकता को नकारा नहीं जा सकता, इसकी उपेक्षा नहीं की जा सकती, इसकी उपेक्षा का अभिप्राय है मानवता का विनाश। मनुष्य शक्तिपुंज है वह घनीभूत होकर शक्ति का विशाल समूह बनता है। जो सदाचार को गति प्रदान करता है।

इसलिए मानव इकाई की उपेक्षा नहीं करनी चाहिए। बूंद से ही समुद्र की गति है।

अतः हम सभी भारतीय जन सभी अंतर्हृदय से इस बात की सदैव अभिलाषा करते रहते हैं कि हमारी यह लोकोत्तर भारतीय संस्कृति सदैव विजय को प्राप्त करती रहे। जिसको भली-भांति अंगीकार करके अधम जीवन भी समस्त जनों का शिरोमणि बन सकता है एवं जिसकी सुरक्षा से सुरक्षित होकर निर्मल बुद्धि वाला स्वर्ग में भी पूजित होता रहता है। तथा जिसको निरीक्षण-ध्यान रखने एवं प्रचार के कारण वैकुण्ठ में भी निरंतर विराजमान रहता है। ऐसी सदाचारमयी भारतीय संस्कृति की सदैव जय-जयकार हो।

समाज में सदाचार की स्थापना का यह मूलमंत्र है। अपनी अतीत की मान्यआतों को यदि अक्षुण्ण रखना है तो सदाचार की नींव को सुदृढ़तम् करना है। जो मानव मन की विषम अवस्थाओं का सम्यक अध्ययन कर परिवर्तित समाज के परिवेश में समाधानों को खोजना होगा। और सदाचार की प्रतिष्ठा प्रत्येक दशा में करनी पड़ेगी। सदाचार ही विषम परिस्थितियों में कोमलतम पंखुडियों को पथ में बिछाने का काम करेगा। उसकी संभावना पर समाज को भी चिंतन करना होगा क्योंकि सदाचार का जयघोष सदा होता रहा है। और सदा होता रहेगा। ध्रुव सत्य है।

।। ॐ नारायणाय विघ्नये वासुदेवाय धीमहि, तन्नो विष्णु प्रचोदयात।।

हम परम पुरुष भगवान का ध्यान करते हैं। वे भगवान विष्णु हमारी बुद्धि को सदाचार की ओर प्रेरित करें, हमें सन्मार्ग पर चलायें।

।। ॐ शांति ! शांति !! शांति !!!

१०

चरित्र

संस्कृत भाषा की चर धातु का अर्थ है चलना, इसी धातु से चरित्र-आचरण-दिनचर्या इत्यादि शब्द बनते हैं। इनमें अंतिम शब्द दिनचर्या का अर्थ दैनिक व्यवहार है। अतः चर धातु का अर्थ केवल इधर उधर घूमना या भटकना ही नहीं परन्तु सभी व्यवहार गमन, आगमन तथा रहने का ढंग आदि भी इस शब्द में इंगित है।

चरित्र का अर्थ है जीवन वृतान्त निजी कथा चरित्र है। इतिहास भी चरित्र है। देश चरित्र पढ़ते समय इसे हम इसी शब्द से समझते हैं। घटनाओं का खाली विवरण हो तो कहा जा सकता है कि चरित्र, एक कदम और बढ़ने पर चरित्र से मानव जाति का स्तर ऊंचा उठना चाहिए तो हमें चरित्र का तात्पर्य कुछ और गहरे से समझना चाहिए। यह न जीवन चरित्र है न कथा लेखन। परन्तु मनुष्य के तमाम व्यवहार का नैतिक आधार पर नियमन्वित कर उत्तम जीवन जीने का उपाय करवाना है। चरित्र निर्माण।

भारतीय संस्कृति में चरित्र की निधि और संतोष परम सम्पदा है। संतोष को सुख का तथा तृष्णा को दुख का कारण कहा गया है। असंतोषी व्यक्ति कभी सुखी नहीं रह सकता, तृष्णा उन्हें मार्ग से हटाकर विपथगामी बना देती है। असंतोष पर विजय प्राप्त करने के लिए अपनी

इंद्रियों को वश में करना आवश्यक है। अत: अपने श्रम और परिश्रम से जो भी प्राप्त हो, उससे अपने को संतुष्ट करना चरित्र का आधार है। यदि मनुष्य दृढ़ विश्वास के साथ चरित्र की दिशा में आगे बढ़ता रहे तो आशातीत सफलता मिलेगी। ज्यों-ज्यों वह अपने जीवन को अधिकाधिक सादा बनाता जायेगा, त्यों-त्यों उसके लिए संसार के नियम और विधानों की उलझनें सुलझती जायेंगी। तब उसके लिए गरीबी आभूषण तथा निर्बलता, सफलता के रूप में परिणित होती देखी जायेगी। अर्थात चरित्र धर्म की स्थापना के द्वारा संसार में विश्वास सुदृढ़ कर विश्व बंधुत्व की स्थापना हो सकती है। सभी लोग सुखी रह सकते हैं। यदि संसार के सभी वर्ग तथा समाज एक इसी तथ्य पर सम्मिलित होकर विश्व बंधुत्व की स्थापना कर सकें तो मानव कल्याण का क्रियात्मक आदर्श कठिन नहीं रह जायेगा और किसी की भी पुकार पर तथा व्यथा सुनकर द्रवित हो उठने का स्वाभाविक, मृदुलता, कोमलता और उदारतापूर्ण चरित्र का पुन: विकास हो जायेगा। जहां प्रेममूल के मूलक आदर्श की स्थापना हो जाती है। वहां न कोई निर्बल होता है न दीन और न असहाय ही। चरित्र के जगत में विनाश का कोई स्थान नहीं, वहां सर्वांगीण निर्माण और विकास की परम्पराओं का दौर चलता है। सभी अपने-अपने श्रम से संतुष्ट और प्रसन्न रहते हैं।

भारत सदा से धर्म प्रधान देश रहा है। यहां के मनुष्य बहुत ही धार्मिक होते है। धर्म हमें कहता है कि जीवन को सुव्यवस्थित ढंग से कैसे बितायें। धर्म हमें सिखाता है कि किस प्रकार मनुष्य चरित्रवान बन सकता है। संसार में जितनी अच्छी बातें हो सकती है। वे सभी धर्मग्रन्थों के अंतर्गत आती हैं। धर्म चरित्रवान मनुष्यों के लिए एक आवश्यक अंग है। संसार के जितने सद्विचार हैं। वे सभी धर्मग्रन्थों में प्रस्तुत हैं। इन्हीं धर्मसूत्रों के आधार पर चरित्रवान व्यक्ति अपना भवन खड़ा करते हैं। जिस तरह मानव बिना वायु के जी नहीं सकता। उसी तरह चरित्रवान धर्म के बिना एक क्षण भी अपनी राह पर कदम नहीं रख सकते।

भारत कर्म भूमि है। दूसरे देश भोग स्थान हैं। मनुष्य को जो ईश्वर के चरणों के निकट पहुंचाने में सहायता करे और अंततोगत्वा उनसे मिला दे, वही शुभ एवं शुद्ध चरित्र है। निष्कर्ष यह है कि सत्य की निष्ठा, नैतिकता, ईमानदारी, पवित्रता, सहिष्णुता, शौर्य, ये आदर्श एवं महान चरित्र वैकुण्ठ धाम के अमोघ पारपत्र (पासपोर्ट) है। अर्थात सच्चरित्रता की धारा अनादिकाल से भारतीयों के नस-नस में पीढ़ी दर पीढ़ी से बहती रही है। यह चरित्र सत्य की चट्टान पर स्थिर है। यही सब से उत्कृष्ट गुण है।

भारतवर्ष प्राचीन काल से ही ज्ञान एवं विज्ञान का प्रेमी रहा है। इस देश में प्रमुख ब्राह्मण अर्थात दार्शनिक और वैज्ञानिक ही रहे हैं। धर्म अर्थ, काम और मोक्ष इन चारों पुरुषार्थों के सबंध में भारत के विद्वानों ने इतनी गवेषणा की है। और इतने श्रेष्ठ ग्रन्थों की रचना की है। जिससे सारा संसार उनके सामने नतमस्तक है। अतीत इस बात का साक्षी है कि भारतीय सभ्यता और संस्कृति ने अपने आध्यात्मिक स्वरूप को अचल रखते हुए देश को गौरवन्वित किया है। यहां की आदर्श एवं गौरवमयी संस्कृति की आत्मा का दर्शन यहां की शिक्षा में होता है। हमारे पूर्वजों की शिक्षा रही है कि ज्ञान जहां से मिले वहां से प्राप्त करो, और मुक्ति युक्त, न्याय युक्त और ज्ञान वर्द्धक शिक्षा को ग्रहण करो।

भारत वर्ष अपनी सभ्यता और संस्कृति के ऊषा काल से ही लोकोत्तर चारित्र्य सम्पदा से समन्वित एक दिव्य देश रहा है। यहां माता की गोद से ही चरित्र निर्माण की शिक्षा आरंभ हो जाती है। वहीं परिणत वय में दिगन्त धवल अनुकरणीय विभूति बनकर समग्र राष्ट्र किंवा विश्व ब्रह्माण्ड को विद्योतित करती थी।

आर्य किसी ऐतिहासिक जातिक अभिधान नहीं है। प्रत्युप्त प्रधानता जीवन की प्राञ्जल अर्थवत्ता का बोधक चारित्र्य संकेत है। आर्य वह है जो कर्त्तव्य का आचरण और अकर्त्तव्य का परित्याग करे। प्रकृति के नियमों का अतिबर्तन न करते हुए जो देश काल परिस्थिति के अनुसार

अपने शास्त्रोचार समुदाचार का पालन करे। अपने सुख में जो अधिक इतराता नहीं, और दूसरे को कष्ट में देखकर प्रसन्न नहीं होता, जो विहित दान आदि धर्माचरणों में धन का व्यय करके फिर लोभ वश पश्चाताप नहीं करता। प्राचीन भारत में आर्यशील सत्पुरुष का यह वृत्त विशेष ही समष्टि का चारित्रिक मानदण्ड माना जाता था। यहां का प्रत्येक व्यक्ति इसी आदर्श के अनुसार अपने को ढालने की चेष्टा करता था। अर्थात आर्य शीलता की यह साधना ही चारित्र निर्माण की पद्धति थी। इसके द्वारा व्यक्ति, परिवार, जाति, और समाज क्रम से सम्पूर्ण राष्ट्र उपकृत होता था।

चिरकाल से भारतीय आर्यनारी की शिक्षा-दीक्षा, आचार-व्यवहार, और नीति उत्कर्ष की चरम सीमा पर प्रतिष्ठित रही। भारतीय नारियों के इतिवृत का अवलोकन करने से यही सिद्ध है कि प्राचीन काल में भारतीय नारियां आचार व्यवहार, विद्या, विनय से अलंकृत थी। अतः प्रत्येक को चाहिए कि प्रतिदिन अपने कृत्यों का अवलोकन करे। मेरा कृत्य पशु के समान हो रहा है या महापुरुषों के समान, चरित्र का संबंध मन से, अंतःकरण से जुड़ा है। पुण्य तथा पाप की व्यवस्था भी मन पर ही निर्भर है।

चरित्र निर्माण में धर्म की भूमिका महत्वपूर्ण रही है। आज भी राष्ट्र एवं व्यक्ति के चरित्र निर्माण में इसकी नितांत आवश्यकता है। ब्रह्मा ने सृष्टि के उपरान्त समाज तथा राष्ट्र के सुचारु संचालन हेतु अनेक विधि निषेधों की रचना की। उन्होंने व्यक्ति और समाज के कर्त्तव्य तथा अधिकारों की एक आचार संहिता का निर्माण किया। जो मानव धर्म संहिता कहलायी। युगों तक व्यक्ति तथा समाज के कार्यों पर इन धर्मो का पूर्ण प्रभाव रहा। धर्म विरुद्ध आचरण करने का साहस न मनुष्य में था, न समाज में, धर्म विरुद्ध आचरण करने वाले को जाति तथा समाज से च्युत कर दिया जाता था और उसकी सामाजिक प्रतिष्ठा भी भंग कर दी जाती थी। आचार संहिता व्यक्ति और समाज दोनों पर अंकुश लगाती

है। तात्पर्य यह है कि जिस आचरण में समाज को धारण करने की शक्ति है वही धर्म है। इस प्रकार धर्म का अर्थ हुआ समाज की रक्षा या कर्त्तव्य पालन कराने वाला यहां रक्षा का संबंध व्यक्ति तथा समाज दोनों के साथ है और कर्त्तव्य पालन का केवल व्यक्ति के साथ। अतः समाज के निर्माण तथा रक्षण की दिशा में व्यक्ति के अनेक कर्त्तव्य हैं धर्म ही व्यक्ति को उसके कर्त्तव्यों का ज्ञान कराता है। धर्म ही व्यक्ति के चरित्र निर्माण में महत्वपूर्ण योग देता है। अंततः भारतीय धर्म साधन में उत्तम चरित्रवान महापुरुषों का सृष्टि में सर्वोच्च स्थान है। उनके महान आदर्शों से संसार युगों-युगों से प्रेरणा लेता आ रहा है। वे सभी के प्रेरणा के स्रोत भी रहे हैं। वस्तुतः महापुरुष तो भगवद् विभूति ही होते हैं। उन सभी के चरित्र निर्माण में धर्म की भावना निहित रही है। तथा उनके चिंतन तथा कर्म में धर्म का महान योग रहा है। अतः चरित्रशील को धर्मपथ पर चलना चाहिए। क्योंकि आचार (चरित्र) ही परम धर्म कहा गया है।

चरित्र निर्माण की आधार शिला है अहिंसा, मैत्री, प्रेम, सत्य और सदाचार कर्म और श्रम, साधना, नैतिकता, और प्रामाणिकता, सेवा और त्याग आदि भिन्न आदर्श इसी में से प्रस्फुटित होते हैं। वेद इन्हीं आदर्शों पर बल देता है। चरित्र उन गुणों का समूह है। जिनका संबंध व्यवहार से होता है। आर्य संस्कृति का आधार चरित्र है। शास्त्र निर्देश लोकमर्यादा समाज की आवश्यकता एवं तत्कालिक स्थिति के अनुसार कर्त्तव्य अकर्त्तव्य का ध्यान रखते हुए व्यवहार करना इसके प्रमुख अंग हैं।

जीवन के समस्त गुणों ऐश्वर्यों, अक्षय कीर्तिकलापों तथा सफलता की आधारशिला चरित्र ही है। चरित्र की सुगंध से ही जीवन पुण्य अपना चतुर्दिक सौंदर्य बिखेर कर सार्थक होता है। सच्चरित्र पुरुष विधाता की वाटिका के वैसे दिव्य पुष्प हैं जिनकी सुगंध कभी कम नहीं होती। चरित्रवान महापुरुष ऐसे आकाश दीप हैं। जो कभी बुझते नहीं और जिनके अमित आलोक में हम अपने जीवन के जलयान को ले जा सकते हैं अर्थात जिस चरित्र से परमात्मा का संदेश अमर एवं शाश्वत

बनकर संगीतज्ञों की वीणा में महाकवियों की वाणी में गूंजा करता है तथा कलाकारों की तूलिका में सौरभी बनकर बस जाता है। वह चरित्र है। अतः आज सच्चरित्र बनने के लिए सुशिक्षा, सुसंगति और सद्ग्रन्थों का स्वाध्याय नितांत आवश्यक है। यदि आज हम भारतीय महापुरुषों के आदर्श चरित्र को जीवन में उतारें तो हमें विश्वास है कि चारित्रिक मंगल प्रभात की स्वर्णिम किरणों से जीवन आलोकमय हो उठेगा और जीवन के प्रधान लक्ष्य, शील की प्राप्ति अवश्य हो सकेगी।

शुद्ध ज्ञान जब सक्रिय होता है, तब सच्चरित्रता उदय होती है। कोई ऐसा जीव नहीं जो चरित्र से सर्वदा रहित हो। प्रत्येक प्राणी में एक न एक विशेष गुण या स्वभाव विद्यमान रहता है। इस स्वभाव का दूसरा नाम प्रकृति है। शास्त्रकारों का कहना है कि पिछले जन्मों में अर्जित धर्म-अधर्म, ज्ञान इच्छा आदि जो संस्कार वर्तमान जन्म में अभिव्यक्त होते हैं। उन्हीं संस्कारों का नाम प्रकृति है। और सामाजिक ताप जब तीव्रमय हो उठता है। संसार दैन्य और हाहाकार से कराह उठता है। तभी नवीन भावनाओं की धारा में मानव को प्रवर्तित करने के लिए लोकोत्तर चरित्र का अवतरण होता है। इसी से मनुष्य मुक्ति का संधान पाता है। अतः सावधानी से चरित्र का पालन होना चाहिए।

जिनका चित्त अत्यंत शांत है, जो सब के प्रति कोमल भाव रखते हैं, जिन्होंने स्वेच्छानुसार अपनी इंद्रियों पर विजय प्राप्त कर ली है। तथा जो मन वाणी और क्रिया द्वारा कभी दूसरों से द्रोह करने की इच्छा नहीं रखते, जिनका चित्त दया से द्रवीभूत रहता है। जो चोरी और हिंसा से सदा ही मुख मोड़े रहते हैं। सद्गणों के संग्रह तथा दूसरों के कार्य साधन में जो प्रसन्नता पूर्वक संलग्न रहते हैं। सदाचार से जिनका जीवन सदा उज्जवल, निष्कलंक बना रहता है। जो दूसरों के उत्सव को अपना उत्सव मानते हैं। समस्त प्राणियों के भीतर भगवान विष्णु को देखकर कभी किसी से ईर्ष्या द्वेष, नहीं करते। दीनों पर दया करना जिनका स्वभाव बन जाता है और जो सदा परहित साधना में विशेष इच्छा रखते

हैं। समाष्टि और व्यष्टि सबको भगवान का ही रूप समझते हैं। पितरों में भी भगवान विष्णु की ही दृष्टि (उद्वि) रखते है। संसार के लोगों के समीप अपने को तृण के समान तुच्छ मानकर विनयपूर्ण बर्ताव करते हैं। जगत के सब लोगों का उपकार करने के लिए जो कुशलता का परिचय देते हैं। दूसरों के कुशल क्षेम को भी अपना ही मानते हैं। दूसरों का तिरस्कार देखकर उनके प्रति दया से द्रवीभूत हो जाते हैं। तथा सबके प्रति कल्याण की भावना रखते हैं। जो दूसरों की गुणराशि से प्रसन्न होते परिणाम में सबको सुख देते, भगवान में सदा विशेष रूप से मन लगाये रहते तथा प्रिय वचन बोलते। ऐसे चरित्र वाले ही संसार में आदर्श महामानव कहलाने के अधिकारी होते हैं। अपने हृदय को शुद्ध बनाने के लिए जो धीर व्यक्ति अपनी वाणी के वेग को मन के वेग को, क्रोध के वेग को, जिह्वा के वेग को, उदर के वेग को, एवं जननेन्द्रिय के वेग को, सहन करने में समर्थ हो जाता है। वह समस्त पृथ्वी का शासन कर सकता है। भक्ति, अनुशीलन के समय उक्त छः प्रकार के वेग कच्चे साधक के साधन में भारी बाधा डालते हैं। अतः भावशील व्यक्ति को इन छः वेगों को रोकने का सदा प्रयत्न करते रहना चाहिए तभी चरित्र की विशेषता होती है। चरित्र निर्माण की इच्छा वाले व्यक्ति को कष्ट में धैर्य, व्यवहार में क्षमा चाहिए। मन को विषयों की तरफ जाने से रोकना चाहिए। अन्याय से किसी का धन हड़पना नहीं चाहिए। मिट्टी और जल से अपना शरीर शुद्ध करना चाहिए। विषयों की तरफ जाने से मन को रोकना चाहिए। शास्त्र का ज्ञान, यथार्थ कहना और सत्य बोलना, तथा क्रोध न करना चाहिए, जो परस्पर व्यवहार में सदाचार के मूल सोपान हैं ऐसा जो आचरण करता है वही विद्वान है। उसकी जो भी प्रशंसा की जाये वह थोड़ी है। सभी शास्त्र पुराणों का यही विधान है। इसी से व्यष्टि और समष्टि की उन्नति होगी अर्थात जिसका आचरण श्रेष्ठ होता है वही श्रेष्ठ पुरुष गिना जाता है।

आस्तिक, नास्तिक, वैदिक-अवैदिक सभी राष्ट्रों को उन्नति एवं सुख शांति के लिए अपने देश-काल परिस्थिति को ध्यान रखते हुए

चरित्र विधान की सर्वदा आवश्यकता रही है। और रहेगी। यह करो यह न करो इस प्रकार हित-कारक आचरण का विधान है। चरित्र विधान शब्द से निर्देश है कि यह विधि निषेधात्मक चरित्र विधान यदि न बनाया जाये तो नासमझ मनुष्य अपनी चरित्रहीनता से राष्ट्र की ही नहीं अपितु अपनी सुख-शांति का भी सत्यानाश कर डाले। इससे स्पष्ट हो जाता है कि चरित्र की आवश्यकता सभी राष्ट्रों को सदा रहनी चाहिए। इससे यहां सिद्ध हो जाता है कि जो राष्ट्र चरित्र विधान के पालन-अपालन का कर्त्ता शरीर को ही मानते हैं। उसके लिए इसी जीवन में तथा इसी लोक में दण्डादि की व्यवस्था करते है। उनकी व्यवस्था अधूरी है। शरीर से पृथक जीवात्मा मानकर जन्मात्तर में तथा परलोक में भी दण्डादि की व्यवस्था करने वाले वैदिकों की आदि सनातन धर्मानुसार की गई व्यवस्था ही पूर्ण है। अतः चरित्र निर्माता को चाहिए कि वेद और वेदानुसारी ग्रन्थों से चरित्र विधान जानकर तद्नुसार आचरण करें।

सामाजिक अनुशासन बनाये रखने के लिए भी चरित्र निर्माण की आवश्यकता है। सामाजिक अनुशासन की भावना व्यक्ति में तभी जागृत होती है। जब वह प्राणियों में ही नहीं वरन सभी जीवधारियों में अपनी आत्मा का दर्शन करता है। समस्त प्राणियों में आत्मा का दर्शन करने वाला व्यक्ति कभी क्रूर नहीं हो सकता। दूसरों को कष्ट न देने वाला व्यक्ति सामाजिक अनुशासन बनाये रखने के लिए साथ ही साथ अपना परलोक भी उज्ज्वल बनाता है। यह सुनिश्चित है कि उज्ज्वल परलोक या भविष्य की कामना ही व्यक्ति को चरित्रवान और शिष्ट बनने का मार्ग प्रशस्त करती है।

व्यक्ति के व्यक्त्वि का विकास समाज में होता है। विकास के लिए वातावरण तैयार करना समाज की जिम्मेदारी है। तथा व्यक्ति को विकसित होकर अपने गुणों का लाभ समाज को देना कर्त्तव्य है। उसका समाज से अलग हटकर कोई महत्व नहीं होता। आज स्थिति बिलकुल विपरीत है। सामाजिक दायित्वों से हटकर व्यक्ति अपने स्व पर आ गया

है। वह समाज से हट गया है। इससे न तो उसका विकास ही हो पा रहा है। और न ही उसकी क्षमताओं का लाभ ही समाज को मिल पा रहा है। यह स्थिति अच्छी नहीं कही जा सकती। अतः हमें उन परिस्थितियों का निर्माण करना होगा। जिनमें व्यक्तियों का पूर्ण विकास हो। इससे समाज को उनका समुचित लाभ मिल सकेगा। यह तभी संभव है जब हम अपनी आंतरिक शक्ति को पहचानें तथा उसके बल पर अपने विकास का प्रयास करे। परिवार ही वह इकाई है। जहां से इसका प्रारंभ किया जा सकता है। प्रत्येक परिवार का मुखिया तथा अन्य बड़े लोग अपने आचरण को अनुकरणीय बनायें। अर्थात किसी व्यक्ति अथवा राष्ट्र का चरित्र ही उसका विशिष्ट लक्षण है। जो उसके आचरण से प्रतिबिंबित होता है। और अन्यों से पृथक करता है। जो व्यक्ति स्वयं आचरणशील सच्चरित्र होता है। वही व्यक्ति प्रायः जाति का मूल्यांकन करता है। भारतीय चरित्र का यह स्वाभाविक रूप है। भारतीयों की सहनशीलता, सरलता तथा सौहार्द्र, उनमें सच्चे भ्रातृत्व का भाव उत्पन्न करता है। यह शुद्ध भावना उनके जीवन की पवित्रता को प्रकट करती है।

चरित्र का संबंध शरीर से है। वह स्वस्थ एवं विकार रहित हो तो व्याधि उत्पन्न नहीं हो सकती। व्याधि का आश्रय शरीर और मन है। मन द्वारा समर्थन पाकर प्रवृत्त होता है। सारी चेष्टायें इसी के द्वारा होती हैं। इसकी प्रेरणा से देह कठपुतली की तरह गुण-अवगुण की सम्पन्न एवं चरित्रहीन क्रियायें करता है। इन सब व्यवहार और चेष्टाओं का दृष्टा एवं शिक्षक-आचार्य यह लोक अर्थात समाज है। अतः लोकाचार के अनुसार प्रशस्त कर्म करना, शरीर एवं मन के द्वारा आचार-विचार-आहार विहार एवं व्यवहार करना ही चरित्र की महत्ता है।

चरित्र के बिना व्यक्ति का अस्तित्व अधूरा है। चरित्र है तो सब कुछ है। चरित्र चला गया तो सब कुछ चला गया। खोया हुआ धन, स्वास्थ्य, यश सब कुछ पाया जा सकता है। पर यदि चरित्र पर धब्बा

लग गया तो वह कभी नहीं मिटता। इसीलिए कुसंगति से बचना चाहिए। क्योंकि कुसंगति काजल की कोठरी है। चरित्र के भवन की नींव बचपन में ही डाली जानी चाहिए। तभी चरित्र का सही स्वरूप उभरता है। कुमार्ग पर भूलकर भी पैर नहीं रखना चाहिए। सच्चरित्रता की लीक से हटते ही त्रैलोक्य विजय रावण की दशा कुत्ते जैसी हो गयी।

चरित्र संपूर्ण गुणों का एक ऐसा जगजमगाता पुंज है। जो दानव को मानव, एवं मानव को देवत्व की श्रेणी में ला खड़ा कर देता है। सच्चरित्रवान मानव सदा से पूज्यनीय रहे हैं। उनके सद्‌गुणों से हजारों मनुष्यों को प्रेरणायें मिली हैं। और अपने जीवन को सन्मार्गों की ओर मोड़ने में लोगों ने सफलतायें प्राप्त की हैं।

देशभक्ति की भावना से भी ऊंची मानववादी या विश्वहित की भावना है। जिसके अनुसार प्रत्येक व्यक्ति को यह प्रयत्न पूर्वक मनाते रहना चाहिए कि विश्व के सारे प्राणी सदा सुखी रहें, परस्पर बधुंत्व भाव से एक दूसरे की सहायता करें, प्रेम और सद्‌भाव के साथ रहें, समष्टि रूप से लोक कल्याण का उपाय करते रहे, और कोई भी ऐसा कार्य न करें, जिससे मानव जाति को, यहां तक कि पशु पक्षी या वृक्षादि का भी संहार और विनाश की किसी भी प्रकार संभावना न हो।

चरित्र इहलोक और परलोक के बीच एक सेतु का निर्माण करता है। इसी विशेषता की ओर निर्देश करते हुए किसी विचारक ने कहा है कि चरित्र यहां अर्जित किया जाता है। और यही एक वस्तु है, जिसे हम परलोक तक ले जा सकते हैं। चरित्र राष्ट्र की अक्षय निधि है। समाज चरित्र पर बड़ी आशा करता है। क्योंकि समाज का गठन व्यक्तियों से बना है। और समाज की यह दृढ़ प्रतीति होनी चाहिए कि चरित्र ही नियति है। यह राष्ट्रीय और जागतिक स्तर पर तो और भी सत्य है।

चरित्र निर्माण का अभिप्राय है जीवन को सच्चरित्र में ढालना सर्वथा ऐसा आहार-विहार और व्यवहार-व्यापार करना जिससे अपना और

दूसरों का सब प्रकार हित साधित हो। सामान्यता सत्य-भाषण, अहिंसा, चोरी न करना, काम, क्रोध, लोभ रहित होना, समस्त प्राणियों का हित चिंतन करना, कपट रहित होना, तथा परोपकार ऐसे सदाचरण हैं। जो सभी वर्ग के लोगों के लिए आचरणीय है। और उन्हें मानव मात्र का परम कर्त्तव्य माना गया।

विश्व का इतिहास साक्षी है कि चारित्रिक सद्‌गुण होने पर ही कोई व्यक्ति महापुरुष होता है। ऋषि, मुनि, आप्त, साधु, संत, महात्मा के धर्म शास्त्रानुकूल सदाचरण ही सच्चरित्र है। और ऐसे चरित्र वाले पुरुष भी सच्चरित्र कहलाते हैं। उसकी सच्चरित्रता के लिए मन, बचन और कर्म, इन तीनों की पवित्रता एवं एकरूपता अपेक्षित है। इस एकरूपता के रहने पर ही व्यक्ति महात्मा होता है। अनेकरूपता आने से वह दुरात्मा कहलाता है। अतः सच्चरित्र के मन में जैसा सद्‌विचार आता है उसे अभिव्यक्त करने के लिए वैसी ही सत्य वाणी का प्रयोग करता है। और वचन के अनुरूप ही सद्‌व्यवहार करता है। इससे उसके चरित्र का निर्माण होता है। और वह उस चरित्र के बल पर महान व्यक्ति बनता है। वह सच्चरित्र महापुरुष की वाणी के अर्थ का अनुसरण करता है। इसके विपरीत लोकहित के प्रतिकूल असत्य भाषण से चरित्र का पतन होता है। तथा वहां अनृतवक्ता समाज में गर्हित माना जाता है। कोई कितना भी धनवान क्यों न हो यदि वह चरित्रहीन है तो दुर्गति पाता है। अतः चरित्र निर्माण की महत्ता स्वतः सिद्ध है। वर्तमान कालिक सामाजिक अशांति भी चरित्र बल तथा ईश्वर धन से अवश्य दूर की जा सकती है। आज देश में और भारतीय समाज में चरित्र साधना की नितांत आवश्यकता है।

चरित्र मानव समुदाय की अमूल्य निधि है। इसके अभाव में व्यक्ति पशुवत व्यवहार करने लगता है। आहार, निद्रा, भय, और मैथुन आदि की वृत्ति सभी जीवों में विद्यमान रहती है। मनुष्य में धर्म अर्थात आचार की ही एक विशेषता होती है। धर्महीन अर्थात चरित्रहीन मनुष्य पशु के

समान है। चरित्रहीन मनुष्य में मनुष्यत्व नहीं रह जाता, अतएव यह आवश्यक है कि व्यक्ति अपने जीवन में उन यम-नियमों का पालन नित्यप्रति करता है। जिनका सबंध उसके चरित्र से है। हमारे उज्ज्वल चरित्र से न केवल हमारा लाभ होगा किन्तु राष्ट्र और विश्व का भी उससे अभ्युदय होगा। हमारा पवित्र जीवन उज्ज्वल चरित्र हमारे समाज का घटक होने के नाते समाज का ही होगा। जैसे बीज से वृक्ष और वृक्ष से वन बनता है। यदि एक वृक्ष विकसित, पल्लवित, फलित होता है। तो वह वन श्री की ही अभिवृद्धि करता है। यदि उनसे प्रेरणा पाकर दूसरों ने भी अनुसरण करना प्रारंभ किया तो वह पूरे समाज का कायाकल्प कर सकता है।

बाल्यकाल, चरित्र शिक्षा का समुपयुक्त समय है। बालक का चरित्र निर्माण बाल्यावस्था से ही प्रारंभ हो जाता है। चरित्र की नींव माता-पिता की संस्कृति होती है और उसकी भित्ति सामग्री सामाजिक परिवेश होता है। माता पिता की संस्कृति जैसी होती है। बालक का चरित्र भी वैसा ही बनता है। दया-शील-सहृदय, सौहार्द्र व्यक्ति का बालक संकोची, विनयी, एवं सुशील बनता है। पर क्रूर, कुटिल, कठोर हृदय की संतान, दु:शील, निर्दयी, और निर्मोही निकलती है। अत: यदि आप चाहते हैं कि आपकी संतान सुसंतान बने, सदय, सहृदय और सुसंस्कृत हो तो आप भी वैसे अवदात, अनवद्य गुणों का आत्मावधान कीजिए। संतानोत्पति सोद्‌देश होनी चाहिए। हमें भावना करनी चाहिए कि हमारी संतान देश धर्म की सेवा में तनमन (सर्वस्व) लगाने वाली, और प्रभुभक्त हो। तभी हम चरित्रशील संतानें उत्पन्न कर, अपना तथा समाज का और राष्ट्र का कल्याण और विश्व का मंगल कर सकते हैं।

वर्तमान समय में चारित्रिक उन्नयन की अत्यधिक आवश्यकता अनुभव की जा रही है। इसका शाश्वत कारण यह है कि चरित्र ही धर्म, अर्थ, काम और मोक्ष प्राप्ति की आधारशिला है। तात्कालिक आवश्यकता है कि राष्ट्र में व्यवस्था बनी रहे, आज जीवन के विभिन्न क्षेत्रों में

विकास की गति निःसंदेह पूर्वापेक्षा तीव्रतर है किन्तु चारित्रिक दृष्टि से हमारा समाज क्रमशः निर्बल होता जा रहा है। इसी कारण विद्वानों ने चरित्र निर्माण पर बल दिया है। शास्त्रकारों ने स्पष्ट कहा है कि जिसको शुद्ध हृदय महात्मा स्वीकार करें, वही वास्तव में धर्म है। इससे यह सूचित होता है कि चरित्र का निर्माण बाह्य जगत से न होकर, अभ्यंतर जगत से होता है। जब तक चित्त के दोषापकरण न होंगे, तब तक चरित्र निर्माण न होगा। प्रश्न होगा कि चित्त का शोधन सत्संगादि साधनों से होता है। सत्संग तो प्रतिदिन करते हैं किन्तु चित्त की स्थिति वही है। इसका कारण क्या? या तो जल ऊसर भूमि में जा रहा है। या हम कपड़े में जल भर रहे हैं। नहीं तो द्रवित स्वर्ण जिस प्रकार के सांचे में पड़ जाता है। वह उसी प्रकार का हो जाता है। हमारे द्रवीभूतान्त कारण में सत्संग एक बार भी हो जाये तो जीवन का बहुत बड़ा काम हो जाता है। वह चित्त कब द्रवीभूत होगा? जब हम प्रतिदिन अपना आत्म निरीक्षण शुरू कर दें। जब प्रतिदिन सादगी चित्त में दिखाई देगी, तो उसके मार्जन की इच्छा भी हो जायेगी। क्योंकि मन स्वाभाविक स्वच्छता का प्यासा होता है।

चरित्र के बिना व्यक्ति का जीवन उस दिग्भ्रान्त नाविक विहीन जहाज के समान है। जो दुविधामयी स्थिति में विस्तृत सागर में डगमग कर रहा हो, चरित्रयुक्त मनुष्य के जीवन का एक निश्चित लक्ष्य होता है। वह है आत्मज्ञान की प्राप्ति। आत्मज्ञान प्राप्ति की आकांक्षा रखना ही श्रेष्ठ चरित्र के विकास का रहस्य है। श्रेष्ठ चरित्र एक खिले पुष्प की भांति शांति और आनंद का गौगन्ध सदैव प्रसारित करता रहता है। अर्थात मनुष्य के चरित्र के नष्ट होने पर वह शरीर धारी होते हुए भी मृतक के समान समझा जाता है। अतः चरित्र से श्रेष्ठ और कुछ नहीं है। स्मृत्युक्त शिक्षा पद्धति का मुख्य उद्देश्य चरित्र का उत्थान करना था। प्राचीन भारत में चरित्र का इतना अधिक महत्व था कि समस्त वेदों का मर्मज्ञ सच्चरित्रता के अभाव में मानवीय नहीं था किन्तु केवल गायत्री मंत्र का ज्ञाता अपनी सच्चरित्रता के बलपर माननीय हो जाता था।

सत्कर्मों से ही चरित्र का उत्थान माना जाता था। ये सत्कर्म नैतिक मूल्यों से ही संचालित होते थे। शिक्षण काल में ही मनुष्य के आचरण और चरित्र को उन्नत बनाने का प्रयास किया जाता था। समाज के अन्य लोगों के साथ उसके सद्व्यवहार की प्रवृत्ति उसके चरित्रोत्थान में सहायक होती थी। व्यक्ति चाहे किसी वर्ण, जाति, पद, आयु, अथवा स्तर का हो उसे धैर्य, क्षमा, अस्तेय, शौच, इंद्रियनिग्रह, विद्या, सत्य, अहिंसा, पवित्रता, दान, संयम, और अतिथि सेवा आदि नैतिक मूल्यों का परिपालन करना पड़ता था इससे व्यक्ति का चारित्रिक उत्थान होता था। वही पंडित समझा जाता था।

"वृत्तं यत्नेन संरक्षेद" चरित्र की यत्नपूर्वक रक्षा करनी चाहिए। धन तो आता जाता रहता है। धन के नष्ट होने पर भी सदाचारी मनुष्य का नाश नहीं होता किन्तु चरित्र के नष्ट होने से मनुष्य का सम्पूर्ण विनाश ही समझना चाहिए। आज अपने देश में क्या सम्पूर्ण विश्व में ही चरित्र का पतन हो गया है। इसी छल, दम्भ, चोरी, बेईमानी, घूसखोरी, अत्याचार, व्यभिचार, हत्या, दुख, दारिद्रय, आदि सभी संकटों से मानव समाज त्रस्त है। अपने ही देश को लीजिए, जब तक यहां चारित्र्य का बल था तब तक दूध, दही, घी आदि की अतिशय अधिकता के कारण इन्हें कोई पूछता न था। आज ये ही वस्तुएं मानव समाज के लिए दुर्लभ होती जा रही हैं।

संसार में उत्तम चरित्र का बड़ा महत्व है किसी भी समाज देश, जाति या राष्ट्र की उन्नति सच्चरित्र मानवों पर ही निर्भर करती है। निकृष्ट चरित्र व्यक्ति महत्वहीन होता है। ब्रह्मानव समाज एवं देश को कलंकित कर उन्हें पतन की ओर उन्मुख कर देता है। आज हमारे समाज एवं राष्ट्र पर चरित्र का भरपूर प्रभाव दृष्टिगोचर हो रहा है। इसीलिए हमारा राष्ट्रीय वातावरण झूठ, संशय, ईर्ष्या, स्वार्थ, रिश्वत, चोर बाजारी, छल कपट, बेईमानी आदि अनैतिक तत्वों से दूषित हो गया है। समाज में अत्याचार, दुराचार, भ्रष्टाचार आदि का बोल बाला है।

समाज का हर व्यक्ति आज इनसे अत्यधिक क्षुब्ध एवं त्रस्त है। बेईमानी हमारे जीवन की एक नीति पद्धति बन गई है। आज हमारे राष्ट्रीय चरित्र का पतन हो रहा है।

यदि समय पर चरित्र निर्माण पर ध्यान नहीं दिया गया तो शीघ्र ही देश में मत्स्य न्याय लागू हो जायेगा। सबल दुर्बलों को भक्षण करने लगेगा। और सबका जीवन दूभर हो जायेगा। राष्ट्र नष्ट हो जायेगा। चरित्रवान, तपस्वी, राजा की, राष्ट्र की रक्षा कर पाता है। कल्याण इसी में है कि समस्त शिक्षा विधि चरित्र निर्माण केन्द्रित बनायी जाये। राष्ट्र में विभिन्न उद्योगों, सेतुओं, बांधों, अणु शक्ति केद्रों, अर्थात सभी महत्वपूर्ण स्थानों एवं संस्थानों के निर्माण से कहीं अधिक महत्वपूर्ण है राष्ट्र का चरित्र निर्माण करना जिसके बिना राष्ट्र का "सब धन धूल समान" है। जिस राष्ट्र के पास चलने के लिए न तो पांव है न कोई मार्ग है। वह कितना भी उछले-कूदे-हिले-डुले प्रगति पथ पर एक पग भी आगे बढ़ नहीं सकता। चरित्र ही राष्ट्र का पंख भी है और मार्ग भी अतः प्रत्येक उपाय से साम या दाम से उसकी रक्षा या विकास राष्ट्र का, समाज का, प्रशासन का, प्रथम कर्त्तव्य होता है। अर्थात मानव मात्र के आधार भूत चरित्र ही आधार है। जिस पर मानव संस्कृति की गगन चुंबी अट्टालिका खड़ी की जा सकती है। तथा जिसके छोड़ने पर वह धराशायी हो सकती है। प्रत्येक राष्ट्र को दूर दिशा में सतत् सावधान रहना चाहिए भारत के लिए तो यह अत्यंत सामयिक अनिवार्य कर्त्तव्य हो गया है।

चरित्र निर्माण की चुनौती समक्ष है। इसके अभाव में व्यक्ति और समाज दोनों ही कष्ट में हैं। इसका समाधान हम करना नहीं चाहते। यदि चाहें तो कार्य कठिन नहीं है। जीवन का महत्व त्याग में है। त्यागमय जीवन से थोड़े समय के लिए कठिनाई अवश्य हो सकती है। परन्तु आगे उससे लाभ ही मिलना है। इसके लिए हमें अपनी ही शक्ति को पहचानना है। तथा उसी पर अपने तथा समाज के विकास के लिए

निर्भर रहना है। अपनी आंतरिक शक्ति को पहचान लेने पर हमें किसी बाह्य शक्ति के सहारे की आवश्यकता नहीं होगी। यह आत्मशक्ति ही सुदृढ़ चरित्र प्रदान करेगी। जो व्यक्ति समाज और राष्ट्र को आगे बढ़ाने में सहायक होगी। अतः आत्मशक्ति को पहचान उठो, जागो, बड़ों के पास जाकर समझो बूझो "उत्तिष्ठत जागृत प्राप्य वरान्निबोधत"।

शिक्षा जगत का अधिष्ठाता आचार्य या गुरू है। एक समय था जब गुरू गौरवशाली, ब्रह्मज्ञानी, त्यागी, तपस्वी, और समाज संचालक थे। उस समय वे सर्वाधिकारी होकर दिव्य गुणों के आधार पर स्वतंत्र विचरण करते थे। भारतीय संस्कृति के पोषक गुरू अपने जीवन में शिष्य से, पुत्र से, पराजय चाहते थे। इसी गरिमा के कारण वे वंदनीय, सहनीय और गोविन्द से भी उच्चत्तर थे। उन्हें *"गुरुर्ब्रह्मा, गुरुर्विष्णु, गुरुर्देवोमहेश्वरा"*, कहकर सम्मानित किया जाता था। पर आज वरतन्तु समर्थ गुरु रामदास, मुनि संदीपनि, गर्गाचार्य आदि की कल्पना मात्र शेष है। शिक्षा जगत के प्रहरी मानों सुप्त हैं।

शिक्षा हमें अंधकार से प्रकाश की ओर लाती है। अतः चरित्र निर्माण में आचार्य अथवा अध्यापक या शिक्षक की भूमिका निर्विवाद महत्वपूर्ण है। आचार्य अपने इस दायित्व से उदासीन नहीं रह सकता। आचार्य का शब्दिक अर्थ स्वास्थय है कि जो स्वयं आचरण करता हुआ शिष्यों को सदाचरण की शिक्षा दें वह आचार्य है। बालक अपने शैशव काल से ही आचार्य का सान्निध्य प्राप्त कर लेता है। प्राचीन काल में शिक्षा देने का कार्य आचार्य अपने आश्रमों में करते थे। आज वह व्यवस्था लुप्त हो चुकी है। आचार्य अपने आचरण से बालक पर ऐसा प्रभाव डालते थे कि बालक उसी रंग में जाता था। उसमें धैर्य, क्षमा, अस्तेय, आदि गुणों का स्वतः समावेश होकर विकास हो जाता था। शिक्षा और चरित्र का सहज संबंध है। शिक्षा चरित्र निर्माण की पूरक है। चरित्र निर्माण में जहां शिक्षा आधार है। वहां चरित्र निर्माण से शिक्षा की सफलता सिद्ध होती है। चरित्र निर्माण के बिना शिक्षा का क्या महत्व

है। अर्थात उत्तम शिक्षा का संबंध केवल इस जन्म, इस लोक से ही नहीं अन्य जन्मों, अन्य लोकों में भी मान्य है। शिक्षा जगत की आधार शिला है। विद्यार्थी उसका मन, उसकी बुद्धि, बड़ी कोमल और स्वच्छ होती है। माता-पिता पहले उसके चरित्र निर्माण के लिए विज्ञ आचार्यों के पास भेजते थे। वहीं उसके हृदय में स्वर्णिम रश्मियां उदय होती थी। वह "आचार्य देवोभव" का पालन कर संयम, समता, संतोष, स्वाध्याय को परमविधि समझता था। वृद्धों की सेवा और गुरुजनों की प्रणति से आयु, विद्या, यश, और ब्रह्मत्व की वृद्धि से "सादा जीवन उच्च विचार" उसके व्यक्तित्व में साकार हो जाता था।

प्राचीन समय में सम्पूर्ण शिक्षाक्रम चरित्र शुद्धि पर ही आधारित था। कार्यशुद्धि, वाक्शुद्धि, मनशुद्धि पर अधिक ध्यान चौबीस वर्ष पर्यन्त ब्रह्मचर्य पालन, अहिंसा, सत्य, अस्तेय, परोपकार, आदि शिक्षार्थियों के ज्ञानार्जन के विशेष अंग थे। प्रातः से सायं पर्यन्त उनकी दिनचर्या चरित्र निर्माण से ओत प्रोत थी। संतोष, शुचिता, निष्कपट व्यवहार, जितेन्द्रियता, गुरुजनों की अनुकूलता, संध्योपासना, मितभाषण, शास्त्रानुकूल प्रवृत्ति आदि गुरुकुल निवास के मुख्य प्रयोजन थे। दैनन्दिनि विहित नित्य कर्मो का पालन अनिवार्य था। गुरू गुणों के प्रकाशक होते थे। सच्चरित्र सुयोग्य विद्वान गुरुजनों का संग पाकर वे सच्चरित्र दृढ़शील होते थे। सदाचार पूर्ण सच्चरित्रता की दृढ़ता ने ही भारतीय संस्कृति को अद्यावधि जीवित रखा है। सच्चारित्रता का मन पर बड़ा प्रभाव पड़ता है। चरित्र ही मनुष्य को शिष्टयाशिष्ट सिद्ध करता है। सच्चरित्र मनुष्य दुर्दान्त मन को भी वश में कर लेता है। सच्चरित्र पुरुष का हृदय, दृढ़, प्रसन्न, और निर्मल रहता था। वह दीर्घायु तथा शुद्धान्तकरण होता है। और दूसरों का कल्याण चाहता है। उसका मन शुभ वासनाओं से वासित होता है। सद्विचारों का पोषण सच्चरित्रता से ही संभव है। भारतीय संस्कृति चरित्र निर्माण तथा आचार पर ही प्रतिष्ठित है। इसके उन्नायक हैं, निस्पृह, त्रिकालदर्शी, महर्षिगण। भले ही आज का बाह्य स्वार्थ परायण

धन और विषय भोगों की प्राप्ति के लिए स्वधर्म भगवान और आत्मा की बलि देने वाला उच्छृंखल मानव इसका महत्व न समझे, भले ही वह भरत से स्नेह वश राज्यत्याग को मूर्खता पूर्ण कहले, सच तो यह है कि चरित्रबल के बिना कोई मानव वास्तविक सफलता नहीं पा सकता। अर्थात हमें श्रेष्ठ आचरणों को आदर्श मानकर चलना चाहिए। तभी शिक्षा का वास्तविक उद्देश्य पूर्ण हो पायेगा। और हम चरित्रशीलों में आदर्श हो सकेंगे।

सत्संग से सदाचार की शिक्षा प्राप्त होती है। सदाचार के पालन करने से सद्बुद्धि द्वारा सच्चरित्र का गठन होता है। इससे प्राणी सद्गति पाने का अधिकारी हो जाता है। अतः अपना कल्याण चाहने वालों को सज्जनों से सच्चरित्र की शिक्षा ग्रहण करनी चाहिए। तभी सुख पूर्वक जीवन यापन कर सकते हैं। तथा भारतीय संस्कृति की सर्वतोन्मुखी उन्नति हो सकेगी। अंततः परमात्मा से यह प्रार्थना है कि अज्ञानांधकार में निमग्न सभी जनों को सच्चरित्रवान बनायें।

प्राचीन भारत में विद्यार्थी का जीवन ज्ञान एवं कर्त्तव्य पालन में व्यतीत होता था। उस समय बिना आचार पालन के शिक्षा के आदर्शों की प्राप्ति प्रायः असंभव थी। शिक्षा का आदर्शमात्र बौद्धिक ज्ञान प्राप्त करना न था। उससे कहीं अधिक महत्वपूर्ण उसका आचरण था। इसके द्वारा विद्यार्थी में अनेक मानवीय गुणों का विकास होता था। उसका सम्पूर्ण व्यक्तित्व विकसित होता था। विद्यार्थी जीवन के नैषर्गिक धरातल से सांस्कृतिक धरातल को प्राप्त करता था। जिसके द्वारा शैक्षणिक संस्कार विद्यारम्भ, उपनयन, वेदारम्भ आदि का जन्म हुआ। इन संस्कारों के साथ उसको नियमित दिनचर्या व्यतीत करनी पड़ती थी। जिसके द्वारा उसका आचरण अनुशासन एवं शील युक्त होता था। इस प्रकार एक विशेष सोच में ढला हुआ विद्यार्थी बुद्धि से प्रखर एवं मन से महान होता था। और विद्यार्थी में एक विशेष प्रकार का तेज परिज्ञान

एवं नेतृत्व प्राप्त होता था। सुसंस्कृत व्यक्ति विद्या से सुख, यश, कीर्ति, ज्ञान, स्वर्ग और मोक्ष को प्राप्त करता था।

विद्यार्थी समाज का श्रेष्ठ अंग है। उसका अंत:करण स्चच्छ दर्पण है। उस पर समाज के दुश्चरित्रों, कुसंग, व्याधि का प्रभाव स्वत: हो जाता है। निंदनीय नेता, व्यसनी आचार्य, अंधा गूंगा, बहरा प्रशासन भी उसके अध: पतन के कारण हैं। अत: विद्यार्थियों के चरित्र निर्माण के लिए इन बाधक तत्वों को मिटाना आवश्यक है। अन्यथा इस अवसर की जरा सी भूल जीवन भर के लिए अभिशाप बन सकती है। उसके सुधार के लिए माता-पिता, गुरू, परिवार, मित्रमण्डल और प्रशासन तंत्र की स्वच्छता आवश्यक है। अत: विद्यार्थी के चरित्र निर्माण के लिए ये दस बातें नितांत आवश्यक है। सुसंस्कृत बालक ही जीवन में प्रकाश और शक्ति दोनों प्राप्त करते हैं। उनकी प्रारम्भिक शिक्षा योग्य सदाचारी आचार्य द्वारा सम्पन्न हो विद्यालयों में दार्शनिक महात्माओं को आमंत्रित कर प्रवचन की व्यवस्था हो, अश्लील साहित्य, चलचित्र, रोमांटिक, जासूसी पुस्तकों पर प्रतिबंध लगे, पूर्ण मनोयोग के साथ अध्ययन गुरुजनों का अभिवादन, नित्य का काम नित्य करना, सादा जीवन, ब्रह्मचर्य व्रत पालन, मादक पदार्थों का त्याग भी आवश्यक है। आज विद्यार्थी के चरित्र निर्माण की व्यापक आवश्यकता है। इस विषम परिस्थिति में इन सिद्धातों को नकारा नहीं जा सकता। अत: समाज और प्रशासन का सब ओर से ध्यान केन्द्रित कर इसका सुधार अवश्य करना चाहिए।

भारत अनादि काल से विश्व गुरू रहा है। आज हमारे हरे राम, हरे कृष्णा का नाद विश्व में गूंज रहा है। अणुमय से संत्रस्त मानव भोग से विरत हो योग का आश्रय लेने भारत की ओर उन्मुख हो रहे हैं। अत: हमें भी आज की विस्तारवादी राजनीति को एक मर्यादा में मर्यादित कर चरित्र विकास की ओर अधिक ध्यान देना चाहिए। इसके फलस्वरूप हमारा राष्ट्र निश्चय ही पुन: शीर्षस्थ स्थान पर आरूढ़ हो विश्व को

उचित दिशा–दर्शन देने में सफल हो सकेगा। भारत वर्ष जीवन की प्रत्येक दिशा की भांति चारित्रिक दिशा में भी जगद्गुरू रहा है। यह वही देश है जहां का प्रशासक मुक्त कण्ठ से कहता था मेरे देश में कहीं कोई चोर, कृपण, मद्यपायी, दैनिक अग्नि होत्र न करने वाला मूर्ख और स्वैराचारी, व्यक्ति निवास नहीं करता। फिर स्वैराचरण करने वाली स्त्री तो भला कैसे हो ही सकती है। इसकी चरित्र सम्पत्ति इतनी विराट् और सार्वभौम थी कि सारे विश्व के मानव इससे अपने अपने चरित्र की शिक्षा ले सकते थे। यहां का अग्रजन्मा ही विश्व का अग्रयेता महापुरुष था। ऐसे अप्रतिम देश के लिए राष्ट्रीय चरित्र निर्माण कोई असंम्भावित बात नहीं है। आवश्यकता बस इसी अतीत पथ पर–दृष्टि पथ पर चल देने की है। सत्य का पथ सुगम है। सत्य और ऋतु का मार्ग कभी विषम और कण्टकाकीर्ण नहीं होता। आइए हम मंगल आशंसा सहित उसी पथ से चलने का दृढ़तम निश्चय करें। जिससे राष्ट्रीय चरित्र का निर्माण हो सके और गुरू भारत पुनः विश्व को आदर्श दे सके।

आज सारे विश्व में सच्चरित्रता और शीलवत्ता का अभाव सा प्रतीत हो रहा है। सर्वत्र उच्छृंखलता, यथेच्छाचारिता, दुराचार, अनाचार, भृष्टाचार, व्यभिचार, एवं अत्याचार, आदि का बोल बाला है। सत्यनिष्ठा, बृह्मधर्म एवं मर्यादित जीवन का तो प्रायः लोप ही होता जा रहा है। चारों ओर परस्पर विद्वेष मारकाट, चोरी डकैती, परस्वापहरण, जीव हिंसा, घूसखोरी, तथा स्वार्थ परायणता बढ़ती जा रही है। छात्रों एवं नवयुवकों में अनुशासनहीनता, गुरुजनों के प्रति अवज्ञा, उदण्डता अपनी चरम सीमा पर पहुंच रही है। भोगलिप्सा अमर्यादित रूप से बढ़ रही है। यही कारण है कि जगत में इतनी वैज्ञानिक उन्नति होने पर भी दुख–क्लेश और मानसिक अशांति आदि उत्तरोत्तर बढ़ते जा रहे हैं। इस पतन के पुनः प्रवाह को रोकना तो वस्तुतः भगवान के ही हाथ है। तथापि भगवान के तथा शास्त्र के आदेशानुसार प्रयत्न करना मनुष्य का धर्म और कर्त्तव्य है।

संसार के सभी देशों में प्रत्येक नागरिक से सदा यह आशा की जाती रही है कि वह समाज का उपयोगी अंग बनकर समाज में शाश्वत शांति सद्भाव और सहयोग के साथ दूसरे का हित करने की भावना से कार्य करता रहेगा। शिष्ट, सभ्य और सुशील नागरिक बनाने के लिए वाणी और व्यवहार की शुद्धि भाव शुचिता आवश्यक और अपरिहार्य है। प्रत्येक नागरिक को अपनी वाणी और व्यवहार से अपने सम्पर्क में आने वाले प्रत्येक व्यक्ति को संतुष्ट करने का यत्न करना चाहिए। यही शील है। यही चरित्र का आधार है। वाणी और व्यवहार की इस शुचिता के लिए यह आवश्यक है कि प्रारम्भिक अवस्था में ही माता-पिता अभिभावक व गुरू उसे सामाजिक शिक्षा प्रदान करे। इससे वह अपने घर में और समाज में, अपने से बड़ों, अपने से बराबर वालों और अपने से छोटों के साथ आदर, सद्भाव और स्नेह का व्यवहार धारण करेगा। इसीलिए प्राचीन काल में गुरुकुलों में यह नियम था कि बालक को गुरु सर्वप्रथम शौच, शिष्टाचार आदि ही सिखाते थे। विश्व के जितने भी महान व्यक्ति हुए हैं उनकी महत्ता किसी शक्ति बल के कारण नहीं बल्कि उनके चरित्रबल के कारण थी। आज राष्ट्रीय चरित्र के ह्रास की बात तो सब करते हैं। परन्तु उसमें समाहित अपने दायित्व से प्रायः हम सभी मुकर जाते हैं। यदि आज की युवा पीढ़ी दिग्भ्रमित है, उसमें राष्ट्रीय चरित्र की कमी दिखलाई पड़ती है तो उसके लिए वह कम तथा प्रबुद्ध एवं प्रौढ़ वर्ग ही अधिक दोषी है। अतः आवश्यकता इस बात की है कि हम अपने अंदर सही नेतृत्व दे सकने की क्षमता का विकास करें, तथा इस प्रकार के वातावरण के सृजन में सहयोग करें। जिसके अंतर्गत युवा वर्ग अपनी अंतः शक्ति को पहचान सके और उसका उपयोग कर अपना तथा राष्ट्र का विकास कर सकें।

यद्यपि देश और राष्ट्र पर्यायवाची शब्द है, पर आज राष्ट्र का प्रयोग विशेष रूप से स्वतंत्र देश के लिए किया जाता है। विश्व में शासन की राजतंत्र प्रगति अनेक पद्धतियाँ प्रचलित रही हैं और आज भी हैं परन्तु

सम्प्रवर्तित प्रजातंत्र प्रणाली अपेक्षाकृत बहुमान्य है। प्रजातंत्र का व्यक्ति एक महान दायित्व राष्ट्र के प्रति होता है। जिसे हम अभी तक इतने वर्षो से सुव्यवस्थित न कर सके। यह दायित्व वह है राष्ट्रीय चरित्र का आदर्श, उत्कर्ष। हम अपने हृदय पर हाथ रख कर पूछें, कि क्या हम राष्ट्र की सम्पत्ति की स्वसम्पत्तिवत रक्षा करते हैं। क्या हम राष्ट्रीय गौरव के अनुरूप देश में तथा विदेशों से व्यापार-व्यवहार करते हैं? क्या हम वर्णाश्रम धर्म वाले इस धर्मप्राण देश में धर्मनीति के अनुसार चल रहे हैं? क्या हम कल्याण राज्य के अनुरूप अपने अधिकार एवं कर्त्तव्यों का ईमानदारी से निर्वाह कर रहे हैं? हमारा आज का आचरण अन्यत्र के नैतिक आचरण से ऊंचा है। क्या हम अपने राष्ट्र के प्राचीन गौरव को सन्मुख रखकर छल-दम्भ, द्वेष, पाखण्ड, झूठ, हिंसा, प्रतिहिंसा, बेईमानी आदि दुर्गुणों से बचे हैं और क्या हम राष्ट्र के गौरव एवं बल को गिराने वाले उत्कोच अन्याय, अत्याचार, भ्रष्टाचार, जमाखोरी, चोर बाजारी आदि अनैतिक आचारों से बचे एवं समाज को बचाए हुए हैं। यदि आपका हृदय कहता है कि नहीं तो सोचिए कि हम कहां जा रहे हैं। और यह हमारे राष्ट्र के चारित्रिक उत्थान का, पतन का हेतु होगा। फिर आप यदि अपने देश को अपना राष्ट्र कहते या मानते हैं। तो आपका उत्तरादायित्व आपको राष्ट्रीय चारित्र्य की दिशा में सुतरांप्रवृत्त करा देगा। पर फिर भी प्रश्न है कि क्या हम अपने राष्ट्रीय चरित्र के उत्कर्ष के लिए इच्छुक, लालायित, प्रयासशील हैं। यदि हां तो निर्दिष्ट पद्धति पर चलिए, राष्ट्र के प्रति अपना चारित्रिक दायित्व व कर्त्तव्य पूर्णतः संभालिए।

भारत एक महान राष्ट्र है इसकी गौरवमयी नींव इतिहास के स्वर्णिम तथ्यों पर आधृत है। इसका अतीत जितना प्रकाशमय रहा है, चरित्र की दृष्टि से वर्तमान उतना ही अंधकार वृत सा दृष्टि गोचर होता है। शाश्वत मूल्य आज प्रभात कालीन तारकों की स्थिति में जा पहुंचे हैं। चरित्र का जितना अधः पतन आज भारत में हुआ है उतना संभवतः अन्यत्र कहीं

नही। चारों ओर भ्रष्टाचार, आपाधापी, लूट खसोट, मिलावट, उत्कोच आदि का बाजार, इस प्रकार गर्म है कि किसी भी चरित्रवान व्यक्ति के लिए इस वातावरण में सांस लेना कठिन हो गया है। धर्म की निरपेक्षता ने इस स्थिति को विशेष उभारा है। विश्व का कोई भी धर्म हो वह चरित्र के उज्ज्वल पक्ष को विशेषतः प्रश्रय देता है। और विभिन्न दृष्टांतों द्वारा प्रत्येक व्यक्ति को चरित्रवान बनने की दिशा में प्रेरित करता है। वह जीवन की नश्वरता परलोक के दण्ड का भय आदि दिखाकर व्यक्ति को सन्मार्ग पर रहने की प्रेरणा देता है। पर आज यह धूमिल है।

आज समाज संक्रमण की स्थिति से गुजर रहा है। ऐसी दशा में आचार्य को स्वतः आगे आना होगा। उसे चरित्र निर्माण के अपने गुरुत्तर दायित्व को स्वयं वहन करना होगा। शिष्य को अपने आचार्य का सान्निध्य प्राप्त है। उनसे गुण लेना चाहिए। आचार्य को चाहिए कि वह अपने शिष्यों में ऐसे सद्‌गुणों का समावेश करे, जिसकी संजीवनी शक्ति लेकर शिष्य समाज के विभिन्न क्षेत्रों में प्रवेश कर राष्ट्र का गौरव वर्द्धन कर सके। चरित्र बल सबसे बड़ा बल होता है। जिस व्यक्ति अथवा राष्ट्र में चरित्र बल नहीं होता, वह शीघ्र ही अपना अस्तित्व खो बैठता है। आज चारित्रिक गिरावट हमारे लिए सबसे बड़ी चुनौती है। इस चुनौती का समर्थ रचनात्मक समाधान वास्तव में आचार्य के ही पास है। अतः आज के समाज को आचार्य से यह अपेक्षा है कि वह इस चुनौती को अंगीकार कर अपने छात्रों के चरित्रनिर्माण के कठिन कार्य में अपने को मनसा-बाचा-कर्मणा समर्पित कर दे। वह उनमें त्याग, दया, शील सहानुभूति, स्वावलंबन, सत्य, शौर्य एवं विश्व बंधुत्व के पावन एवं शाश्वत गुणों का समावेश करे। इससे शिष्य चारित्रवान नागरिक होकर समाज के विभिन्न दायित्वों का सफलता पूर्वक वहन कर सकेगा। आज राष्ट्र को आणविक शक्ति से अधिक चारित्रिक शक्ति की आवश्यकता है। इस आवश्यकता को समाज के सृष्टा एवं वास्तविक दृष्टा आचार्य ही पूर्ण कर सकते हैं। भारत का भविष्य आज आचार्यों के हाथों में ही

सुरक्षित है। आचार्यों से भी यही अपेक्षा है कि वे अपने शिष्यों में श्री राम का शौर्य, भरत का त्याग, एवं लक्ष्मण का सेवा भाव भरें। भारत के भावी नागरिक तब भविष्य की हर चुनौती का सामना करने में समर्थ हो सकेंगे। इसमें रंचमात्र संदेह नहीं कि आज की विषम एवं विपरीत परिस्थितियों में भी यदि आचार्य दृढ़ संकल्प के साथ तैयार हो जायें तो वे देश की भावीपीढ़ी को चरित्रवान नागरिक बनाकर उसे अधः पतन के गर्त में जाने से बचा सकते हैं। और वह अपने राष्ट्र को चरित्रबल से ही सुदृढ़ बना सकते हैं। आवश्यकता है कि आचार्य, अध्यापक, प्राध्यापक, या शिक्षक के गौरव मंडित पद पर प्रतिष्ठित व्यक्ति इस ओर अग्रसर हों वे आत्म कर्त्तव्य मानकर दायित्व पूर्ण कार्यक्रमों से इस अपेक्षा की पूर्ति करें। यदि यह वर्ग ऐसा कर सका, जो आज भी इस स्थिति में समर्थ है कि भारत पुनः विश्व का जगद्गुरुत्व का आचार्यत्व कर सकेगा।

हम उस देश में उत्पन्न हुए हैं। जिस देश में मर्यादा पुरुषोत्तम भगवान श्री राम ने अवतार लिया, जिस देश में लीला पुरुषोत्तम श्री कृष्ण ने अवतार लिया, हम उस देश में उत्पन्न हुए हैं। जिस देश में महर्षि वाल्मीकि ने रामायण का गान किया, जिस देश में महर्षि व्यास ने महाभारत का निर्माण किया। हम उस देश में उत्पन्न हुए है। जिस देश में युधिष्ठिर जैसे धर्मात्मा हुए, जिस देश में दधीचि जैसे दानी हुए, जिस देश में हरिशचंद्र जैसे सत्यवादी हुए, हम उस देश में उत्पन्न हुए हैं जिस देश में राणाप्रताप जैसे प्रण वीर हुए, जिस देश में छत्रपति शिवाजी जैसे धीर वीर हुए, जिस देश में गुरु गोविन्द सिंह जैसे कर्मवीर हुए, हम उस देश में उत्पन्न हुए हैं जिस देश में लोकमान्य तिलक जैसे कर्मयोगी हुए, जिस देश में महामना मालवीय जी जैसे निष्ठावान हुए, जिस देश में महात्मा गांधी जैसे सत्य, अहिंसा के पुजारी हुए, हमारा देश भीम और अर्जुन जैसे वीरों का देश है। सावित्री और अनुसुइया जैसी पतिव्रताओं का देश है। गोस्वामी तुलसीदास और सूरदास जैसे भक्तों का देश है।

हमारा देश गौरवशाली है, वैभवशाली है, उन्नतिशाली है। गंगा और गायत्री का देश है। हम ऐसा काम नहीं करेंगे जो हमारे देश की संस्कृति, प्रतिष्ठा और मर्यादा के अनुकूलन न हो, जो हमारे देश के सम्मान के अनुकूल न हो, जो धर्म और सत्याचरण के अनुकूल न हो, हम देश के गौरव की रक्षा करेंगे। हम देश के सम्मान की रक्षा करेंगे। हम संस्कृति की रक्षा करेंगे। हम देश–धर्म–मर्यादा एवं संस्कृति की लाज रखेंगे। हम आदर्श, शुचि शील, चरित्रवान बनेंगे। हम महापुरुष बनकर देश धर्म का कल्याण करेंगे।

११

मानवता

मानवता क्या है? यह रहस्य जानने के लिए मानव शब्द और उसके पर्यायभूत अन्यान्य शब्दों के निर्वचन मात्र जान लेना पर्याप्त होगा। संस्कृत कोषों के अनुसार मानव, मनुष्य, मानुष और मनुज आदि सभी शब्द एक ही कोटि के हैं। जो मूल धातु मनुज्ञाने या मनु अवबोधने से सुनिष्पन्न हैं। अर्थात मनु के वंशवधर होने के कारण मानव शब्द का प्रचलन हुआ। जो ज्ञान पूर्वक सब कार्य करे वे मनुष्य कहे जाते हैं। मा–मत, दुष–दोष जिसमें हो उसे ही परोक्ष भाषा में मादूष के बजाय मानुष कहते हैं। आदिम विधान निर्माता महर्षि मनु से समुत्पन्न समाज का व्यक्ति मनुज शब्द वाच्य है।

मानवता का अभिप्राय है मनुष्य की मनुष्यता। सर्वप्रथम इस पर विचार करना चाहिए, कि मनुष्य की उत्पत्ति किससे हुई। शास्त्रों को देखने से ज्ञात होता है कि मनुष्य से ही मनुष्य की उत्पति हुई और इस उत्पति का मूल स्थान यह भारतवर्ष ही है। यहीं से सारी पृथ्वी पर मानव सृष्टि का विस्तार हुआ। मानव सृष्टि की उत्पति का मूल स्थान भारत वर्ष होने के कारण वही मानवता का मूल उद्‌गम स्थान है।

मानवता का अर्थ है, मानव धर्म। धर्म का अर्थ है कर्त्तव्य। राजधर्म राजा का कर्त्तव्य, प्रजा धर्म प्रजा का कर्त्तव्य, नारी धर्म का कर्त्तव्य। यह

इस तरह की कर्त्तव्य व्यवस्था अन्यत्र नहीं है। मानव धर्म ही मानवता है। मानव धर्म नहीं तो फिर उसे मानव न कहकर मानव का खोल कहा जायेगा। मानवता की उत्पति मन से हुई है। जिसका एक अर्थ है मनन करना, दूसरा अर्थ है सहानुभूति रखना, मनन करना बुद्धि का और सहानुभूति रखना हम हृदय का धर्म मानते हैं। अतः मन शब्द में बुद्धि और हृदय दोनों के गुणों का समावेश हो जाता है। एक मनस्विता शब्द भी है जो मन से ही बनता है। इसका अर्थ है जो मन को ठीक लगता है, उस पर डटे रहने की वृत्ति। इस तरह मानवता में मुख्य तीन गुणों का समावेश हो जाता है। मनन करना, सहानुभूति रखना, निश्चय पर अटल रहना। इन तीनों गुणों के मिलने से मानवता परिपूर्ण हो जाती है। मानवता का अर्थ मानव में रहने वाला मानवीय व्यवहार, मानवोचित चेष्टा या क्रिया। मानव की सद्‌भावनाओं का या निजी उत्कर्ष अर्थात स्वीय धर्म का जहां समुचित विकास होता है। वहीं मानवता है। जिसमें मनुष्येत्तर पाशविक, पैशाचिक या आसुरी क्षुद्र धर्मो का सर्वथा संकोच होता है। उत्तरोत्तर जहां पतन से उत्थान की ओर, नानात्व से एकत्व की ओर, अंधकार से प्रकाश की ओर, मृत्यु से अमृत्व की ओर, अनित्य से नित्य की और, निरा दुख द्वन्द्वों से आनंद की ओर, मनुष्यत्व से देवत्व की ओर, माया से महेश्वर की ओर, मानव चेतना प्रवाहित होती रहती है। वह मानवता है।

वह पूर्ण है, यह पूर्ण है, पूर्ण संपूर्ण निष्पन्न होता है। पूर्ण में से पूर्ण को निकाल दें तो भी पूर्ण ही शेष रहता है। तात्पर्य वही है जो मानवता का चरम लक्ष्य है। अर्थात विश्वात्मा पूर्ण है। विश्व पूर्ण है। पूर्ण से पूर्ण निकला है। उत्पति से पूर्ण न तो बढ़ता है और न प्रलय से घटता ही है। इस प्रकार का बोध मानवता कराती है। ऐसा बोध हो जाने पर मानव मन परम शांत हो जाता है। उसके आत्मिक विकास का द्वार खुल जाता है। इसमें श्रद्धा भी है। समाधान भी है। यही भक्ति और तत्वज्ञान की परिसीमा है। जिसे मानवता कहते हैं।

वैदिक संस्कृति त्याग पर आधारित है। न कि भोगवाद पर। मानवता त्याग की छाया में ही पनपती, फूलती और फलवती होती है। प्रेमपूर्ण अहिंसा मूलक जीवन व्यतीत करना, वैदिक संस्कृति का लक्ष्य और मानवता का चरम उद्‌देश्य है। अपरिग्रह और त्याग के साथ सांसारिक पदार्थों का उपभोग करना मानव जीवन का सिद्धांत है। अस्तेय लोभ से दूर रहकर जीवन बिताना श्रेयस्कर है। धोखा देकर, अपहरण करके, किसी का धन हड़प लेना मानवता के विरुद्ध असांस्कृतिक कृत्य है। भोगविलास से अनासक्त रहकर मन, इंद्रियों को संयमित करके, ब्रह्मचर्य, तपोमय, सरल, सादा, सहनशील, जीवन बिताना चाहिए। और मनुष्य को सौ वर्ष तक जीवित रहने का प्रयत्न करना चाहिए। और इस अवधि में आयु पर्यन्त सत्कर्म करते रहना चाहिए। निष्क्रिय और आलसी बनकर नहीं जीना चाहिए। मानव वही है। जिसमें पुरुषार्थ है। संयम है सहनशीलता है। और सर्वतोभाव से निर्भयता है।

भारतीय पुरातन और संस्कृति का परम लक्ष्य मानव को उस सर्वोत्तम ब्राह्मी स्थिति में पहुंचाना था कि जब वह यह अनुभव कर सके कि वही परम शुद्ध निर्लेप, निष्काम, कर्मयुक्त परम आत्मा है। यह संसार की यात्रा का परम निष्कर्ष था। मनुष्य दैवी सम्पत्ति के उपार्जन हेतु आजीवन अथक परिश्रम करता था। जिससे वह द्वन्द्वों से सुख-दुख, लाभ-हानि, जीवन-मरण से मुक्त हो। वह आत्म संयम तथा सत्कर्मों द्वारा अभय स्थिति की प्राप्ति करता था। शुद्ध सात्विक वृत्ति, निर्मल अंतकरण तथा इंद्रिय निग्रह के द्वारा राग-द्वेष-मद-मोह काम, क्रोध इत्यादि विकारों से रहित होकर ज्ञान तथा कर्म का यथार्थ फल प्राप्त करता था। वह यज्ञ, तप, स्वाध्याय, सात्विक दान यथाशक्ति करता था। हिंसा न करना सत्य बोलना, क्रोध न करना प्राणिमात्र पर दया करना, तथा परहित में संलग्न रहना। वह अपना कर्त्तव्य समझता था। तृष्णहीन, निर्लोभी, त्यागी, सहृदय, लज्जावान, दूसरों की निंदा न करने वाले, क्षमा और धैर्य से युक्त, पवित्र मान वही ब्राह्मी यथार्थ स्थिति को प्राप्त कर

सकते थे। इन जीवन्मुक्त आत्माओं ने भारतवर्ष को ही नहीं वरन सारे संसार को ऐसी अमूल्य निधियां दीं, ऐसे अमूल्य रत्न प्रदान किये, जिससे प्राणिमात्र को भौतिक तथा आध्यात्मिक सुख और शांति प्राप्त हो। समय-समय पर ऐसी महान आत्माओं ने जन्म लेकर संसार के दुखों का निवारण करने का सफल प्रयत्न किया। अतः भारत में कभी मानवता का पूर्ण साम्राज्य था। यहां कभी सर्वतोभद्र निर्दोष, निष्पाप, और उदात्तचरित्र के मनुष्य बसते थे। यहीं से विश्व में मानवता का प्रचार प्रसार भी हुआ। यही कारण है कि देवता भी भारत के गुण गाते थे। और भारत भूमि में जन्म लेने की इच्छा रखते थे।

भारतीय संस्कृति ऐसी है जो मनुष्य के सर्वांगीण विकास का ध्यान रखती है। और उन्नति के सर्वाधिक साधन प्रस्तुत करती है। हमारे यहां क्षुद्र सांसारिक सुखोपभोग से ऊपर उठकर आत्म भाव विकसित कर परमार्थिक रूप से जीवनयापन को प्रधानता दी गई है। मानवता के पूर्ण विकास एवं निर्वाह को दृष्टि में रखकर हमारे यहां मान्यताएं निर्धारित की गई हैं।

धर्म मानव जीवन का सार है। धर्म का अर्थ है धारण जिसे धारण किया जाये, और धारण करे वह है धर्म। अर्थात जिसे सभी मानव धारण करें, और जो सभी मानवों को धारण करे, वह हुआ मानव धर्म। जो यहां-वहां आदि सब देशों में तब, अब आदि सब कालों में यह वह, आदि सब वस्तुओं में तू, मैं आदि सब व्यक्तियों में, तथा समष्टि में समान रूप से लागू हो, उसका नाम है सनातन धर्म। जैसे ऊष्णता, अग्नि का मुख्य धर्म है। ऊष्णता न हो तो अग्नि का अस्तित्व ही नहीं रहेगा। वैसे ही मानव का मुख्य धर्म है मानवता। मानवता न हो तो मानव की सत्ता ही नहीं रह जायेगी। सुतरां मानवता ही मानव जीवन का सार है।

विधाता की सृष्टि में मानव एक अपूर्व रचना है। इसको उत्पन्न करके विधाता को भी आश्चर्य और प्रमोद हुआ। क्योंकि यह मनुष्य योनि जीव रचना में अन्यान्यों की अपेक्षा सर्वांगपूर्ण अतएव, दुर्लभ किन्तु

कर्त्तव्यों में सर्वसमर्थ सिद्ध हुई है। मन, बुद्धि, इंद्रिय आदि के विषय में यह मानव सर्व प्राणियों से श्रेष्ठ माना गया है। यह मानव अपनी शक्ति से दिव्य लोक, सायुज्य मोक्ष तक प्राप्त कर सकता है। यह अपनी मानवता को शनैः शनैः विकसित करता हुआ उत्तरोत्तर उन्नत होता चला जाता है किन्तु जैसे यह सब प्राणियों में श्रेष्ठ और सुदुर्लभ वस्तु गिना गया है। वैसे ही इस लोकालय में इस मानव के प्रति कर्त्तव्य भार भी इतना है कि उसका निर्वाह करना कठिन ही नहीं महाकठिन है। विकास करना तो दूर की बात है। मानवता निर्वाह सम्पूर्ण काल में यथावत कर ले जाना भी बड़ी बात गिना जाता है। इसीलिए सच्ची मानवता एक बड़ी चीज गिनी जाती है।

अनंत गुण गण निलय परत्पर पर ब्रह्म परमात्मा का धार्मिक विधान अटल और अनिवार्य है। वह किसी प्रकार टाला नहीं जा सकता। जिसने हंसों को शुक्लता प्रदान की, जिसने शुकों को हरित बनाया और जिसने मयूरों को नाना रंगो में चित्रित किया है। उसी सर्वनियंता सर्वेश्वर भगवान ने मानवता की रक्षा के लिए धर्म पालन का विधान बनाया है। पुरुषार्थ चतुष्टय धर्म, अर्थ, काम और मोक्ष की प्राप्ति के लिए वह मानव शरीर मिला था और यदि मानव शरीर द्वारा पुरुषार्थ चतुष्टय की सिद्धि न हुई तो मानवता का कुछ मूल्य नहीं है। अतः आत्मा का प्रकाश और विकास तो सब स्थानों में है। मिट्टी के ढेले से लगाकर सभी निर्जीव पदार्थों में और चींटी से कुंजर तक सजीव पदार्थों में तथा उनके मुकुटमणि मानव देव में भी किन्तु मानव में वह सबसे अधिक है। नरत्व नारायणत्व की श्रेणी में है। आत्मा हमको विस्तार की ओर ले जाती है। और वसुधैव कुटुंम्बकम का पाठ पढ़ाती है। वसुधैव कुटुम्बकम का आदर्श मानव समाज के सन्मुख बहुत प्राचीन काल से रहा है। संसार के सभी व्यक्ति एक ही परमात्मा की संतान हैं और इस दृष्टि से सम्पूर्ण विश्व एक विशाल परिवार के समान है। यह विचार ही नया नहीं है। समय-समय पर संसार के प्रवर्तित अनेक प्रमुख धर्मों ने इस व्यापक

और उदार दृष्टिकोण का परिचय मिलता है। कम से कम जो आस्तिक रहे हैं जिन्हें ईश्वर की सत्ता में अखण्ड विश्वास रहा हो वे सिद्धांत रूप से यही मानते आये हैं कि संसार के सभी मनुष्य एक ही ईश्वर के पैदा किए हुए हैं और वे सब आपस में भाई-भाई तथा भाई-भाई की तरह उन्हें प्रेम से मिलकर रहना चाहिए।

आदि मनु की संतान संसार में मानव नाम से विख्यात हुई। जगत सृष्टा की रचना से मानव रचना सर्वोत्कृष्ट मानी गई है। इस मानव को जगत्पिता जगदीश ने बौद्धिक बल का प्राधान्य प्रदान किया। जिस बुद्धि बल के द्वारा काल्पनिक जगत्प्रपंच से ऊपर आकर आत्म साम्राज्य में विराजमान होकर अनन्याधिपति हो जाता है। इस अनन्याधिपतित्व की भावना जिस मानव की मनीषा में समा गई, समझ लो उसमें मानवता आ गई। अन्यथा मानवता दानवता में समा गई। और विश्व मानव एक पुरुष है जिसमें सम्पूर्ण मानव जाति सम्मिलित है। सारी मानव जाति मिलकर एक विराट देह है। प्रत्येक मनुष्य समझे कि मैं इस देह का एक अवयव या भाग हूँ। अर्थात सम्पूर्ण मानव जाति रूप एक पुरुष है। सब मानव उसके सिर, हाथ, पैर, पेट हैं। कोई पुरुष इस शरीर से बाहर नहीं है। यह ज्ञान विश्व शांति फैलाने वाला और मानवता का विकास करने वाला है। आज राष्ट्र में युद्ध है यह न होकर। सब राष्ट्र मिलकर एक मानव समष्टि देह है। ऐसा ज्ञान सबको होना चाहिए। तब मानवता का विकास होगा। और पृथ्वी पर स्वर्ग का अनुभव होगा।

संसार में एक व्यक्ति के दूसरे व्यक्ति से जितने भी संबंध है या हो सकते हैं। वे सब एकमात्र लौकिक कल्पनाओं की आधारशिला पर ही सुस्थापित होते हैं। उनके मूल में कोई ईश्वरीय संकेत निहित नहीं होता। परन्तु एक मनुष्य का दूसरे मनुष्य से जो ईश्वर द्वारा अकल्पित संबंध है। वह एकमात्र मानवता का संबंध है।

भगवान की ओर प्रवृत्ति में ही मानवता की सार्थकता है। भगवान ने स्पष्ट शब्दों में मानव जीवन को ब्रह्मा लोकाधिषज कहा है। मनुष्य के

जीवन की यह महती विशिष्टता है। वह भगवान को साक्षात्कार करने वाली बुद्धि से सम्पन्न है। मनुष्य का जन्म बहुत से जन्मों के अनंतर प्राप्त होता है। यह भी स्वयं अनित्य है। मृत्यु इसके पीछे छाया की तरह सदा लगी रहती है। परन्तु इसकी एक विलक्षणता है कि यह परम पुरुषार्थ को पाने का साधन है और किसी भी जन्म में भगवान की प्राप्ति उतनी सुलभ नहीं है। जितनी इस मानव जीवन में है। मानव जीवन का लक्ष्य विषय भोग नहीं है क्योंकि इसकी प्राप्ति तो प्रत्येक जीवन में हो सकती है। तब मानव जीवन का वैशिष्ट्य ही क्या रहा? जब तक मृत्यु इस जीवन को आकर ध्वस्त नहीं करती तब तक मोक्ष पाने के लिए सतत् उद्योग करना चाहिए। विकास सिद्धांत के अनुसार भी मानव के विकास के लिए पूर्ण स्वातंत्र्य है पूरा अधिकार है।

मानवता का पालन, जो आज विश्व भ्रातृत्व की उदार भावना को पुष्ट करने के लिए आवश्यक है। मानव धर्म को मनसा-बाचा-कर्मणा धारण करने पर निर्भर करता है। शरीर-वाणी-मन-बुद्धि तथा आत्मा का समुदाय एवं सुख-शांति तथा दुख भाव कारण रूप शरीर, प्राणी मन, बुद्धि और आत्मा सबंधी विधि निषेधात्मक मर्यादायें धर्म हैं। मनुष्य शब्द के पर्याय "मर्य" शब्द की "मर्यादावान मर्य:" इस निरुक्ति से भी मनु प्रोक्तु विधि निषेधाात्मक मर्यादा का पालन ही मानवता है। यह सिद्ध हुआ है। मानवता का विकास हो इसके लिए परमेश्वर की सर्वव्यापकता को निश्चित रूप से मानने की अत्यंत आवश्यकता है। भारतीय ऋषियों ने परमेश्वर की सर्वव्यापकता मानकर मानवता के विकास की उत्कृष्ट भूमिका रची थी। पर इसका विश्व भर में संचार करने के लिए इस ज्ञान के प्रचारक जितने होने चाहिए उतने इस समय कम हैं। इसी कारण विश्वभर में मानवता का ह्रास हो रहा है। अर्थात इसका उत्तरदायित्व ऋषि संतानों पर है।

जिस धर्म के वातावरण में हम उत्पन्न होते हैं। उसे हम अपना धर्म कहते हैं। सदाचार एवं शांति के साथ उसका पालन करने से हम परोक्ष

रूप से मानव धर्म का ही पालन करते हैं। मानवता धर्म का आदर्श वाक्य है। व्यष्टि समष्टि के लिए और समष्टि व्यष्टि के लिए मानवता धर्म कोई नया संदेश नहीं है। वह उतना ही प्राचीन है जितनी गिरिमालायें और वह धर्मों के महान आध्यात्मिक व्याख्याताओं की वचनावली से संग्रहित हैं किन्तु यह स्वार्थनिष्ठ संसार को उचित समय में जगाता है। और समाज की त्यागमय सेवा करने के लिए उसे प्रेरित करता है। इस प्रकार प्रत्येक व्यक्ति अवश्य ही मानवता धर्म का पालन कर सकता है। और अपनी श्रेष्ठता तथा उच्चत्तम शक्तियों और योग्यताओं को अपने सहचर मानवों के चरणों में रख सकता है। उनकी सेवा करना सर्वोच्च आनंद है। तथा उनका संकट मोचन ही मानवीय अस्तित्व का परम उद्‌देश्य है। अर्थात मानवता धर्म का उद्‌देश्य है सद्‌भावना, दया, दान और स्नेह के द्वारा कल्याण की प्राप्ति। यदि हम ब्राह्य आवरणों को दूर कर दें तो सब धर्मों में यही सार मिलेगा। इसमें ईश्वर, देवता, स्वर्ग, नरक, परलोक आदि अतीन्द्रिय तत्वों के प्रति विश्वास के लिए अवकाश नहीं है। तथापि पवित्रात्मा व्यक्तियों के द्वारा किए हुए विश्वासों का विरोध भी नहीं है। सब धर्मों में मानवता इस प्रकार अनुस्युत है। जिस प्रकार सभी मिठाइयों में मिठास। मनुष्य किसी भी धार्मिक परम्परा का इतस्ततः उल्लंघन करने पर भी नैतिक दृष्टि से सुरक्षित ही रहेगा। यदि वह मानवता धर्म का उत्साह पूर्वक पालन करता रहे।

मानवता वह धर्म है जो एक मात्र मनुष्य में ही रहती है। और जिसके विद्यमान रहने के कारण ही मनुष्य-मनुष्य कहा जाता है। यदि किसी प्रकार, किसी अंश में मानवता धर्म में त्रुटि हो जाये तो वह मनुष्य-मनुष्य नहीं है किन्तु मनुष्याभास है। पृथ्वी पर भूलोक में रहने वाले सभी प्राणियों में मनुष्य ही सृष्टि के क्रमिक विकास में सबसे श्रेष्ठ और सर्वांगपूर्ण है। इसीलिए मनुष्य के स्थूल शरीर को अन्त्यावयवी शास्त्रकारों ने कहा है। बुद्धि के द्वारा परमत्व के साक्षात्कार के लिए,

परमांनद की प्राप्ति के लिए, दुख की ऐकान्तिक तथा आत्यंतिक निवृत्ति के लिए, जीवन के चरम लक्ष्य तक पहुंचने के लिए, तथा जन्म और मरण से सर्वथा एवं सदा के लिए छुटकारा पाने के लिए जिन अंशों की अपेक्षा होती है। वे सब मानवता में ही विद्यमान हैं।

मानवता एक ऊंची उदार भावना है। स्वार्थ और संकीर्णता से उसका घोर विरोध है। वह सबके मानव मात्र के हित साधन के लिए हमें प्रेरित करती है। सबकी हित चिंता के लिए उत्प्रेरणा प्रदान करती है। मानवता वास्तव में मनुष्य का धर्म है। सभी मनुष्यों से प्रेम करने की बात वह सिखलाती है। जाति, सम्प्रदाय, वर्ण, धर्म, देश आदि के भेदभाव को वह नहीं स्वीकार करती है। मानवता का आदर्श एक बहुत ऊंचा आदर्श है। ऊंचे आदर्श की पूर्ति ही मानव जीवन की वास्तविक सार्थकता है। मानवता विश्व बधुंत्व की भावना है। वह सभ्यता और संस्कृति की मेरुदण्ड है। उसके बिना सभ्यता और संस्कृति का विकास संभव ही नहीं होता। मानवता मनुष्य को नैतिकता की ओर ले जाती है। वह सचमुच मनुष्य को मनुष्य बनाती है।

मानवता वहां रहती है जहां सहृदयता सामंजस्य तथा द्वेष रहितता निवास करती है। मनुष्यों को परमात्मा ने, स्वभाव से, सहृदय, विवेकी एवं अविद्वेषी बनाया है। मनुष्य एक दूसरे की ओर प्रेमभाव से आकृष्ट हों। अर्थात मनुष्य वही है जो भूतमात्र से, प्राणिमात्र से द्वेष नहीं करता, सबके साथ मैत्री का भाव रखता है। और करुणा की भावना से ओत-प्रोत सहृदयता का परिचय देता है। इन्हीं भौतिक सद्‌गुणों का उद्रेक मनुष्य को पशुकोटि से पृथक कर उसे अपना एक स्वतंत्र अस्तित्व प्रदान करता है। नहीं तो "धर्मेण हीना पशुभिः समाना", की युक्ति उस पर चरितार्थ होकर वह खर कूकर श्वान समान कहलाने का पात्र बन जाता है। मानवता की जड़ें सत्य पर ठहरी हुई हैं। वैदिक संस्कृति मनुष्य को सत्य की उपासना करने का आग्रह करती है। वह कहती है कि हर मनुष्य को सत्य का पूर्ण उपासक बनना चाहिए। सत्य पर धरती टिकी

हुई है। सत्य की उपासना से ही राष्ट्र समुन्नत और समृद्ध हो सकता है। मनुष्य को किसी के प्रति द्वेषभाव नहीं रखना चाहिए। सबके साथ मित्रता, समता का व्यवहार करना चाहिए। और सबको सबसे स्नेहयुक्त मीठी वाणी बोलना चाहिए। मानवता मानव का वह गुण है। जिसके कारण उसकी मानव संज्ञा है। और लोकतंत्र और मानवतंत्र वह साधन है। जो मानव को मानवता तक पहुंचाने में सहायता करता है। तात्पर्य यह हुआ कि मानवता यदि गंतव्य स्थान है। तो लोकतंत्र वहां तक पहुंचाने का मार्ग है। इस प्रकार मानवता और लोकतंत्र दोनों का घनिष्ठ संबंध है। मानवता की महत्ता सभी धर्मों और सम्प्रदायों में स्वीकार की गई है। मानव जीवन पाकर इस धरती पर सुख शांति पूर्वक रहने की उत्कृष्ट कला को ही मानवता की संज्ञा दी जा सकती है किन्तु समष्टि रूप से जहां तक मानव जीवन के एकांत निःश्रेयस की कल्पना है। वहां सभी एकमत हैं। व्यक्ति की स्वाभाविक विकृतियों को दूर हटाकर उसमें समष्टि तथा समाज के सर्वतोन्मुखी कल्याण की कल्पना की मानवता की रक्षा है। इसी को प्रकारान्तर से मानव से मानवता की स्थिरता अथवा देवत्व की प्रतिष्ठा भी हम कह सकते हैं। अर्थात मानवता-मानव मात्र में बीज रूप में विद्यमान हैं। उसके विकसित करने की स्वाधीनता अनंत के मंगलमय विधान से सभी को प्राप्त है। मानवता किसी परिस्थिति विशेष की वस्तु नहीं है। उसकी उपलब्धि सभी परिस्थितियों में हो सकती है। उसकी मांग अपने लिए, जगत के लिए एवं अनंत के लिए अत्यंत आवश्यक है क्योंकि मानवता में ही पूर्णता निहित है।

नर से नारायणत्व तथा जीव से शिव रूप होने की कला मानवता में सर्वथा विद्यमान है। धीरता, वीरता, सहिष्णुता, जितेन्द्रियता, पवित्रता एवं सच्चरित्रता मानवता के ही प्रतीक हैं। अहिंसा, सत्य, अस्तेय, ब्रह्मचर्य, क्षमा, दया, दाक्षिण्य आदि धर्मों के धारण करने की जहां सतत् प्रेरणा प्राप्त होती रहती है। वह मानवता है। विद्या, विनय, संतोष, सरलता, समदृष्टि, स्वार्थ परित्याग, मन वाणी और शरीर का संयम, रूप

तप, सदाचार, स्वाध्याय, ईश्वरभक्ति आदि सद्गुण राशि का समावेश मानवता में ही हुआ है। मानवमात्र में सम्भावनीय सर्वजनित हितैषी, सर्वजन वांछनीय, ज्ञान, इच्छा, प्रयत्न, मानवता से संबंध रखते हैं।

महामानव का लक्ष्य सार्वभौम तथा सर्वव्यापी होता है। इसका प्रकाश समस्त देशों तथा कालों के स्त्री पुरुषों के अनुरूप ही नहीं अपितु प्रत्येक सभ्यता एवं संस्कृति के पोषक समस्त जनसमूह को अनंतकाल तक बल प्रदान करता है। उसका उदार दृष्टिकोण मानव मात्र के लिए ही नहीं अपितु प्राणिमात्र के त्रिविध दुखः शांत्यार्थ और धर्मार्थ काम, मोक्ष प्राप्यार्थ होता है। संसार के सम्मुख मुक्ति या निर्माण की केवल्य भावना को लेकर प्रस्तुत नहीं होता। अपितु प्रत्येक मानव को पूर्ण ज्ञान, पूर्ण काम, पूर्ण योग तथा सर्वविध सौख्य, दिव्य प्रेम और आनंदमय विज्ञान से पूर्ण देखना चाहता है। मानवता की विशद् व्यवस्था मानव के जीवन में परिपूर्ण होने का स्वप्न सत्य हुआ देखना चाहता है। प्रत्येक व्यष्टि मानव को समष्टि मानव में परिवर्तित करता है। वह तो मानव के जीवन में सार्वभौमता, सनातनता, परदुखकातरता और माधुर्य, सौंदर्य पूर्ण प्रेम का दर्शन करता है। यथाशक्ति समाज के सम्मुख मानवता का मूल स्रोत प्रवाहित करता है।

मानवजाति के आदर्श के लिए जो नया धर्म सामने आ रहा है। वह आत्मा के स्वाभाविक संस्कारों पर आधारित होगा। व्यक्तिगत इच्छाओं से ऊपर उठने का सिद्धांत राष्ट्रीय और अंतर्राष्ट्रीय स्वार्थो से ऊपर उठने का सिद्धांत बन जायेगा। मानव धर्म के इस सत् स्वरूप को जो आत्मा और परमात्मा के उपादानों से निर्मित है। मानव जीवन में प्रवेश हो रहा है। मानवता इसी ओर विचारों की एकता, धर्मो के सामंजस्य और साधारण समृद्धि में समानता के अंगों से बढ़ रही है। यह मानव मन की अंतर चेतना की अभिव्यक्ति है। जो आत्मा से मेल होने के कारण प्रारंभ हुई है। केवल बाह्य नहीं, अंतर एवं प्रकृति की विचित्रताओं में भी स्नेहमय सामंजस्य और एकता की अभिव्यक्ति मानव धर्म की अभिव्यक्ति

होगी। मूलाधार में स्थित, शक्ति भगवद् शक्ति के बाह्य आकार एकता की शक्ति के रूप में उठ रही है। आत्मा की अभिव्यक्ति का स्वरूप बन रही है।

मानव मात्र का आध्यात्म पर आधारित धर्म ही भविष्य की आशा का दीपक है। इससे हमारा अभिप्राय उस तथाकथित विश्व धर्म से नहीं है। जो एक बौद्धिक विश्वास तथा मतवाद की वस्तु एवं एक पद्धति है। उस प्रणाली से मानव समाज ने एकता के लिए सचेष्टा की है। परन्तु उसे सफलता नहीं मिली है। क्योंकि कोई सार्वभौम धार्मिक पद्धति नहीं हो सकती। निसंदेह भीतरी तत्व एक है। वस्तुतः हमारा अभिप्राय यह है कि इस तथ्य की क्रमशः अधिकाधिक अनुभूति हो रही है कि एक गूढ़ तत्व है। एक दिव्य सत्य है। जिसकी दृष्टि से हम सब एक हैं और जिस तत्व का, पृथ्वी पर, मानव जाति ही सर्वोच्च स्थूल आधार है तथा मानव जाति, मानव प्राणि ही वे साधन हैं। जिनके द्वारा वह धरातल पर क्रमशः अभिव्यक्त होगा। उसके साथ-साथ इस बात की उत्तरोत्तर बढ़ती हुई चेष्टा भी होगी कि उक्त तथ्य का लोगों को केवल ज्ञान ही नहीं रहे वह पृथ्वी पर उस दिव्यतत्व का साम्राज्य भी स्थित है। अर्थात लोगों के जीवन में वह वस्तु उतर आये तभी व्यक्ति के पूर्ण और मुक्त जीवन के ऊपर ही उसकी पूर्णता और स्थाई सुख अवलंबित हो सकते हैं। अर्थात पृथ्वी के लोग जन श्रेणी में है उन्हें नर श्रेणी में लाना चाहिए। जन श्रेणी के लोगों में मानवता का ह्रास होता है। इसलिए जो ऐसी इच्छा करते हैं कि मानवता उन्नत हो। उनको ऐसा यत्न करना चाहिए कि जन श्रेणी के लोगों का बहुमत न रहे। नर श्रेणी के लोगों का बहुमत हो।

मानव को जीवन समाज और शेष सृष्टि के प्रति न्यायोचित दृष्टिकोण देने में सबसे बड़ा साधन सुशिक्षा ही है। समुचित शिक्षा के बिना जीवन एकांगी अपूर्ण, असंस्कृत, रह जाता है। हमारी प्रगति की सही दिशा यह है कि हम जीवन का लक्ष्य आवश्यकताओं को बढ़ाने, उनको पूरा करने के लिए प्रपंच माया फैलाने, उनसे उत्पन्न जीवन के

संघर्ष को बढ़ाने और फिर उसे रोकने के लिए किए जाने वाले प्रयत्नों में देखें। मानव के मानस की नैतिक और आध्यात्मिक प्रवृतियों के सर्वोच्च विकास की यह स्थिति है। या वसुधैव कुटुंबकम के साथ ही सुख-शांति और प्रेम का उदय हो अथवा यो कहें कि सत्-चित्-आनंद की अनुभूति हो यही हमारी प्रगति की सही दिशा है।

मनुष्य को मनुष्यता के अनुरूप ही आचरण करना चाहिए। निद्रा, लक्ष्य, प्रमाद, नास्तिक नाद, दुर्गुण, दुराचार, मान बड़ाई, प्रतिष्ठा और शरीर के आराम की इच्छा तथा विषयासक्ति सब मनुष्यता को नष्ट करने वाले हैं। निद्रा और आलस्य के कारण मनुष्य करने योग्य कर्मों का त्याग कर देता है। प्रमाद के कारण न करने योग्य कर्मो को करने लगता है। तथा नास्तिकता के कारण मनुष्य ईश्वर धर्मशास्त्र, और परलोक को नहीं मानता। जिससे मनमाना आचरण करने लगता है। दुर्गुण, दुराचार और आसुरी सम्पदा को धारण करके पथभृष्ट हो जाता है। मान-बड़ाई प्रतिष्ठा में फंसकर मनुष्य दम्भी और पाखण्डी हो जाता है। तथा शरीर के आराम और भोगों में फंसकर न करने योग्य पाप कर्मो में प्रवृत्त हो जाता है इसलिए अपना कल्याण चाहने वाले मनुष्य को उपर्युक्त इन सबका सर्वथा त्याग कर देना चाहिए।

जीवन को बनाना ही मानवता का स्वरूप है। मनुष्य को पूर्णता का बोध अपने में हो सकता है। बाह्य रूप की शुद्धि के बिना अंतरात्मा की शुद्धि हो ही नहीं सकती और बहिरंग तथा अंतरंग शुद्धि के बिना मानवता का पूर्ण विकास नहीं हो सकता। यही बात योगशास्त्र में भी कही गई है कि यम-नियम आदि अष्टांग योग के साधन बिना मनुष्य लक्ष्य तक नहीं पहुंच सकता। अतः मनुष्य होकर भी जो मानवता को नहीं समझता है। और न उसके अनुरूप कार्य करता है। वह मनुष्य मानस है। और वस्तुतः आत्मघाती है। सभी को मनुष्य जीवन का महत्व समझना चाहिए तथा उसकी मर्यादा की रक्षा के लिए जीवन भर प्रयास करना नितांत आवश्यक है।

मानव की शक्ति मर्यादित है। क्योंकि उसका शरीर मर्यादित शक्ति वाला है। इसलिए उससे सेवा भी मर्यादित होगी। परन्तु मर्यादित नहीं रखनी चाहिए। कोई मेरे कार्य क्षेत्र के बाहर हो तो कोई बात नहीं परन्तु सहानुभूति के विचार के क्षेत्र से बाहर हो जाते है तो मैं अपनी शक्ति खोता हूँ। मेरी शक्ति मर्यादित हो जाती है। इसलिए चाहे सेवा का क्षेत्र मर्यादित हो पर भावना और सहानुभुति का क्षेत्र अमर्यादित ही रहे। मनुष्य को मनुष्य के नाते ही देखें, नहीं तो हम हिन्दू धर्म की आत्मा खो देंगे। हिन्दू धर्म कहता है कि सबमें एक ही आत्मा है। यह एक ऐसा विशाल धर्म है। जिसमें किसी भी तरह का संकुचित भाव नहीं रह सकता। यदि हम यह बात ध्यान नहीं रखते तो धर्म की बुनियाद ही खोते हैं।

सर्वोकृष्ट पूर्ण मानव के सम्मुख कौन सा आदर्श उपस्थित किया जा सकता है। इस आदर्श के सम्मुख "विश्वबधुंत्व" "वसुधैव कुटुंबकम" "आत्मनः प्रतिकूलानि परेषां न समाचरेत" आदि आदर्श मैत्री करुणा, मुदिता, सत्य, अहिंसा आदि के उपदेश उसी प्रकार फीके पड़ जाते हैं। जिस प्रकार सूर्य के सम्मुख दीपक। ये आदर्श और उपदेश तो मील के पत्थर हैं। मंजिल नहीं साधन हैं। साध्य नहीं किन्तु यह पूर्ण क्षद्वैतावस्था पूर्णनिष्ठा है। साध्य है। यह मानवता का सर्वोत्कृष्ट आदर्श है। यह पूर्ण मानव का चित्र जो उपनिषद हमारे सामने रखते हैं। और जो मानव हित के लिए मनुष्येत्तर प्राणियों की हिंसा का समर्थन करते हैं। वे मानवीय गुण, दया और निस्वार्थता पर तो कुठाराघात करते ही हैं। साथ ही अब इन गुणों की अवहेलना मनुष्येत्तर प्राणियों में ही की जाती है। तब मनुष्य का स्वभाव बिगड़ कर मनुष्यों के संबंध में भी वह क्रूर और स्वार्थी बन जाता है। अपने से कमजोर दीन प्राणी तो विशेष दया के पात्र हैं। जब उन पर भी दया न करके उनको अपने स्वार्थ का साधन बनाया जाता है। तब यही मनोवृत्ति मनुष्यों के संबंध में भी बन जाती है। पारस्पारिक सहयोग, अहिंसा, विश्वबंधुत्व के उपदेश बहुत होते हैं। पर कथनी-करनी में महत् अंतर परिलक्षित होता है। जबकि बदले में श्रेष्ठ हितार्थ सद्‌गुणों की नितांत आवश्यकता है अर्थात मनुष्यत्व और पशुत्व में चाहे कितना

ही भेद हो उनमें मुख्य भेद यह है कि मनुष्य दूसरों के दुख में दुख का अनुभव करता है। अन्य किसी भी जीव में यह अनुभव शक्ति नहीं है। यह परदु:खकातरता तथा परसुख में सहृदयता ही मनुष्य का सर्वप्रधान मनुष्यत्व तथा मानव की सर्वप्रधान मानवता है।

मानव संस्कृति और सभ्यता और प्रगति का इतिहास हमें यह बताता है कि पारस्परिक सहयोग की भावना के साथ-साथ एक और भावना भी प्राय: मानव में रही है। आज भी वह विद्यमान है। और ऐसा लगता है कि जब तक मानव-मानव के बीच भेदभाव और अविश्वास बना रहेगा तब तक किसी न किसी रूप में वह भविष्य में भी रहेगी। यह दूसरी भावना सहयोग के विपरीत असहयोग व संघर्ष की भावना है। तो फिर मानव में वस्तुत: सहयोग तथा संघर्ष शांति और युद्ध एवं सामाजिक और असामाजिक दोनों ही भाव देखने को मिलते हैं परन्तु इस पर भी हम मानव को एक सामाजिक प्राणी ही कहते हैं क्योंकि मानव की मानवता उसके सहयोग शांति और प्रेमभाव में ही सन्निहित है। जिस सीमा तक मानव में इन भावों का अभाव है और विपरीत भावों का प्रभाव है। उस सीमा तक उसमें मानवता के तत्व की कमी और पशुता के तत्व का अस्तित्व है। अभी मानव में मानवता का विकास नहीं हुआ है। पशु से वह अवश्य भिन्न एवं अधिक विकसित प्राणी है किन्तु मानव के विकास की चरम सीमा पर वह नहीं पहुंच पाया है। यह मार्ग उसे अभी तय करना है। और उस मार्ग की दिशा है। यथार्थ मानवता, अहिंसा, सत्य और प्रेम पर आधारित सह अस्तित्व या सहयोग और शांति की भावना या सामाजिकता और मत: मानव। उसकी सभ्यता की प्रगति इसी में है कि वह असहयोग से सहयोग, युद्ध से शांति, और असामाजिकता से सामाजिकता की ओर उत्तरोत्तर विकास करे इसीलिए उसे सामाजिक प्राणी कहा गया।

अंतत: जब धरा सो जाती है। तथा मानवता पुकार कर उसे जगाती है। जब किसी देश अथवा जाति में विनाशाग्नि धधक उठती है तब कोई

सच्चा मानव मानवता के गीतों की अमृत वर्षा से उसे बुझा देता है। यथार्थ मानव ध्वनि ईश्वर की प्रतिध्वनि है। धरा जब विपत्तियों में फंस त्राहि-त्राहि पुकारती है, सत्य जब असत्य से पराजित होता है, मानवता जब अत्याचारों में दबाई जाती है। नागरिक जब अपने कर्त्तव्य को भूल बैठता है। काम, क्रोध, मद, लोभ तथा द्वेष जब पराकाष्ठा पर पहुंच जाते है। परस्पर प्रेम तथा शांति का अभाव जब व्यापक हो जाता है। असहाय जब सहायता के लिए चिल्लाता है तब इन्हीं भावनाओं से ओतप्रोत होकर तुलसी की लेखनी से बलात् यह भावधारा बह उठती है।

श्लोक- जब जब होइ धरम कै हानी, बाढ़हि असुर अधम अभिमानी।
तब तब धरि प्रभु मनुज शरीरा, हरहिं कृपानिधि सज्जन पीरा।।

अतः मानवता का विकास धर्म के ही आधार पर संभव है। धर्म के मूल तथ्यों को मानने पर ही मानव पूर्ण मानव बन सकता है। वैदिक धर्म ही वह वास्तविक धर्म है जो देश और काल की परिधि से बाहर निकल कर समग्र विश्व के मानवों के हितार्थ जागरूक रहता है। धर्म के बंधन को ढीला करने पर या तोड़ देने पर मानव विपत्ति के गंभीर गर्त में गिरने से बच नहीं सकता। स्वतंत्र भारत की वर्तमान दशा इसका स्पष्ट दृष्टांत है। यदि हम मानव बनना चाहते हैं। इस जगती तल पर सुखी प्राणी बनकर अपना जीवन सफल बनाना चाहते हैं। तो हमारा मूलमंत्र होना चाहिए, **पहला शील** धर्म के प्रति पूर्ण आस्था, ईश्वर में पूर्ण विश्वास, कर्त्तव्य के प्रति दृढ़निष्ठा, तथा प्राणिमात्र के लिए मैत्री, तथा सहानुभूति। वह जीवन नहीं धिक् जीवन है। जिसमें मनुष्य अपने लिए ही जीता है। तथा अपने बंधुओं तथा संबंधियों की दुर्दशा पर समर्थ होते हुए भी थोड़ी सी दृष्टि डालता है। आवश्यकता है। सच्चा मानव बनने की, सच्ची मानवता के अनुशीलन की, यह बात सर्वदा उपादेश है। परन्तु आज तो इसकी परम आवश्यकता है और सार्वभौमिकता का समादर प्रत्येक देश अपनी भूमि और सार्वभौमिकता की रक्षा के साथ, दूसरों की भूमि और सार्वभौमिकता का उचित सम्मान करे। इससे आपसी विद्वेष और कलह

दूर होंगे और मानवता शांति लाभ कर सकेगी। **दूसरा शील** अनाक्रमण की भावना से ओतप्रोत होकर एक देश दूसरे देश पर आक्रमण ही नही करेगा। वरन समझौता और बातचीत द्वारा झगड़ों को निपटाने का प्रयत्न करेगा। तब फिर मानवता को भय किस बात का रहेगा। अहस्तक्षेप का **तीसरा शील** अपनाकर जब एक राष्ट्र दूसरे राष्ट्र के आंतरिक मामलों में अपनी टांग नहीं अड़ायेगा। तब आपसी कलह और झगड़ों के खड़े होने की संभावना ही नहीं रहेगी। इससे मानवता का समुचित उत्थान हो सकेगा। **चौथा शील** पारस्परिक सहयोग और समानता। जब प्रत्येक देश दूसरे देश को अपने समान समझकर उसके साथ हर प्रकार का सहयोग रखेगा। तब इससे संसार का प्रत्येक देश उन्नति के शिखर पर आरूढ़ होगा। और कोई भी मानव पिछड़ा नहीं रह सकेगा। इससे मानवता को नया संबल और नया जीवन मिलेगा।